조병돈의 오직 한 길

조병돈의 오직 한길

말단 공무원에서
이천시장이 되기까지

조병돈 회고록

도화

차례

12년이란 시간은 참으로 긴 세월이다.

그럼에도 불구하고 나는 그 시간들이 언제 어떻게 지나갔는지도 모를 정도로 정신없이 보냈다. 그렇지만 매일, 매월, 매년 밀어닥치던 수많은 일들을 일일이 더듬어 보면 결코 그 시간이 짧지 않았음을 새삼 느낀다.

이제는 아무리 하고픈 일이 많아도 뒤로 물러설 때가 되었기에 12년을 정리할 필요성을 인식했다. 나 자신을 위해서가 아니라 이천을 이끌어 갈 다음 리더를 위해서도 필요한 일이라 생각되었다.

성공리에 잘 끝낸 일은 이어서 더 잘 되게 하기 위해서, 실패로 끝난 일은 그것을 거울삼아 기어이 성공시키기 위해서 내 12년의 정책과 그 실현을 위한 과정을 솔직하게 다 털어 놓으려 한다.

그리고 또 한 가지 책을 쓰기로 한 것은 고마운 사람들에게, 미안한 사람들에게 내 마음을 전하고 싶어서이기도 하다. 사람을 앞에 대놓고는 낯이 간지러워서 미안했다, 고마웠다고 말하기도 쑥스러운 참에 지면을 통해서 내 심정을 밝히는 것이 좋을 것 같다는 생각도 하였다.

나의 12년을 돌아보는 지금 왜 갑자기 이 일도 했어야 하고 저 일도 했어야 하는데 하며 못 다한 일만 떠오르는 가운데 마음이 바빠지는지 모르겠다.

때로는 암담할 정도로 기가 막힌 일을 당해 스스로의 능력의 한계를 느낄 때도 있었고, 그럴 때마다 시민들의 눈물어린 격려와 단결된 합심으로 그 고비를 넘기는 감동의 순간도 있었다. 어떤 난관에 부딪쳤을 때 밤을 뜬 눈으로 새우며 고민하다가도 출근하는 길에 시민들이 청사 앞에서 손을 흔들며 '시장님, 힘내세요' 하는 그 한 마디가 얼마나 천군만마를 얻은 것처럼 힘이 나는지 경험해 보지 않은 사람은 모를 일이다. '너무 안달하지 말고 결과에 순응하며 살자' 하고 앉았다가도 나를 믿어주고 나에게 모든 것을 일임한 시민들을 생각하면 벌떡 일어나 난관에 봉착한 현장으로 달려 나갔다.

한 마디로 나의 민선 4, 5, 6기 시장 재임 12년은 이천과 함께 웃고 이천과 함께 고통스러워하면서 내 자체가 이천의 일부분인 듯 살아온 것만은 분명하다.

12년을 정리하는 시점에 선 나에게 사람들은 '시원섭섭하지 않느냐?'고 묻지만 나는 내가 진두지휘할 때보다 더 막중한 책임감을 느낀다. 이제 이천 시민의 한 사람으로 돌아가 그들이 나에게 건넸던 열정만큼 내 열정을 이천에 다 할 수 있을지 염

려스럽기 때문이다. 혹 긴 세월 이천에 바친 열정으로 내 에너
지가 소진되어 이천에 대한 고민은 접어두고 잠시 쉬어도 좋겠
다는 마음으로 나태해지지나 않을지 걱정이 된다. 그런 일이
벌어지지 않게 하기 위해서라도 나는 회고록이라는 이름으로
나를 되돌아보고 나를 채찍질하려는 결심을 하였다.

　이천의 미래와 이천 시민의 앞날에 조그마한 보탬이라도 되
었으면 하는 바람과 못 다한 내 책무에 대한 채찍질로 삼으려
이 회고록을 펴낸다.

　　　　　　　　　　　　　　　　　　　　　　　　조 병 돈

■조병돈 이천시장 민선4, 5, 6기 취임식

민선4기 취임식

민선5기 취임식

민선6기 취임(봉사)

내 노후 대책은 이천이다

내 인생의 목민심서

— 내가 말단 공무원에서부터 지자체 단체장이 되기까지는 공무원의 원칙을 철저히 지킨 덕분이다. —

부임육조(임명을 받아 새로 맡겨진 자리로 가는 여섯 가지 원칙)와 치장(治裝: 부임하기 위해 행장을 차린다)이라는 말을 나는 참으로 좋아한다. 부임육조란 나랏일을 하는 사람이 새로운 자리로 임영 받아 갈 때 지켜야 할 6가지 원칙을 말한다. 부임육조를 아는 사람이 임명을 받아 새로 맡겨진 자리로 갈 때 청렴, 결백의 다짐을 안 하는 사람은 없을 것이다. 치장이라는 말은 짐을 꾸리는 것이 아니라 간단한 행장을 차린다는 말인데 우마차에 엄청난 짐을 싣고 가는 이사가 아니라 간단하게 등에 멜 만큼 작은 양의 필수품만을 챙긴다는 뜻으로, 옮긴 곳의 모든 물품을 전임자가 쓰던 그대로 받아쓰겠다는 각오를 다지는 뜻이기도 하다.

목민심서는 지방 수령의 직무에 관한 내용이 가장 많다.

지방 수령이라 함은 오늘날 지방자치단체와 검찰, 경찰, 법원, 세무서 등의 관공서의 기관장, 고급 간부가 이에 포함된다.

부임육조 치장治裝에 보면 '부임하기 위해 행장行裝을 차릴 때에 의복과 말은 모두 옛것을 그대로 사용하고 새로 마련해서는 안 된다'라고 적시하고 있다.

나는 공무원 생활을 하는 동안 수도 없이 취임하고 이임하는 일을 되풀이하며 여기까지 왔다. 그때마다 나는 젊은 시절 읽었던 목민심서의 한 부분을 기억하며 내 행동을 돌아보곤 했다.

열아홉 살 어린 나이에 공무원 시험에 합격하여 그해 가을, 맨 처음 발령을 받고 첫 근무를 하기 위해 집을 떠날 때는 울면서 갔으니 여기에 해당되지 않는 사항이다. 행장을 꾸리기는커녕 대학에 낙방하고 양동이라는 오지에 발령을 받아 처음으로 집을 떠나는 마음이 서럽기만 했었다. 지금 같으면 이천에서 양평은 충분히 출근이 가능한 거리지만 그 당시는 엄두도 내지 못할 거리였다. 양평군 중에서도 양동은 산골짜기였다. 공무원 시험 합격 후 첫 발령을 받았다고 기뻐할 수만은 없는 입장이었다. 대학에 낙방하고 재수를 해서라도 서울에 있는 대학에 가고 싶은 마음이 간절했지만 그럴 수 없는 형편인 것이 서럽고, 발령 받은 곳이 산골 오지인 것도 서럽고, 부모님을 떠나 혼자 살아야 한다는 것도 서러웠다. 아마도 19살이라는 어린 나이라 더욱 그랬던 것 같다. 그렇게 떠나는 사람이 행장이 다 무엇이며 새로운 의복이 다 무엇이겠는가? 그저 입던 옷 깨끗이 빨아 다려 입고, 있던 물건 닦아서 대충 꾸려 발령을 받아 떠났었다.

그렇게 힘들고 서럽게 시작한 공무원 생활이 어쩌면 오늘의 내가 있게 된 디딤돌이었는지도 모르겠다.

그 이후 승진에 승진을 거듭하고 3선 시장 선거에 당선되어 그때마다 취임식을 가지면서 나는 이 부분을 항상 염두에 두곤 하였다. 목민심서는 관리들의 바른 길을 깨우치려고 사례를 들어 풀이한 다산 정약용선생이 쓴 책이다. 이 책은 백성을 사랑하는 마음을 근본에 두고 있다. 백성을 사랑하는 근본은 자신이 절약하여 쓰는 데 있고 절약하여 쓰는 근본은 검소함에 있다. 검소한 후에 청렴할 수 있고 청렴한 후에 자애로울 수 있으므로 검소야말로 목민하는 데 있어 가장 먼저 해야 할 일이라는 뜻이다.

어느 책임자가 부임을 해 오는데 화려한 옷에 좋은 갓으로 치장하고 멋진 안장이 놓인 날쌘 말(요즈음에는 고급 승용차)

을 타고 나타났다고 하자, 늙은 아전(현대에서는 오래된 공무원들)들은 멋진 새 수령을 살피면서 '알만하다'며 빙그레 의미 있는 웃음을 짓는단다. 반면에 검소하고 소박한 행장을 하고 나타난 수령이면 '앞 일이 두렵다'고 수군댄다. 우선 첫 인상에서 겉만 보고도 그러한데 속속들이 그를 곁에서 모시는 동안 수령이 겉치레와 부정, 부패로 자기 이득만을 일삼는다면 아랫사람들이 그를 존경할 리가 없다.

오래 전 어느 서울 시장이 시내버스를 타고 출근을 하여 화제가 된 적이 있었다.

1995년 11월 30일 봉천동 사저에서 혜화동 공관으로 이사를 한 뒤 서울 시장은 시내버스를 타고 첫 출근을 시작했다. 시내버스 안에서 서울 시장과 마주친 시민이라면 시장의 청렴함에 가슴 깊이 감탄했을 것이다. 더구나 말로 표현할 수 없는 서민적 동지애를 느꼈을 것이다. 그것이 단지 시민의 눈에 보이기 위한 쇼맨십이 아니었는지 한동안 사람들 사이에서 화젯거리였다. 업무 수행에 지장이 있다는 이유로 오랫동안 버스 출근이 계속되지는 못했다. 이렇듯 사람의 마음은 모두 똑같다. 내가 모시는 수령이 검소하고 청렴해야 아래 사람들도 그를 본받아 청렴하려고 애쓴다는 것이다. 물론 아무리 수령이 청렴하고 엄중해도 개중에는 부정, 부패를 저지르는 부하 직원이 있게 마련이다. 그러나 그들은 비리를 저지르면서도 청렴한 수령을 생각하며 두려움을 느끼고 죄책감을 느낄 것이나 수령부터 부정하고 부패하다면 부하들은 죄의식조차 느끼지 않고 당연한 듯 비리를 저지를 것이 분명하다.

세상 어느 누군들 잘 먹고 잘 입고 잘 살고 싶은 마음이 없겠는가? 단지 자기 분수를 알아야 하고 취할 돈인가 피해야 할 돈인가 안다면 세상은 좀 더 명쾌하고 산뜻하지 않을까 싶다. 가끔 읍면이나 리 행사에 가면 그야말로 방금 딴 오이, 호박 또는 농약 안 준 과일, 채소 등을 싸주는 어르신들이 계시다. 나는 그것을 아주 감사히 받는다. 아무런 대가도 요구하지 않는, 오로지 진실이 담긴 그분들의 정情이기 때문에 그것을 뿌리치는 것은 그분들의 정을 뿌리치는 것이라 생각하기 때문이다.

어리석은 자는 소탐대실小貪大失하는 자이다.

예를 들자면 돈 만원 때문에 평생 단골손님을 놓치는 사람도 그러한 사람이며 수고해 준 대가로 기어이 돈을 받고 그 좋은 사람과의 인연을 잃어버리는 사람 등이다. 평생 단골손님이 만원의 열배 백배를 벌어줄 것인데 코앞에 보이는 만원 때문에 큰 것을 놓친 것이다. 어느 좋은 관계의 사람으로부터 부탁을 받고 일을 보아주었는데 그 수고비를 요구하여 그 몇십 배의 인간적인 보상을 잃는 경우도 주변에서 허다하게 본다. 진정한 친구, 진정한 인연 하나를 잃어버리는 큰 실수를 범한 것이다.

이제부터 나는 내가 살아오면서 봐오고 겪어왔던 많은 이야기와 그것이 남겨준 교훈들을 이 책 안에 풀어놓고자 한다. 많고도 많은 정책을 펼치기 위해 많은 사람들과 일하며 살았던 세월이 나에게 근사한 책 한 권을 남겨준 듯싶다.

닻을 내리는 순간까지

이제 조병돈 호는 닻을 내릴 순간이 다가왔다.

12년간 선장이었던 내가 이끄는 조병돈 호에 승선했던 승객이 행복했는지 불행했는지는 승선했던 당사자들이 판단할 일이지만 우선 나는 내가 이끌어야 할 목적지까지 무사히 도착한 것 같아 그나마 다행스럽다. 잔잔한 바다를 순항만 했던 것은 결코 아니었으며 거대한 파도도 만나고 사나운 태풍을 만나는 난항도 수없이 겪었다. 그래도 결국 난파도 좌초도 되지 않은 채 큰 탈 없이 명예롭게 임기를 마치고 퇴임하게 됨을 하늘에 감사드린다.

예전에도 말한 적이 있었지만 아마도 내 사주팔자를 놓고 유명한 점술가가 예언을 한다면 '태어날 때부터 일복을 타고 났다. 이 사람은 일 안하면 제 명에 못 사는 팔자니 오래 살기를 바란다면 일하게 내버려두라'고 운명을 점쳤을 것이 뻔하다. 아직 한 번도 그런 곳에 가 본적이 없어서 모르기는 하나 칠십 평생을 살고 나니 어느 누구를 보아도 그 정도는 점칠 수 있는 혜안이 생겼다. 시장이 되는 복도 일복이 있는 사람에게만 주어지는 복임에 틀림없는 것 같다.

내 일생이 좀 고단하고 험난할 지라도 나 하나 열심히 뛰어서 열 사람이 행복할 수 있다면 어디에서 무슨 일이든 할 수 있다는 것을 몸소 실천하신 부모님으로부터 보고 배우며 성장했고 그렇게 살아왔다. 그런데 하물며 나 하나가 중심이 되어 열심히 뛰면 20만 시민이 잘 살 수 있는데 그 일을 마다할 내가 아니다. 내가 제일 잘하는 것, 그것은 '죽을힘을 다해서 일하는 것' 그것이다. 또한 그것이 내 인생철학이자 인생 모토이기도 하다.

70여 년의 내 인생도 그렇게 살아왔다.

단 한 번도 빈둥빈둥 놀면서 매화 타령을 해 본 적이 없었던 내 삶이 고단했다고는 말하고 싶지 않다. 사는 동안 때로는 힘에 부치고 때로는 고민과 실의에 빠져 포기하고 싶은 순간들도 있었지만 나는 그대로 주저앉지 않고 그 고비를 넘겨 전화위복으로 만들었다. 그때마다 얻어지는 성취감은 편안하게 앉아서 얻어진 결과보다 몇 배는 더 감격적이고 뿌듯하다는 것도 이미 알고 있다.

이천 관고동 개배미 마을에서 태어난 나는 고등학교를 졸업할 때까지 이천을 한 번도 벗어나 본 적이 없는 그야말로 이천 촌놈이었다. 이천 남초등학교와 이천 중학교를 졸업하고 이천에서 제일 공부 잘한다는 애들이 가는 이천 농고 토목과에 입학했다. 이천 농고가 이제 '제일고등학교'로 이름을 바꾸어서 '농고 출신'이라는 딱지는 떨쳐 버렸다.

중학교 시절 나는 수학보다는 국어, 지리, 역사 등 인문 쪽 공부를 더 잘했고 취미도 글쓰기나 책 읽기였었다. 키 순서대로 번호를 정했었는데 나는 4번이었다. 그 말은 우리 반에서 나보다 키 작은 친구는 내 앞에 3명뿐이라는 이야기가 된다. 키는 작았지만 생각이 많았던 순한 아이였다. 그 나이 또래에는 다 그렇지만 나는 유독 하고 싶은 것이 많았다. 꿈이 많고 미래에 대한 열정이 많아서였던 것 같다. 그 소년이 결국 경기도 공무원으로 시작해 이천 시장으로 직장생활을 마감하게 되었으니 길고도 긴 여정이었다.

공무원 생활 38년, 시장 생활 12년이 내 인생의 전부나 다를 바가 없다. 경기도에서 직장생활을 할 때나 시장이 되었을 때나 나는 꿈에도 이천을 떠나 본 적 없이 이천을 맴돌고 오로지 이천 사랑에서 헤어나지 못했던 것 같다.

애초에 시장이 되려는 목적 역시 내 고향 이천을 잘 먹고 잘 사는 도시로 만들어보고 싶은 소망에서였다. 너무 배고픈 일상이 싫고 하고픈 것을 못하는 궁색한 살림살이가 싫어서 젊은이들은 이천을 떠나 서울로, 대도시로 향했다. 나는 내 부모 형제가 있는 고향을 떠나 대도시로 갈 생각 대신 가족들이 있는 이천을 떠나지 않고 잘 살 수 있는 방법을 찾기로 했다.

고등학교를 졸업하고 양평군 양동면에 공무원으로 첫 발령을 받았을 때 나는 집을 나서는 순간까지 울면서 발령지로 떠났었다. 지금은 양동과 이천이 불과 40분 거리밖에 되지 않아 집에서의 출퇴근이 가능하지만 그때는 그럴 수가 없었다. 양동은 완전 산간 오지였고 출퇴근은커녕 일주일에 한 번 이천 집에 다니러 가는 길도 쉽지 않은 거리였다. 겨울에 폭설이 쏟아지거나 여름에 폭우가 쏟아지면 길이 막혀 고립되기 일쑤였다. 따뜻한 가족 품을 떠나는 일이, 이천이라는 내 고향 이천을 떠나는 일이 죽기만큼이나 싫어서 그렇게 울며 첫 직장으로 갔던 내가 12년 동안 이천을 이끄는 시장으로 재직했다는 것은 어쩌면 당연한 귀결이었는지도 모르겠다.

나는 이번 참에 내 시장 임기 12년을 총정리하면서 내가 실행한 사업과 그 사업이 이천에 미친 영향, 그리고 계속해서 추진해야 할 사업 등을 일목요연하게 작성하여 이천 발전에 무엇이 필요한지 시민들에게 정확히 알리고 싶다.

비록 나는 어깨의 짐을 내려놓고 시민의 한 사람으로 돌아가지만 새로 당선된 시장 역시 이천을 잘 사는 도시로 만들고 싶은 마음일 것이므로 시민들의 간절한 소망을 저버리지는 않을 것이라 믿는다.

나를 잘 아는 지인들은 제대로 마음 놓고 쉬어본 적이 없는 내가 안타까웠는지 '어깨가 가뿐하지요? 이제 짐 훌훌 벗어던지고 편안하게 좀 놀면서 사세요. 그럴 자격 충분합니다'라고 우정 어린 인사를 보내오지만 나는 실상 어깨가 가볍지도 홀가분하지도 않다. 내가 제안하고 내가 시작한 일을 끝마무리하지 못한 사업들에 대한 미련만이 남아 그것이 편안치 않은 심정이다. 기초석이라 할 수 있는 기본 바탕은 깔아놓았으니 이제부터는 다음 시장이 잘 이끌어 갈 것이건만 못내 아쉬운 이 미련은 이천 사랑이 너무 큰 탓이 아닌가 모르겠다.

도저히 그 당시의 상황을 설명하기 어려운 부분에서는 혼자 메모해두거나 일기로 적어둔 것을 책에 옮겨 넣어 그때의 내 심정을 밝힐 생각이다. 매일매일 일기를 쓰지는 않지만 너무도 답답하고 그렇다고 누구에게 말하기도 힘든 일이 있을 때는 혼자 다이어리 수첩에 마음을 털어 놓곤 했다. 이번에 정리하면서 들추어보니 그때의 상황, 그때의 심정이 되살아나서 찌르르 가슴이 저려왔다. 어떤 설명보다 그 메모가 가장 정확히 나를 대변해줄 수 있겠구나 싶어 용기 내어 옮겨 적기로 했다.

그중에서도 민선 6기, 세 번째 시장 출마를 앞두고 있던 때의 내 심정이 적힌 글을 보면서 가장 가슴이 아팠고 아내에게 미안한 마음이 들었다.

"여보, 부탁인데 이번에는 시장 출마 하지 않으면 좋겠어요."

어지간해서는 남편 일에 참견하지 않고 따라주는 편인 아내가 하루는 정색을 하고 진지하게 나에게 부탁을 했다. 아내 성격에 '출마 안하면 안 돼요?'도 아니고 '출마하지 말라'는 뜻의 말을 할 때는 강력한 의지를 나타내는 표현이었다.

"왜? 밖에서 무슨 말을 들은 거요?"

"당신 건강이 걱정돼서 그래요."

"내 걱정 말아요. 일하느라 바빠서 아플 시간도 없으니까 좋은데 뭘……"

"그게 아니라…… 이번에 당신이 출마하겠다고 해도 그 사람이 공천 안 줄 텐데 괜히 그런 일 당해서 충격 받아 건강 해치기 전에 미리 당신이 포기하시라는 거예요."

'그 사람'이란 당시 국회의원이자 당의 이천 공천권을 쥔 나의 친구를 말하는 것이었다. 학창시절에도, 사회에 나와서도 서로 등 질 일 없이 무난한 관계였고 그가 시장에 출마했을 때 나는 친구를 위해 적극적으로 나서서 시장 당선으로 이끌기도 했었다. 그러다가 어느 날부턴가 서먹하고 껄끄러운 관계가 되어 버렸다. 아마도 내가 그를 이어 시장에 당선되고부터가 아닌가 짐작할 뿐이다. 그래도 나와는 친구사이니 정치를 떠나서는 여전히 친구려니 하는 마음이지만 밖에서 들리는 소리에 의하면 현실은 내가 생각하는 것보다 훨씬 심각한 눈치였다. 그런 소리를 아내가 들은 모양이었다.

"제발 그렇게 해 줘요. 누구한테 지고는 못사는 당신 성질에 그런 일 당하면 펄펄 뛰다가 제풀에 병 걸릴 거라고요. 이제 그만 가족들 챙기면서 편안하게 살아요."

아내의 부탁이 하도 간절해서 차마 한 마디로 뿌리칠 수가 없었다.

"알았어요. 딱 일주일만 나에게 시간을 줘. 당신 말을 긍정적으로 고려해 볼 테니까."

"그래요. 내 부탁 들어주리라 믿어요. 내가 또 병들지 않게 해 줘요."

아내가 내 뒷바라지 하면서 스트레스 받아 암에 걸리고 투병생활 끝에 겨우 회복되어 아직도 정기적으로 검진을 받고 있음을 기억하며 나는 고개를 끄덕였다. 다음날부터 처갓집 식구들이 줄줄이 전화를 걸어왔다.

"조서방 자네, 이제 남은 인생은 가족 위해서 살아주면 안 되겠나? 내 딸 마음고생 그만 좀 시키라고. 겨우 암 극복하고 아직도 건강 회복하는 중일세. 살기 좋은 이천 만드는 일도 중요하지만 집에 있는 안 사람 건사하는 것도 자네가 할 일일세."

"예. 장모님 말씀 잘 알겠습니다."

장모님 말씀이 하나도 틀린 말이 아니니 그렇게 대답할 수밖에. 장모님에 이어 처남, 수녀님이 된 처제까지 내게 전화를 걸어 출마를 만류했다.

"형부, 저는 형부 일에 참견 안 하는 거 아시죠? 그런데 이번만은 형부가 언니 부탁 들어주시길 빌어요. 형부 건강 걱정하는 우리 언니 더 이상 못 보겠어요."

아내는 내가 시장으로 당선되느냐 떨어지느냐의 문제가 아니라 공천을 받는 과정에서 내가 마음의 상처를 받고 내 성질에 못 이겨 건강을 해칠 것 같아서 염려하는 것이었다. 항상 내게 힘이 되어주던 처남도 극구 만류하는 전화를 걸어왔다. 처가 식구들로부터 전화를 받고나니 아내가 내 일로 얼마나 노심초사하고 있는지 실감이 났다. 출마하는 것이 당연하다고 결정내렸던 내 마음에서 출마를 접어야 하나 말아야 하나 갈등이 생기기 시작했다. 종일 고민하다가 퇴근해서 집으로 갔는데 눈앞에 서 있는 아내를 보는 순간 입이 떡 벌어졌다.

"나 예뻐?"

아내가 문을 열어주며 내 앞에 모습을 드러내는 순간 나는 말문이 막혔다. 머리를 박박 밀고 삭발한 아내가 내 앞에 서 있었다.

"아니, 이게 뭐 하는 짓이여?"

내가 원래 오두방정을 떠는 스타일이 아니라 아무렇지도 않은 것처럼 천천히 말하며 아내를 보았지만 실은 충격이 이만저만이 아니었다.

"이번 선거에 나가지 말라는 내 강력한 의지를 보여줄 길은 이 길밖에 없어서…… 내 마음 알겠죠?"

나는 다리에 힘이 빠져 소파에 가서 앉았지만 아내의 삭발을 보는 순간 알 수 없는 오기가 치솟았다.

"그래? 당신이 어디서 무슨 소리를 듣고 이 정도로 내 출마를 말리는지 나도 한 번 확인해 봐야겠어. 내가 출마를 하는지 안 하는지 나하고 내기할까? 나는 무조건 이번 선거에 나갈 테니까 그런 줄 알아."

나는 며칠간 생각할 시간을 달라던 약속도 다 취소하고 그 자리에서 출마 선언을 해버렸다. 아내의 얼굴에서 핏기가 사라졌다. 아내는 '내가 저 사람 오기에 불을 붙였구나' 하며 '아차!' 하는 표정을 지었다. 나는 저녁도 거른 채 방으로 들어가 나오지 않았다. 그날 적은 내 메모는 지금 보아도 오기로 똘똘 뭉쳐 있음이 역력했다.

2013년 11월.
참담한 심정이라는 말은 이럴 때 쓰는 말이구나 싶은 날이다.

아내의 삭발한 모습을 보는 순간 오기가 발동을 했다. 아니 눈이 뒤집혔다는 말이 맞는 말일 것 같다. 원래 호들갑스럽지 않은 내 표현 덕분에 아내 앞에서 남편의 체면 유지는 했는지 모르지만 결국 집사람에게 상처를 입힌 건 분명하지 싶다. 아내의 흐느낌 소리가 내 가슴에 파고든다. 정치에 뛰어든 나를 내조하느라 암까지 걸린 사람을 나는 위로는 못할망정 또 한 번 아프게 했다.

가슴이 아픈 만큼 새누리당 공천권을 쥔 그에게 괘씸한 마음과 함께 화가 치민다. 아내의 박박 깎은 머리를 보는 순간 이쯤에서 물러나 편안히 살아볼까 하던 마음은 삽시에 사라졌다. 그에게 보란 듯이 3선 시장 출마에 도전할 것이며 보란 듯이 당선되어 이천을 이끌어 나갈 것이다. 그가 공천을 주던 안 주던 3선 시장에 출마한다는 내 의지는 변동 사항이 아니다. 한 번 두고 보자.

나는 다음날부터 본격적으로 선거 준비에 돌입했다.

새누리당 시장 후보자는 나를 포함해 남자가 6명이었는데 유의원은 나와 일을 같이 하던 여성 부시장을 전략 공천하고 해외로 출타해 버렸다. 여성 시장을 탄생시키겠다는 새누리당의 전략 공천에 6명의 남자 시장 후보자들은 허탈함을 감추지 못했다. 아내가 걱정하던 사태가 벌어진 것이다. 후보자들은 국회와 이천에서 기자회견을 열고 공천한 여성 부시장 전략 공천을 철회하라는 비판의 소리를 쏟아냈다. 여러 문제가 언론에 제기

되고 여론이 들끓자 당에서도 해외에 나가 있는 유의원에게 귀국을 종용하는 소동이 벌어졌다.

나는 지역 어르신들을 찾아가 내가 처한 입장에 대해 설명하고 시장 출마를 포기해야 할 것 같다며 죄송하다는 인사를 드렸다. 이때 지역 어르신들은 나를 격려하고 염려하면서 무소속으로라도 출마하라고 나에게 힘을 실어주었다. 내가 고민 끝에 무소속 출마 의지를 굳히자 그들은 박수를 치며 응원을 보냈다.

"그동안 우리 시장님이 이천을 위해서 얼마나 많은 일을 했는데 그걸 이천 사람이라면 모를 리가 없지요. 반드시 승리할 겁니다. 힘내세요. 조병돈 시장님 파이팅!"

그 당시 따뜻한 말과 행동으로 또 마음으로 나를 지원해 준 시민들을 나는 평생 잊을 수는 없을 것이다. 소문을 들은 어느 정치 선배가 나에게 만나자는 연락을 해왔다.

"무소속으로 출마하면 너무나 힘든 선거가 될 것이야. 나를 도와줄 능력 있는 장수 하나 없이 오합지졸을 끌고 혼자 전쟁터에 나가서 싸우겠다는 것과 똑같으니 그 전쟁에서 이길 승산은 희박한 거지. 명심하시게나. 어느 당이라도 좋으니 공천 받을 길을 찾으시게. 여당이 아니면 어떤가. 야당 공천이라도 꼭 받도록 하시게."

이미 경상도 지역에서 무소속으로 출마하여 선거전을 치러

본 선배(당시 새누리당 국회의원)가 나를 불러 앉히고 공천 받기를 적극 권유했다. 대선배의 그 말씀이 큰 도움이 되었다. 나는 우선 지역 어르신들의 의견을 듣기 위해 원로어르신들을 찾아뵈었다. '무소속으로는 당선이 힘들다고 합니다. 잘 아는 새누리당 국회의원을 찾아뵈니 민주당으로 가서라도 당선이 되어야 이천을 제대로 발전시킬 것 아니냐면서 무소속은 안 되니 민주당으로라도 가라고 합니다'라고 말씀드리니 모든 어르신들께서 당선이 우선이라고 동의를 하셔서 민주당에 입당한 후 경기도당에 시장공천신청을 했는데 곧바로 컷오프 되었고, 낙심하던 차에 재심청구를 할 수 있다는 안내를 받고 재심을 청구하기로 했다. 당시 국토해양위원장을 하고 있던 박기춘 의원이 반갑게 맞아주면서 김태년 도당위원장에게 이천이 보수지역인데 당선될 분은 조병돈 시장밖에 없다며 재심이 꼭 통과되도록 도움을 주었으면 좋겠다고 전화를 해주었고, 나는 바로 재심서류를 경기도당에 제출할 수 있었는데 그때 125쪽의 서류를 제출했다. 그 서류 1부를 당시 재심위원장인 추미애 위원장에게 직접 설명을 하니 다른 사람은 기껏해야 10쪽 정도 서류를 내던데 125쪽이나 되는 서류를 만들었냐고 하면서 하나하나 모두 검토하고 긍정적인 의견을 주었으며 그 후에 많은 애를 써준 것으로 얘기를 들었다.

당시 도당위원장이었던 김태년 의원, 우원식 의원도 많은 격려를 해주었는데 지금도 감사한 마음이다. 공천말기까지 많은 난관에 부딪쳤지만 포기하지도 실망하지도 않고 버텼다. 나는 여의도에 숙소를 잡아 놓고 15일간이나 그곳에 머물면서 많은 사람들을 만나 도움을 청하고 설득하면서 난관을 헤쳐 나갔다.

결국에는 민주당과 새정치연합이 합쳐진 새정치민주연합의 후보로 나서서 민선6기의 시장이 되었다. (새정치민주연합은 2015년 12월에 더불어민주당으로 당명을 변경하였다.) 무소속으로라도 나오라고 말하던 어르신들이 유세 현장마다 찾아와 구호를 외치고 박수를 치고 악수를 청하며 힘내라고 응원을 해주었다. 지역 어른들의 격려에 힘입어 출마 선언을 하던 일이 엊그제 같기만 하다. 나는 아직도 그 출마 선언문을 잘 간직하고 있다. 참고로 선언문을 여기에 옮겨 적는다.

조병돈 이천 시장 예비후보 출마 선언문
존경하는 이천 시민 여러분!
저는 오늘 가슴 벅찬 심정으로 민선 6기 이천 시장에 출마하기 위해 이 자리에 섰습니다.
말씀 드리기에 앞서 세월호 참사로 소중한 생명을 잃은 안산의 단원고 학생들과 희생자 분들에게 머리 숙여 조의를 표합니다. 그리고 아직도 차디 찬 바다 속에 실종된 분들이 하루빨리 구조되기를 두 손 모아 기도합니다. 가족을 잃은 유가족들과 애간장을 태우시는 실종자 가족들께서도 새로운 희망을 찾게 되시기를 진심으로 기원합니다.

어린 학생들의 목숨을 지켜내지 못한 어른의 한 사람으로서 이렇게 살아 있다는 사실이 부끄러울 수가 없습니다. 나라를 새로 만든다는 각오로 뼈를 깎는 반성과 대책이 있어야 할 것입니다.

온 국민이 슬픔과 비통에 젖어 있는 이때 선거에 나서는 것이 참으로 송구스럽고 죄송할 따름입니다. 하지만 다가올 6·4 지방선거 또한 사고 없는 안전한 이천, 행복한 이천을 만들기 위해 중요한 일이고, 저 역시 이천의 미래를 걱정하는 한 사람으로서 큰 각오를 가지고 이 자리에 섰습니다.

우선 최근 새정치민주연합 공천 심사와 관련해서 시민 여러분께 심려를 끼쳐드린 데 대해 죄송하다는 말씀을 드립니다. 이번 일을 거울삼아 저는 물론 제 주변 모두에 이르기까지 처신을 더욱 더 바로 하겠습니다.

존경하는 시민 여러분!

35만 자족도시의 초석을 다지겠다는 열망 하나로 달려온 8년이 빠르게 흘러갔습니다. 그동안 많은 일들이 있었습니다. 천여 명이 삭발하며 투쟁했던 하이닉스 증설 사업이 7년간의 치밀한 준비 끝에 15조원 투자라는 막대한 결실을 맺었습니다. 이천 시민 모두의 승리입니다.

내년이면 이천시도 전철시대가 열립니다. 성남-장호원간 자동차전용도로 사업도 순조롭게 진행되고 있습니다. 마장, 중리, 증포 지역의 대규모 택지 개발사업도 이제 막 첫 삽을 뜨게 됩니다. 종합병원도 성공적으로 유치했습니다.

남이천IC도 올해 개통됩니다. 교육 때문에 떠나는 인구가 급격히 줄고, 이천에서 공부해도 원하는 대학에 갈 수 있다는 믿음이 커졌습니다. 특히 올해는 10위권 대학에 진학하는 학생 수가 지난

해보다 두 배나 늘었습니다.

도자 예술촌, 농업테마파크, 민주화 공원 등 연간 천만 명이 찾아오는 관광도시를 위한 주요 시설들도 서서히 모습을 드러내기 시작했습니다. 해외 도시들과 교류도 활발해져 이천 쌀과 도자기를 해외로 수출하고, 이천의 농경문화를 해외 관광객들에게 소개하는 루트도 개척했습니다.

이천시 전역이 총체적인 변화의 물결 속에 있는 것입니다.

35만 자족도시 사업은 도시의 한 부분을 고치는 사업이 아니라 도시 전체를 개조하는 사업입니다.

제가 세 번째 이천 시장에 도전하는 이유도 지금까지 벌여놓은 사업들을 확실하게 마무리해야 하기 때문입니다.

올해 첫 삽을 뜨는 마장지구 사업을 체계적으로 추진하고, 예비 타당성 조사 중인 중리지구 사업도 곧바로 시작해야 합니다.

이천역과 신둔역, 부발역도 테마형 역세권으로 조성해야 합니다.

SK하이닉스 증설을 효율적으로 진행시키고 협력업체와 직원, 가족들이 생활할 수 있는 대단위 하이닉스 타운을 만들어야 일자리 창출과 지역 경제 활성화라는 두 마리 토끼를 잡을 수 있습니다.

인구는 35만이지만 찾아오는 사람은 연간 천만 명이 넘는 사계절 관광도시 사업을 끝내야 합니다.

이 밖에도 할 일이 너무나 많습니다.

민선 6기의 테마는 완성과 재도약입니다.

민선 4기부터 시작한 창조적인 변화가 마무리 되고 도약하는 이천이 완성되는 시기입니다. 6기 후반부터는 이천의 인구와 관광객이 급격히 늘어나는 가시적인 모습들이 확인될 것입니다.

사랑하는 이천 시민 여러분!

35만 자족도시 건설은 저 조병돈이 이천을 위해 제 일생을 걸고 추진하는 사업입니다.

　　제 심장은 35만 도시건설을 위한 열정으로 충만해있고 제 머리는 그것을 실현하기 위한 구상들로 가득 차 있습니다. 시민여러분께서 저 조병돈에게 한 번 더 기회를 주신다면 지금까지 벌여놓은 많은 사업들을 성공적으로 마무리하고 새로운 도전을 위한 초석을 다지겠습니다.

　　세계 속의 도시들과 어깨를 나란히 하는 이천! 대한민국 1등 이천 건설을 위해 제 모든 것을 바치겠습니다. 감사합니다.

2014년 5월 8일 조병돈

제6회 전국동시지방선거 당선증 교부

다시 들여다보면서 내가 선언문에서 공약으로 내걸고 약속했던 사업들이 임기를 마치면서 모두 이행되었다는 생각을 하니 참으로 가슴이 뿌듯하다. 이제 남은 일은 닦아 놓은 길, 지어진 건물, 조성된 공원 등 주어진 혜택들을 어떻게 활용하고 가꾸어 나가는가 하는 문제이다. 이천을 사랑하고 이천을 아끼는 시민들의 향상된 애향심과 시민 의식으로 잘 발전해 나가리라 믿는다.

1장/
나의 정책

뼈아픈 기억들

시장에 당선된 민선 4기에는 유독 큰 시련들이 많았다. 돌이켜 생각해보면 그 엄청난 고비를 어떻게 무사히 넘겼는지 오히려 신기할 정도이다. 물론 모든 시민들과 함께했기에 가능한 일이었겠지만 다시 기억하기조차도 끔찍한 일이다.

특히 하이닉스 공장 증설 투쟁과 군부대 이전 반대 시위는 이천시 전체를 거의 1년 동안 마비시킬 정도로 강력했다. 41명의 소중한 목숨을 앗아간 물류공장 화재 사건과 전국 2위의 축산 도시 기반을 송두리째 묻어버린 구제역 파동도 큰 시련이었다.

시간당 100mm가 넘는 폭우로 사망사고가 발생하고 이천 북부지역 일부가 초토화되기도 했다. 태풍으로 다 키운 벼가 쓰러지고, 수확 직전인 다 익은 과실이 바닥에 떨어져 농민들의 가슴에 피멍이 들기도 했다. 나를 붙들고 눈물을 글썽거리는 그들 앞에서 나는 할 말을 잃은 채 거친 그들의 손을 잡아주는 일밖에 아무 것도 해주지 못했다.

민선4기는 나에게 시련을 넘어 또 시련, 시련의 연속이었다.

'네가 그렇게도 이천을 사랑한다는데 그래, 얼마나 이겨내는지 한 번 보자' 하고 하늘이 나를 시험하는 것 같았다. 밤잠 못 자는 날이 계속되었고 아침에 눈을 뜨면 또 오늘은 무슨 일이 터지려나 싶어 날 밝는 일이 두려울 정도였다.

이천 하이닉스 증설 불허 문제, 특전사 등 군부대 이전 결정, 물류 창고 화재 참사는 나에게 잊을 수 없는 뼈아픈 기억들로 생생하게 남아 있다. 내가 아끼는 우리 시민들이 눈물을 흘리며 삭발을 하고 엄동설한에 추위에 떨며 20회에 가까운 촛불집회를 하던 모습, 공설 운동장에 모여 정부를 상대로 분노하던 시민의 함성은 아직도 귓전을 맴돌고 그 일이 어제 일 같기만 하다.

또 하이닉스 이천 증설 무산으로 이천 시민의 울분이 채 가시기도 전에 '송파 신도시 건설'을 위해 송파에 주둔하던 특전사령부를 이천으로 이전하겠다는 발표가 났는데 그곳이 하필 장애인올림픽 훈련센터와 웅진 어린이마을, 그리고 웅진그룹에서 리조트 등 우리 이천 관광활성화를 위한 종합계획이 잡힌 신문면이었으니 주민들이 군부대 이전을 받아들일 리가 없었다. 이번에는 국방부를 상대로 투쟁을 벌여야만 했다. 취임하자 연이어 터지는 사고에 정신 차릴 틈도 없이 1년 반이 흘러가고 2008년 1월1일 새해가 밝았을 때 설봉산 칼바위 해돋이 행사에서 나는 진심을 다해 소원을 빌었다.

"제발 금년 한 해는 우리 이천 시민이 편안한 해가 되도록 도와주십시오."

그랬건만 내 기도가 부족했는지 1월 7일 호법 유산리에 있는 물류창고에 화재가 발생하여 41명이 참변을 당하는 대참사가 벌어졌다. 시커먼 연기가 하늘로 피어오르고 유독가스 때문에 700여 명의 소방관과 경찰이 투입되었으나 속수무책이었다. 안에 사람이 있다며 발만 동동 구르는 화재 현장은 그야말로 아비규환 그대로였다.

"이래서는 안 된다. 나라도 정신 똑바로 차리고 수습을 해야 한다."

나는 주먹을 불끈 쥐고 화재 현장을 떠나 청사로 돌아와 곧바로 대책회의를 소집했다. 경기 도지사도 달려와 도청 신관 1층에 재난상황실을 설치하여 화재사고 현황을 체크하고 복구를 지원하겠다고 나에게 약속하고 돌아갔다. 시장인 내가 본부장이 되어 '사고수습대책본부'를 설치하고 24시간 비상체제 근무를 발령하고 수습에 나섰다. 이리 뛰고 저리 뛰면서 왜 나에게 이런 시련이 닥치는지 하늘에 묻고 싶었다. 그러면서도 한

편으로는 이런 대형 사건들이 이천 시민과 나를 하나로 묶어주고 직원과 나를 결속시켜 준다는 사실을 이미 경험한 터여서 묵묵히 사건 수습에 임했다. 나와 함께 밤샘을 하는 직원들에게서 단 한마디의 불평도 나오지 않았으며 자기 몸을 사리지 않고 밤낮으로 수습에 몰두했다.

나는 악조건 속에서 점점 강인해지고 더 큰 의욕과 책임감에 불타올랐다. 이천 시민이 나를 믿어준다는 확신을 가지는 계기가 되었고 시민과 직원들이 내 지시에 따르면서 손발 맞추어 사건 수습을 하는 동안 그들과 나 사이에 두터운 신뢰감이 생겼다. 나 혼자 이리 뛰고 저리 뛰는 상황이 아니라 시민들과 직원들이 모두 합심하여 함께 달렸다.

누구든 한 번쯤은 '이인삼각' 경기를 해 보았을 것이다. 두 사람이 나란히 서서 두 사람 발을 하나씩 한데 묶고 세 다리로 달리기를 하는 경기이다. 두 사람 마음이 합심하여 박자를 잘 맞추어야만 넘어지지 않고 다른 팀보다 빨리 달릴 수 있다. 이천 시민과 시의 공무원들과 내가 바로 그 경기의 선수들인 셈이었다. '우리는 하나'라는 느낌이 입으로 외치는 구호가 아니라 온몸으로 체험하고 피부로 느끼는 감동을 맛보았던 것이다. 그 큰일을 몇 번 겪고 나자 어지간한 일이 닥쳐도 '또 한 번 해 보자' 하는 자신감으로 겁 없이 일에 달려들 수 있었다. 그렇게 우리는 결속되어 밀어붙이는 힘을 길렀고 어떤 일이 닥쳐도 한 마음 한 뜻으로 뭉쳐 그 고비를 넘겼다.

첫 번 한 번은 어려웠지만 두 번 세 번 되풀이되자 수많은 사람들이 숙달된 조교처럼 일사분란하게 집결하여 앞으로 나아갔다. 비록 사건 사고가 눈앞에 닥쳤을 때는 괴롭고 힘들지만 다 같이 똘똘 뭉쳐 그 일을 해결하고 나면 성취감이 두 배 세 배가 되었다.

오죽하면 '단군 이래 이천 시민이 이렇게 단단한 응집력을 보여준 민선 4기였다'는 말이 나왔을까? 시민과 나와의 그런 믿음과 단결력을 만들어주기 위해 하늘이 나에게 그토록 큰 시련을 주셨구나 하는 마음이 들기도 했었다. 그 큰 뜻을 모르고 꽤나 하늘을, 신을, 나 자신을 원망했던 순간들을 나는 남몰래 스스로 뉘우쳤다.

이렇게 힘들게 넘긴 투쟁들이 최근 어떤 꽃을 피웠는지는 뒷면에 다시 모아서 이야기하기로 하겠다.

어찌되었거나 그때의 그 힘으로 나는 12년을 버텼다고 생각한다.

그 힘 속에는 내가 고심 끝에 과감하게 단행한 인사개편이 큰 몫을 하였음을 나도, 임직원들도, 그리고 직원들도 모두 다 인정하는 일이다.

'창조적 변화, 도약하는 이천'이라는 슬로건을 내걸고 제대로 뜻을 펼쳐보겠다고 야심차게 출항한 2006년. 나는 7월 1일 취임하자 조직개편과 인사를 단행하기 위한 진단에 착수했었다. 그 당시 이천 시민은 공무원들에 대한 불만이 팽창해져 있었고 그들의 변화를 요구하고 있었다. 보통 새 시장이 부임해 오면 자기 사람을 놓고 필요에 따라 적시적소에 배치시키는 정도로 인사를 단행하고 업무를 시작하는 것이 관행이었다. 그러나 나는 일하지 않는 공무원, 정신이 해이한 공무원, 무사안일주의로 눈치만 살피는 공무원과는 내 설계와 계획을 실천에 옮길 수 없다고 판단했기 때문에 과감한 결단을 내리지 않을 수 없었다. 그런 공무원들을 곁에 두면 리더가 일하는데 얼마나 많은 부작용이 초래되는지 나는 공무원 생활 38년 동안 너무나 많이 보아 왔다. 내 사람이든 전 시장의 사람이든 정확하고 부지런하게 일 잘하는 공무원을 나는 원했다.

대개의 시장들은 취임하면 미리 가지고 있던 자기 사람의 명단을 놓고 우선적으로 중요한 자리에 배치하여 업무를 시작하는 것이 관례였다. 그러나 나는 내 사람이든 아니든 부패하고 청렴치 못한 인물과 구태의연하고 나태한 공무원을 과감하게 조정하는 작업부터 시작했다. 결코 쉽지 않은 일이었다. 나에게는 비록 일 못하는 공무원일 뿐이지만 그들도 한 가정의 가장이고 부모님의 귀한 자식이며 그의 인생이 걸린 문제이기 때문이었다. 원망과 탄원이 빗발쳤지만 나는 마음을 독하게 먹었었다. 이천의 발전을 위해서 또 이천을 이끌어 갈 나를 위해서 약한 마음으로 인정에 이끌릴 수는 없었다. 밤낮으로 일할 마음의 자세를 가진 직원들만이 어려움이 닥쳤을 때 그 일을 해낼 수 있다고 확신했다. 내 확신대로 그런 직원들이 있었기에 수없이 다가오는 고비를 무사히 넘길 수 있었다고 자부한다.

그들과 합심하여 이루어 낸 업적들을 나는 잠시 더듬어 보려 한다.

나만의 힘이 아니었음을, 쉽고 의례적이고 통상적인 업무가 아니었음을, 몸을 사리고 자신의 이득만을 취하는 직원들과 일했다면 이루어낼 수 없는 성과였음을 많은 사람들이 알아주었으면 싶어서이다. 이 순간을 빌어 나에게 너무나 혹사당한 사랑하는 동료 직원들에게 미안한 마음도 함께 전하고 싶다. 솔직히 나는 아예 일 못하는 직원들에게는 꾸지람도 더 큰 성과도 재촉하지 않는 스타일이다. 충분히 큰 성과를 얻어낼 능력이 있음에도 자신의 열정을 다하지 못한 능력 있는 직원들에게 호되게 채찍질을 했기 때문에 그들은 억울했을 수도 있다. '왜 다른 사람보다 더 열심히 일하는 나에게 저렇게 혹독한 말을 할 수가 있을까? 시장한테 내가 미운 털이 박혔나?'라고 생각한 적이 있다면서 어느 직원이 나에게 고백한 적도 있었다.

이 시점에서 나를 도와 함께 힘든 길을 걸어온 많은 직원들에게 미안함과 더불어 진심으로 감사의 마음도 전한다.

도시기반 시설

내가 시장에 출마하면서 가장 크게 내세웠던 것은 이천을 35만 인구의 행복한 계획도시로 만들겠다는 것이었다.

35만 계획도시는 내가 시장이 되겠다고 결심하게 된 최고의 과제이자, 시장이 되고 난 후에도 머리에서 하루도 떠난 적이 없는 주제이다.

한마디로 민선 4, 5, 6기는 35만 자족도시를 완성하기 위한 토대를 만드는 과정이었다고 할 수 있다.

내가 이천시를 35만이 사는 자족도시로 만들겠다고 생각하기 시작한 것은 경기도청에서 근무할 때부터였다. 당시 도시계획 분야를 연구하면서 그 기초가 되는 도로 건설에 역점을 두고 일하고 있을 때 여러 명의 도시계획 전문가들로부터 도시 인구가 최소한 30만 명이 넘어야 이른바 자족도시의 형태가 될 수 있다는 얘기를 들었다. 또한 이천 같이 20만을 전후한 여러 도시들이 30만을 달성하기 위해 다양한 정책을 시행하고 있는 것도 보았다.

이렇게 전문가들의 의견과 주변 도시들의 움직임들을 깊이 관찰하면서 나는 이천시가 경쟁력 있는 도시로 성장하려면 최소한 30만이 넘는 인구 구조를 갖는 것이 근본적인 대안이라는 확신을 갖게 되었다.

인구 30만이라는 숫자는 행정적으로도 아주 중요하다. 지방교부세나 재정보전금, 지방세가 늘어나는 혜택이 있고 행정 기구도 증설되며 자족도시의 기반도 획기적으로 변하게 되는 것이다.

자족도시는 기본적인 생산과 소비, 유통 등이 한 지역 안에서 순환구조로 완성되는 것을 의미한다. 이를 기반으로 주택이나 도로 같은 도시기반시설을 비롯한 교육과 복지, 문화 등 주민들의 라이프스타일이 도시 안에서 동반 성장할 수 있는 것이다.

내가 시장이 되려고 마음먹었을 때의 이천은 인구도 195,000여 명으로 20만이 안되었을 뿐 아니라 교육환경이나 의료, 문화적 기반 등이 취약했다. 특히 개발제한규제가 2중 3중으로 겹겹이 중첩되어 있어서 개발에 대한 가능성이 원천적으로 차단되는 측면이 많았다. 그런 상황에서 시민들도 무언가 정체된 것 같은 이천시의 모습에 많이들 답답해했고 이천을 확실히 변화시킬 수 있는 돌파구를 원하고 있었다. 그래서 나는 골똘히 연구한 끝에 세부적인 각론보다는 지역 발전의 기본적인 방향을 핵심 케치 프레이즈로 설정하고 이를 중심으로 시민들의 에너지를 하나로 모아야겠다고 생각했다. 시장이 되어서도 시정 운영의 기본 방침을 35만 자족도시 건설에 역점을 두고 세부 영역에서 장, 단기 사업들을 구체화시켜 나갔다.

그러나 확실한 계획이나 사전 준비 없이 인구가 갑자기 늘어나면 난개발이라는 또 다른 문제가 발생할 수 있음을 나는 충분히 인지하고 있었기 때문에 섣불리 인구 증가를 목적으로 삼을 수는 없었다. 그것은 아주 중요한 문제였다. 도시 인구가 늘면 당장 시민 생활에 도움이 되는 효과는 있겠지만 그것은 오히려 돌이킬 수 없는 심각한 도시 문제의 원인이 되기도 한다. 그래서 인구 증가를 통한 도시 발전은 완벽하게 준비된 계획과 철저한 원칙과 뚜렷한 철학이 있어야 하는 것이다.

나는 35만 계획도시를 달성하기 위한 전략 과제를 수립하기에 앞서 어떤 도시를 만들려고 하는지에 대한 기본 철학이 우선이라고 생각했다. 왜냐하면 우선 눈에 보이는 성과를 위해 인구만 늘리겠다고 한다면 마구잡이식 난개발이 가장 빠른 길이겠지만 그렇게 해서는 내가 만들고 싶은 '삶의 질을 높이는 이천'이 될 수 없기 때문이었다.

경기도 내에도 몇몇 도시들도 인구 증가 속도가 하루가 다르게 빨라서 얼핏 보아서는 경제력 있는 큰 도시가 되는 것처럼 보이지만 결과적으로는 난개발 때문에 이미 몸살을 앓고 있음을 볼 수 있었다. 아직은 문제가 발생하면 그때그때 해결하면서 큰 문제가 없는 듯 넘기고 있지만 머지않아 환경은 물론이고 도시계획상에 해결할 수 없는 커다란 문제가 발생할 난개발 지역들도 내 눈에는 훤히 보였다. 가장 큰 문제는 이런 난개발은 다시 원상태로 회복되는 게 불가능하다는 사실이었다.

그 도시의 자랑이던 멋지고 수려한 계곡 사이사이에 폐수 공장들이 들어서고 도시기반 시설과 연계되지 않은 무분별한 개발 때문에 치러야할 사회적 비용은 어느 기준치에 도달하면 지역 사회가 감당할 수준을 넘어서게 된다. 그때의 피해는 오롯이 지역 주민들의 몫이 되고 피해를 수습하려 해도 해결할 수 없는 지경에 이르는 골칫거리 도시가 된다.

그래서 나는 다소 시간이 걸리더라도 이천은 반드시 계획도시가 돼야 한다고 생각했다.

정부와의 끊임없는 협상

정책 계획안이 수립되자 먼저 할 일은 정부로부터 '2020 이천시 35만 도시기본계획'을 승인 받는 일이 급선무였다.

당시 정부는 35만 명을 목표인구로 설정한 이천시의 요구가 근거 없다며 26만으로 낮출 것을 요구해왔다. 하지만 나는 26만으로는 이천을 '살기 좋은 미래 도시'로 만드는데 충분하지 않았다. 그대로 포기할 내가 아니었다. 나는 담당 직원들과 함께 비상회의를 열었다.

"잘들 들어요. 오늘부터 이천 청사로 출근하지 말고 중앙 정부청사로 출근해요. 승인을 받을 때까지는 이천에 나타날 생각도 말고."

"시장님, 집에는……"

어떤 신입 직원은 집에도 오면 안 되느냐고 물으면서 울상을 지었다.

"당연하지. 여관에서 자면서 가족이 보고 싶고 신세가 고달파야 빨리 해결할 마음이 절박할 것 아닌가?"

실상 밤에는 집에 들어와 잠자고 아침에 다시 정부 청사로 출근한다고 해서 내가 집에까지 조사하러 갈 일도 아니건만 추상같은 시장의 명령에 '알았다'고 대답하는 직원에게 잠시 미안한 마음이 들었다.

당시 담당 과장은 물론이고 관련 직원들까지 총동원해서 정부를 설득하도록 지시하고 설득이 안 되면 아예 이천에 내려오지 못하도록 강력한 압박을 넣었다. 승인을 못 받으면 이천에 들어올 생각도 하지 말라는 말은 내가 큰일을 추진할 때 간부 직원들을 독려하고 채근하기 위해 가끔 사용하는 특단의 조치이다. 아마도 직원들은 그러한 내 강한 언사나 조치에 심한 스트레스를 받았을 것이다. 그러나 조직사회는 구성원 각자가 책임감을 갖지 않으면 나태해지고 안일무사주의로 흐르기 때문에 나 자신까지도 압박하며 긴장하는 방법을 택하지 않을 수 없다.

그 결과 직원들은 정부종합청사 옆 인근에 숙소를 정하고 관계부처에 출근하듯 서류를 들고 들어가 공적으로 설득 작전을 펼치는가 하면 퇴근 후에는 관계자를 만나 자신의 애로사항을 털어 놓으며 인간적으로 협조를 부탁하는 등 정부와의 오랜 협상을 시도했다. 정부 방침이 쉽게 바뀔 리는 없지만 함께 방법을 모색할 수는 있지 않느냐며 그냥 물러서지 않았다. 계획안에 하자가 있다면 얼마든지 보완하겠다고 버텼다. 인간이 하는 일에 안 되는 일이 어디 있느냐고 끈질기게 물고 늘어졌다. 그들이 그렇게 실무 담당자들과 협상하는 동안 나는 결재권자에 해당되는 국토해양부 관계 국회의원, 장차관들을 만나 이천의 요구사항이 무리가 아님을 설명하고 도시 발전을 위한 필수사항임을 납득이 가도록 설득하느라 몇 번이고 찾아다녔다. 무엇이 문제인지 알려주면 기획안을 수정하고 자료도 보완하겠다며 정정당당하게 요구하면서 포기하지 않고 덤비자 그들도 두 손 들고 협조에 나섰다. 결과는 '이천 승勝'. 결국 '2020 이천시 33만 도시기본계획' 승인을 받아낸 것이다.

지난 2008년, 당시 국토해양부로부터 계획인구 33만 규모의 '2020 이천시 도시기본계획'을 승인 받은 것이 나의 구상인 35만 계획도시의 첫 번째 단추를 꿰는 일이었다. 왜냐하면 국토해양부에서는 전국의 도시들을 대상으로 시기별 인구 목표를 지정하고 그에 따라 도시 기반시설을 설계하고 추진하기 때문에 그 승인이 매우 중요한 의미를 지닌다. 여기에서 인정을 받지 못하면 도로나 상하수도 같은 기반시설은 물론이고 주택, 학교 등 모든 투자와 개발에 제한을 받게 된다. 우리가 제시한 35만 계획을 성공시키지는 못했지만 2020년까지 33만의 목표를 달성한다면 그 이후 다시 확대된 인구로 기반 시설을 설계할 수도 있는 일이었다. 2020년까지 33만 규모의 도시기반시설을 확충할 수 있는 근거가 마련되었다는 사실만도 이천의 엄청난 발전을 예고하는 조짐이었다.

"됐어. 이제 시작이다."

나는 승인해주기로 했다는 직원들의 연락을 받자 혼자 주먹을 불끈 쥐고 환호를 외쳤다.

이제 이천은 이런 토대 위에서 35만 자족도시를 향해 한걸음 또 한걸음 나아가면 되는 것이다.

2008년, 승인이 떨어졌다는 소식이 전해지자 기자들이 내게 달려와 물었다.

"정부로부터 이천이 2020년까지 33만 규모의 도시기반시설 계획 승인을 받았다는 것이 이천 발전에 어떤 의미가 있습니까?"

나는 그들의 질문이 그저 기쁘고 반갑기만 했다. 내 입가에 미소가 절로 번지고 있음을 느낄 수 있었다.

"33만 규모의 도시기반시설 확충 근거를 마련한다는 것은 사실 보이지 않는 탄탄한 기초공사를 하는 것과 마찬가지인데 정부로부터 이천의 요구를 인정받았다는 것은 35만 계획도시의 첫 발걸음을 내디딘 것과 마찬가지로 큰 성과이죠."

이제 시작일 뿐인데 기초공사를 마친 것처럼 뿌듯했다.

"정부와의 협상 과정에서 에피소드가 있을 법도 한데요?"

"우리 직원들이 합심한 결과일 겁니다. 그들은 집에 들어가지도 못하고 정부 청사 인근에서 먹고 자면서 서류를 보완 검토하고 정부 관계자들을 설득했습니다."

"그런 고생들을 하셨군요."

"최근 무분별한 난개발이 환경을 파괴하고 도시 성장의 걸림돌이 되는 것은 여러 보도를 통해서도 확인되고 있습니다."

"그러면 35만 계획도시는 어떤 도시이고 달성하기 위해 어떤 전략을 세우셨나요?"

"35만 계획도시는 한마디로 자족도시의 기능이 구비된 전원도시라고 생각하면 됩니다. 하이닉스를 비롯한 첨단 기업을 확보하고 있는 도농복합도시의 장점을 최대한 살리는 방향으로 접근하고 있습니다. 도시와 농촌, 주거와 녹지, 자연과 사람이 조화를 이룬 친환경적이고 편리한 도시개발, 일자리가 넘쳐나는 경제도시, 교육을 위해 찾아오는 명품교육도시, 사통팔달의 교통 중심 도시로 요약될 수 있겠습니다. 여기에 창조적 의식 개혁 운동인 '참 시민 행복 나눔' 운동의 범시민적 전개를 통한 시민의식 고양이 합쳐져 이천은 명실상부한 최고의 도시가 될 것입니다."

나는 내 계획을 말로 다 설명할 수 없어 미리 준비한 자료를 그들에게 나누어 주었다. '2020 이천 도시기반시설 계획' 승인은 나에게 일할 수 있는 초석이 되어 나는 더 한층 힘을 내어 내달렸다.

민선 6기 마무리 해인 2017년 연말에 친숙한 얼굴의 기자들이 반가운 표정으로 나를 찾아와 송년 모임을 가지면서 인터뷰 아닌 인터뷰가 시작되었다.

"이제 임기 12년 중 1년이라는 시간밖에 남지 않았는데 시장님의 첫 당선 때 이천 발전 계획과 지금의 성과에 대해 어떤 변화가 있으신지요?"

"변화는 없습니다. 그런데 여러분과 제 생각이 기본적으로 다르네요. 나는 1년밖에 안 남았다는 생각보다 1년이나 남았으니 더 많은 일을 해야겠다는 생각이고 내가 시작했던 일을 내가 마무리할 수 있는 시간이 아직 남아 있어서 기쁘다고 생각합니다. 첫 취임 때보다 이천에 대한 제 계획과 전략이 오히려 더 탄탄해졌다고 말할 수 있습니다. 크게 다섯 가지로 축약할 수 있을 정도로 머릿속이 완벽하게 정리도 되었습니다."

"그 다섯 가지가 무엇입니까?"

나는 그런 질문을 기다렸다는 듯이 줄줄 읊어댔다.

"전략으로는 다섯 가지 방향으로 추진해 왔습니다.

첫째, 35만이 머물러 살고 싶은 명품 주거 환경을 조성하는 것이었습니다.

군부대 이전 협상으로 확보한 인센티브 사업인 중리, 마장지구 택지 개발을 비롯해서 신둔역, 이천역, 부발역의 3개 역세권 개발 등을 통해 안정적인 택지를 공급하는 사업을 추진했습니다. 마장지구는 이제 사업 마무리 단계에 있으며, 용지분양이 계속 진행되고 있는데 각 용지마다 분양신청이 몰리는 등 마장택지의 기대감이 한껏 달아 오른 상태이며, 중리지구도 지난 12월 13일에 실시계획이 승인되었습니다.(※ 2018년 5월 16일, 신도시 사업의 첫 삽을 뜨는 역사적인 기공식을 개최함) 이 밖에도 증포 지구를 비롯한 이천시 전역에 계획적인 택지 개발을 추진해서 35만이 충분히 거주할 수 있는 주택환경을 조성하고 있습니다.

여기에 사통팔달의 교통망을 구축했습니다. 복선전철을 완공해서 이천과 판교의 거리를 30분으로 단축시켰습니다. 자동차전용도로도 곧 완공됩니다. 꽉 막힌 3번 국도를 피해 성남과 이천이 30분으로 좁혀졌습니다. 중부고속도로 남이천 나들목을 개통해서 이천중남부권의 경제 혈맥을 뚫었습니다. 이제 동이천 나들목과 문경을 잇는 철도까지 연결되면 이천이 명실상부한 교통 중심지가 됩니다. 대단하지 않습니까?"

기자들도 고개를 끄덕였다. 이천을 드나드는 주변 연결도로는 물론 이천 시내 곳곳에 한 달 두 달 사이에 어느새 못 보던 새 길이 뚫리고 여기저기 통하지 않는 도로가 없다는 사실을 발품 팔고 사는 기자들이 누구보다 잘 아는 일이었다.

"둘째, 일자리가 넘쳐나는 경제도시를 만드는 것이었습니다.

자족도시의 기본은 일자리를 확보하는 것이기 때문에 모든 정책에 우선해서 추진했습니다. 기업을 유치해 일자리를 늘리고 기존 사업장의 애로 청취를 통한 기업환경 개선 사업을 추진하겠다고 했었지요. 그 결과 기업체 숫자가 거의 두 배(※ 2006년 580개에서 2018년 4월말 현재 1,031개로 증가)로 늘었습니다 고용률은 이천시가 4년 연속 경기도내 1위를 유지하고 있습니다.

특히 SK하이닉스 M14 공장 증설은 이천 역사에 커다란 획을 긋는 사건이었습니다. 지난 2007년 격렬했던 투쟁으로 어려움에 봉착했었지만 7년에 걸친 집요한 노력 끝에 마침내 반도체 공장 증설에 성공했습니다. 5천개 이상의 일자리가 만들어지고 15조 원이 이천에 투자되었습니다. SK하이닉스는 앞으로도 반도체 경기의 호황에 힘입어 연구실과 제2공장의 증설을 추진하고 있습니다. 일자리는 더더욱 늘어날 것으로 예상됩니다. 아울러 소규모 산업단지 조성을 통한 기업체 유치에 큰 힘을 쏟았습니다. 인구유발 및 수질 오염을 염려하여 소규모 공장의 최대 규모를 6만㎡(18,000평)으로 규제해 놓은 현실에서 그나마 함께 모이는 단지를 조성할 수 없다니 공장을 하지 말라는 규제나 다름없었지요. 나는 작은 공장들이 함께 모여 오폐수 시설을 제대로 갖추는 것이 오히려 수질오염을 줄이는 방법임을 설득하고 전문가의 의향서를 제출하는 등 정부와의 오랜 협상 끝에 '소규모 산업단지 조성' 허가를 받아냈습니다. 정부 규제를 최대한도로 극복하는 창조적 대안인 한편 난개발을 예방하는 일석이조의 사업이었습니다."

"예, 그건 기발한 제안이었다고 모두들 감탄하기도 했었습니다."

그 문제를 심도 있게 취재하고 기사를 써서 내막을 잘 알고 있던 기자가 내 말에 호응해 주었다.

"셋째, 명문 교육도시를 만드는 것이었습니다.

2008년 이천 교육의 중장기 청사진인 '교육종합발전계획'을 수립하고 그에 따라 착실하게 사업을 추진했습니다. 영어마을을 조성하고 교사들의 사기진작을 위해 교원아파트도 지었습니다. 주변 도시들과 치열한 경쟁을 뚫고 경기교육연수원을 장호원에 유치했습니다. 고등학교에는 기숙사 건립을 지원했습니다. 교사와 학부모의 의견을 듣고 정책에 반영하기 위해 교육발전위원회를 운영하고 이처니언 장학금 등 다각적인 학생 지원 사업을 펼쳤습니다. 그 결과 4년제 대학 진학률과 주요 대학 진학률이 눈에 띄게 증가했습니다. 이로 인해 교육을 위해 이천을 떠났던 과거의 고질병이 많이 사라졌습니다.

넷째, 사계절 관광도시를 만들어 도시브랜드 경쟁력과 유동인구를 확보하겠다는 것입니다.

관광산업을 발전시켜 상시 유동인구를 확보하는 것은 기업체 유치와 맞먹는 지역 경제 활성화 효과를 가져 올 뿐 아니라 도시 브랜드 홍보에도 결정적인 역할을 합니다. 2중 3중의 규제 압박을 받는 이천시의 경우 더더욱 중요한 사업이었지요.

　신둔면의 도자예술촌(공식명칭: 예스파크-이미 입주를 마치고 2018년 이천도자기축제를 개최하였음)은 앞으로 매해 수백만 명의 국내외 관광객을 유치할 수 있는 매머드급 관광자원이 될 것입니다. 남이천 나들목이 개통되면서 진입로가 획기적으로 개선된 농업테마공원과 민주화운동기념공원은 온천, 골프장 등과 더불어 이천 중남부권 인구 유입을 늘리고 그 지역 경제 활성화를 촉진할 것입니다. 문체부 지정 최우수축제로 성장한 쌀 문화 축제와 다양한 이천의 축제들도 더욱 활성화되어 이천을 찾는 관광객은 날로 늘어나고 있습니다. 여기에 여러분들도 동의하시지요?"

　"유동 인구가 눈에 띄게 늘어난 것은 사실입니다. 화창한 주말이나 축제 때는 이천으로 몰려드는 자동차 때문에 차 끌고 집 나설 엄두가 안 나서 짜증스러울 정돕니다."

　낯익은 기자의 짜증 섞인 대답이 오히려 나에게는 즐거움이었다.

　"다섯째, 복지와 의료, 체육과 문화가 어우러진 도시를 만들어 시민들의 라이프스타일 수준을 높이겠다는 전략이 있었습니다.

이천 시민의 수십 년 숙원사업이었던 종합병원 건립이 마침내 결실을 맺었습니다. 2019년부터는 이천시도 300병상 규모의 종합병원을 확보한 도시가 됩니다. 20만 도시 규모에서는 획기적인 일입니다. 10개 읍면에 종합체육시설도 완비했습니다. 시내에 조성된 온천공원은 애련정 복원과 함께 멋진 힐링 공원으로 자리매김 했습니다. 이천아트홀의 건립과 대형 멀티플랙스 영화관 유치로 공연과 영화를 보러 외지에 나갈 필요가 없어졌습니다. 오히려 이제는 문화생활을 즐기기 위해 이천으로 유입되는 외부 인구가 늘고 있습니다.

끝으로 창조적 의식개혁 운동인 '참 시민 이천 행복 나눔 사업'은 이천 시민 모두가 참여하는 새로운 형태의 시민운동으로서 이천시를 물질적인 발전을 뛰어넘는 높은 수준의 문화선진 도시로 만들어 줄 것이라 기대합니다.

이렇게 35만 계획도시의 다섯 가지 전략 방향과 주요 성과들은 이천시가 경쟁력 높은 도시로 성장하는 데 중요한 밑거름이 되었습니다. 이 밖에도 수많은 사업들이 추진되고 성과를 보이고 있는데 다 소개드릴 시간이 없어서 아쉽습니다."

그때 한 기자가 손을 들어 질문의 기회를 얻었다.

"2020년이라면 이제 2년이 남은 셈인데 그때까지 이천 인구가 30만을 넘을 수 있을까요?"

그가 고개를 갸웃거렸다.

"좋은 질문입니다. 아마도 제 임기 중에는 30만을 넘지는 못할 것입니다. 그러나 도시기반 시설이 그동안 충분히 확충되었기 때문에 난개발이 아닌 인구 증가는 이제부터 기하급수 적으로 늘어날 수 있을 겁니다. 마장지구, 중리지구, 증포지구 그리고 3개 역세권 지역과 그 외 18개 지역에 아파트 건설 신축 공사 신청이 들어오고 있는 실정입니다. 계획된 지역에 아파트 등 주택이 입주한다면 35만으로는 부족할 기세입니다. '2030년 38만 도시기본계획'으로 수정해야 할 필요를 느끼게 될 것입니다."

나는 이천의 미래를 말하면서 감정이 북받쳐 올라 자신이 만만했고 기자들도 기분 좋게 박수를 쳤다. 나의 이천 사랑은 내 임기와 관계없이 가슴 속에 가득하다는 것을 깨닫는 순간이었다. 말하고 있는 나 자신도 힘이 불끈 솟아올랐다.

뻗어나가리라 이천! 솟구쳐 오르리라 이천!

교통정책

　사람들이 집을 나서서 어디든 가려면 우선 길이 뚫려 가기가 편해야 한다는 것은 나의 소신이다.

　내가 처음 울면서 첫 발령지인 양평군 양동면으로 갈 때 그곳에는 길이 없었다. 차편도 없었다. 집을 떠나면 영영 돌아올 수 없을 것만 같은 오지였다. 그때를 생각하면서 나는 이천 시민들이 이천을 오가는 길은 모두 열어서 차편으로 편하게 다니기를 원했다. 그래서 경기도청 도로과 시설계 차석으로 근무할 때도 IBRD 차관사업으로 이천의 지방도(군도)를 포장하는 무리한 사업도 시행한 적이 있었다. 그 당시 국도42호선이 포장되지 않았는데 연결되는 지선도로인 군도(유산－매곡간) 포장계획을 합리적인 명분을 내세워 1순위로 수립했다. 이외에도 지방도 1순위(이천－설성), 2순위(이천－백사)로 계획을 세우고 일찍 포장토록 했는데 기회를 놓치면 또 몇 년 후에나 길을 뚫는 기회가 올지 모르는 상황이었기 때문에 나는 무리인 줄 알면서 끝끝내 승낙을 받아냈다. 나중에 현장에 나와 실제 상황을 본 바로 위 상관으로부터 호된 꾸지람을 들었지만 내가 왜 그랬는지 그들도 이해를 했기 때문에 별 탈 없이 넘길 수 있었다. 문제는 공사가 다 끝난 뒤였다. 경기도 도시건설국장님이 순찰을 돌다가 이천 군도가 포장된 구간을 보고 몹시 화를 내면서 현장을 떠났기 때문에 무슨 징계를 받을지 가슴을 졸이기도 했었다. 하지만 그 연결 도로가 얼마나 큰 역할을 해내고 있는지 볼 때마다 잘 했다는 생각도 든다.

지금 돌아보면 이천을 사랑하는 마음이 아니었으면 그런 엄청난 일을 해내지 못했을 것이고 아무리 이천을 위하는 마음이 간절했어도 30대의 젊은 혈기가 아니었으면 아마 실행에 옮기기 어려웠을 것이다.

'96년 이천군이 시로 승격 당시, 건설국장으로 부임을 하면서 내가 고향을 위해 노선을 만들었던 지방도337호선(장호원 -광주궁평)구간 중 부발 가산리~무촌리까지 노선 신설 포장을 하기 위해 경기도 예산담당관실에 부탁해서 도로사업을 한 기억이 생생하다.

"제가 이천 건설국장으로 갑니다. 딸 시집갈 때 지참금도 주는데 도로사업 하나 해주시지요."

내가 친하게 지냈던 예산담당관님과 동료에게 부탁을 하고 우선 설계비 3억 원으로 지방도 신설포함 설계를 할 수 있었는데 당시 사업비는 180억 원이었다. 이천으로 오면서 뭔가 하나 만들고 싶은 욕심 때문에 억척을 부렸었다. 이천시 건설국장 시절에 가산—무촌 간을 잘 만들었고 3년 후 경기도로 다시 전출된 후에 도로사업을 담당하는 경기도 건설계획과장시절 가산—무촌과 연결되는 무촌—궁평 간 도로를 계획하였다. 무촌—궁평 구간 등 무촌리~신둔 소정 사거리까지는 4차선으로 해야 이천시가지 외곽순환도로가 모두 4차선으로 만들어지는데 무촌—궁평 구간은 성남—장호원간 자동차전용도로 때문에 4차선으로 설계할 수 없는 상황이었다. 어떻게든지 4차선을 해야 했고 급기야는 당시 국회건설위원이었던 이희규 이천 국회의원에게 부탁해서 경기도 국정감사에 들어가기 전 임창열 지사와 티타임 시에 만나 도움을 요청토록했다. 무촌—소정 사거리까지는 4차선은 기술적으로는 어렵고 정치적으로만 가능한 일이었다. 그런데 웬일인가 이희규 의원이 티타임시간이 아닌 국정감사장에서 질문을 한 것이 아닌가. 나는 공연히 말을 꺼내놓고 점심도 굶은 채 답변서 작성하느라 고생만 했고 결국은 내 직권으로 이천을 위해 징계당할 각오로 4차선 도로를 만들어냈다. 337 지방도는 그렇게 어렵게 탄생되었는데 지금 그 도로를 얼마나 유용하게 잘 활용하고 있는지 볼 때마다 흐뭇하다.

누가 알든 모르든 이천을 위해서라면 나 하나 욕먹는 것은 감수할 마음을 가지고 살았던 것 같다. 이 입장, 저 입장을 두루 살피는 전문행정가인 지금의 내가 그 위치에 간다면 절대로 실행할 수 없는 무리한 욕심이었음을 추억할 때는 입가에 흐뭇한 미소가 번지곤 한다.

내 고향의 새 도로를 욕심낸 죄가 있어서 나는 내 스스로 뼈가 빠지도록 현장에서 열심히 일했다. 책정된 공사비 안에서 최고의 완성도를 높이면서도 공사기간을 틀림없이 이행하는 현장 책임자로 유명했다. 꼭 참석해야 할 행사 때가 아니면 평소에는 양복 한 번 입어보지 못하고 작업화와 작업복으로 공무원 생활하는 모습을 도청 식구들은 누구나 다 알고 있었다. 얼굴은 햇볕에 타서 시꺼멓게 그을렸고 현장에서 살다보니 작업복에서는 땀내가 가실 날이 없었다. 그런 성실한 젊은이의 고향 아끼는 마음이 갸륵해서 윗분들도 내 잘못에 대해 크게 꾸지람 한 번 내리고 넘어갔으리라.

내가 늘 말하는 '노가다 십장 노릇'을 오래한 덕에 이천과 주변 도로를 손바닥 들여다보듯 훤히 알고 있었고 그 덕에 이천 도로 정비는 내 머릿속에 손금 보듯 저절로 그려지곤 했다. 공무원으로 근무한 38년이 내 시장 생활에 큰 밑천이 되었음은 말할 나위도 없다.

이 시점에서 내가 이천으로 통하는 길을 얼마나 닦았는지 한 번 정리해 봄직하다.

연도별로 정리하기보다 좀 큼지막한 효과를 기대한 도로 사업 순으로 더듬어 보기로 하자.

① 중부고속도로 남이천 나들목(IC) 설치사업

이 사업은 애초에 호법—음성 간 8차선 도로 확장공사 계획 때 열심히 제안서를 내고 협상하여 어렵게 전액 국비로 설치될 IC 공사였다. 그러나 행정 수도 운운 하며 서울—세종 간 제 2 경부고속도로 신설 도로가 확정되자 호법—음성 확장 공사가 무산되고 남이천IC 공사도 덩달아 무산된 사업이다.

중부선 남이천 나들목 개통

이천의 민주화운동기념공원, 물류창고, 기업체, 온천 휴양지 등의 지역개발 증가로 교통 수요가 급증하고 있으나 외부에서 들어오고 이천에서 나가는 교통편이 한정적이어 늘 고민이었다. 항상 교통 체증으로 몸살을 겪는 구간이었고 사람들은 밀리는 그 구간을 한없이 기다려줄 정도로 참을성이 없었다. 광역도로망인 고속도로와의 접근성 부재로 인해 교통비용, 물류비용이 날로 증가하고 있어 비용 절감은 물론 이천시와 남부권 경제 활성화를 위해 남이천IC는 필수였다.

2003년 중부고속도로 음성-호법 구간 공사를 하기 위하여 설계를 할 때 남이천IC를 이미 건의 하였으나 무산된 상태였다. 나는 취임하자 다시 그 건의서를 제출하고 국토교통부로 직원을 보내는 등 온갖 노력을 기울였다.

"이미 다 끝난 이야기를 왜 새삼 다시 들고 와서 이러십니까? 지금으로서는 그럴 예산이 없으니 천천히 생각해 봅시다."

"벌써 3, 4년이 흘렀고 그 사이에 이천이 얼마나 발전했는지 아십니까? 이건 단지 이천을 위해서만이 아닙니다. 나들목이 꼭 필요한 곳인지 타당성 조사라도 한 번 해달라는 겁니다."

난감해하면서 건의 서류조차 받아들이려 하지 않는 국토교통부 담당자들과의 첫 걸음에서부터 난관에 부딪쳤지만 나는 물러서지 않았다. 우리 직원들을 교대로 보내면서 설득하고 설명하고 종용했다. 내 전임자가 첫 건의를 한지 4년 만인 2007년에 타당성 조사 용역 서류를 국토교통부에 제출할 수 있었다. 그들이 검토하는 동안 이천은 손 놓고 있지 않았다. 부정적인 답변이 내려오면 재분석 서류를 또 다시 들고 들어가 검토를 요구했다. 국토교통부에만 찾아가서 될 일이 아닌 것 같아 나는 김문수 경기도지사 후보 시절 그가 내건 공약이 있어 도지사 당선자인 김문수 지사를 찾아갔다. '우는 아이 먼저 젖 준다'는 말이 있듯이 보채고 독촉하고 물고 늘어지는 수밖에 방법이 없었다.

"지사님, 당선을 축하합니다. 이천 의료원을 종합병원으로 만들겠다는 공약과 남이천IC를 신설하겠다던 공약을 지켜주실 거지요?"

당선되자마자 축하 인사 한답시고 찾아와 도지사 후보 시절 내걸었던 공동공약(이천시와 경기도)을 지키라고 조르는 내가 어이없었는지 그는 허허 웃었다. 워낙 내가 밀어붙이자 김 지사는 한 가지 제안을 내놓았다.

"조 시장, 그럼 이렇게 합시다. 이천시에서 공사비 전액을 부담해서 건설한다는 조건이면 남이천 나들목 허가에 도움을 주겠소. 어때요?"

"그건 말이 안 되는 일이라는 걸 지사님도 아시지 않습니까? 지사님 공약인데 없던 일로 할 수는 없는 일이지요, 이천 시민들은 그 공약 때문에 지사님께 표를 드렸는데 약속은 지키셔야지요."

나는 김 지사에게 설득 작전도 펴고 압박성 멘트도 날리면서 그를 찾아다녔다. 김 지사와 합의가 있었는지 국토교통부에서도 2009년 조건부로 남이천IC를 설치할 의사가 있다는 회신이 왔다. 예산 관계상 정부와 이천이 함께 비용을 부담하자는 조건이었다. 나는 경기도에서 도비를 지원 받기 위해 인적 자원을 활용해가며 뛰어 다녔다. 경기도청에서 성실하게 근무했던 것이 큰 도움이 되었다.

"시장님 또 오셨어요? 저희들이 할 사항이 아니라 지사님께 직접 말씀해주세요. 지사님께는 내가 몇 번 얘기했으니, 지사님 말씀할 때 긍정적으로 얘기해줘요."

오히려 그들이 나에게 귀띔을 해주었다. 나는 '시장된 축하 선물'이라 생각하고 무리하지 않는 한도 내에서 도비를 책정해 달라고 졸랐다. 김문수 지사와 공동공약이었음을 내세워 억지를 쓰다시피 도비 책정을 요구했다. 사실 경기도청은 나에게 친정과도 같아서 관계자들 앞에서 떼를 쓰는 일이 자존심 상하는 일은 아니었다. 경기도에도 도비를 지원할 이유는 충분했다. 남이천IC 사업은 이천시 모가면 어농리 일원을 중부고속도로와 연결하는 사업으로 연결로 4개소와 영업소 1개, 교량 3개를 건설하는 큰 공사이므로 중부고속도로가 통과하는 경기도 일원에 혜택이 주어지는 사업이었다. 360억 원이 넘는 적지 않은 사업비에 대해 경기도와 이천이 공동으로 부담해야 하는 것은 당연한 일이었지만 국비를 지원하기는 어려웠다. 하지만 민주화공원 교통영향평가를 하면서 국비부담을 시켜 예산을 받을 수 있었고 결국에는 경기도에서 사업비 80억 원을 책정 받았고 국비, 시비도 예산을 책정했다. 시비로 충당해야 할 금액이 많아 고민 중일 때 모가면 사람들이 추진위원장이 되어 '남이천IC 설치 추진위원회'가 만들어지고 추진위원들이 나서서 남이천IC가 신설되면 혜택을 받을 기업체나 골프장들로부터 기탁금을 받기로 하였다.

결국 총 사업비 362억 원 중 행정자치부가 20억 원, 경기도가 80억 원, 이천시가 144억 원, 나머지 118억 원은 기탁금으로 충당했다.

드디어 2013년 6월 공사가 시작되었고 2015년 12월 24일 개통식을 가졌다.

"23일이나 24일 중 어느 날짜에 개통식을 하는 게 좋겠습니까?"

개통식 날짜에 대해 각 부처 기관장들에게 의견을 물어왔다. 나는 서슴없이 날짜를 선택했다. 그동안 마음 고생한 것을 생각하면 나에게는 큰 의미가 있는 개통식이었기 때문이었다.

"이왕이면 크리스마스이브인 24일이 좋잖아?"

남이천IC는 2003년 설치 건의부터 2015년 준공까지 13년의 노력이 이루어낸 결과이며 낙후된 남부지역인 모가, 설성, 장호원, 호법의 경제 발전에 초석이 되는 사업이었다.

남이천 나들목은 개통이후 지속적으로 교통량이 증가하고 있으며 개통 당시 2017년 이용 차량을 7,483 대로 예측했으나 2017년 실제 이용 차량은 9,032대로 예측 대비 121% 성과를 나타냈다.

그동안 이천 남부에서 중부고속도로로 진입하기 위해서는 서이천IC, 이천IC, 덕평IC를 이용해야 했지만 최소 접근거리가 22㎞나 되어 애로사항이 많았다. 남이천IC 개통으로 접근성 문제가 해결됨으로써 이천 기업의 물류비용 절감, 도로 이용자 불편 해소, 지역균형발전과 지역경제 활성화에 도움이 되었음은 말할 나위도 없다. 중부고속도로가 통과하는 이천 남부 지역은 그동안 기업체, 골프장, 온천, 민주공원 등이 입지하면서 교통량이 계속 증가해 상습 정체 현상의 불편을 겪었다. 남이천IC가 개통되어 중부고속도로의 교통량 분산 효과로 교통체증 현상이 해소되는 효과도 얻게 되었다. 우리 이천에의 접근성뿐 아니라 중부고속도로 전체 흐름을 원활하게 만들어준 사업으로 사업비 대비 성과가 높은 사업이었다는 평가를 받았다. 웃어라 이천!

② 복선전철 개통

경강선 복선전철의 시작은 1993년으로 거슬러 올라간다. 당시 대통령에 당선된 김영삼 대통령께서 선거 때 도움을 주셨던 분들과 대화의 자리에서 지역발전을 위해 필요한 것을 논의하던 중 체육관, 도로, 여성회관 등 지역에서 필요한 것을 건의했는데 이규택 의원이 여주까지 전철이 필요하다고 얘기를 하였다. 그러자 대통령께서 여주까지 어떻게 전철이 들어가냐고 반문하던 중 비서관 한분이 가능하다고 직언을 드려서 검토 지시에 따라 추진되었다고 들었다. 지역을 위한 이규택 의원의 큰 생각이었다고 생각한다.

경강선 복선전철 개통은 이천 시민의 삶의 질을 높이는데 큰 영향을 미쳤다. 외부 사람들의 의식 속에 이천이 수도권에 근접했다는 느낌과 이천이 서울에서 거리상 그리 먼 곳이 아니라는 친근감마저 가지는 계기가 되었다.

2002년 정부 계획 발표로 시작된 경강선(성남-여주 복선 전철) 건설 사업은 성남-광주-이천-여주를 연결하는 복선 전철 사업으로 4개 지자체 시민 모두가 염원하는 사업이었으나 2006년 사업 재검토와 예산 지원 문제 등 여러 사유로 인해 반복적으로 지연되어 관계지역 단체장들의 애를 태웠다.

총 사업비 1조 9,485억 원이 국비100%로 건설되는 사업이니만큼 예산 책정이 가장 큰 문제였으며 더 시급한 곳에 예산을 지원하느라 지연되는 것 같았다.

2006년에 내가 시장으로 취임하자 나는 조속한 사업 시행을 위해 발 벗고 나섰다. 지역경제 활성화와 35만 자족도시를 계획하고 있는 나로서는 수도권 연계라는 기본 토대가 마련되는 일이라 생각되어서였다. 더구나 신둔 도예촌역과 이천역, 부발역의 3개 역사가 생기는 복선전철은 이천의 수도권 진입이라는 새 역사를 쓰는 계기가 될 것이라 판단되었다. 나는 조속한 개통을 위해 수도 없이 지역 국회의원을 만나고 국토교통부 장관과 직원을 만나 사업진행을 건의하고 촉구했지만 그들 나름으로의 애로사항만 늘어놓을 뿐 별 진전이 없었다.

그런 와중에 국회 국토건설위원장인 박기춘 의원님 생각이 나서 그에게 전화를 하고 도움을 청하니, 박의원은 필요한 내용을 메일로 보내달라고 하면서 친절하게 전화를 받아 주었다. 너무나 기뻤다. 그로부터 며칠 후 연락이 왔다. 국토교통위원장실로 오라는 호출이었다. 박기춘 의원장실에 가니 국토교통부의 수송정책실장과 철도국장 그리고 LH공사 단지 처장이 와 있었다. 박의원은 그들에게 지방의 애로사항을 얘기하면서 전철사업이 왜 계획대로 추진이 안 되는지 캐묻고 국민과 약속했던 사항이라며 예산을 추가 투입해서라도 조속히 마무리를 짓는 것이 신뢰를 얻는 것이라고 하면서 늦었지만 조기에 공사를 마무리토록 종용하였다. 또한 LH공사에서 추진하는 중리지구,

마장지구 택지개발사업과 성남–장호원간 자동차전용도로 등을 언급하면서 '내 제2의 고향이 이천'이라고 하면서 사업을 빠른 시일 안에 추진토록 촉구해 주어 감사한 마음이 들었다.

나는 개통이 늦어질 때는 혼자의 힘보다는 여러 지자체장과 협력하는 것이 더 큰 힘을 발휘할 것 같아 이천이 주관이 된 개통추진 협의체를 구성했다. 수도권 동남부 지역의 3개 지역 시장, 국회의원, 시의회 의장 등이 작성한 공동 건의문을 전달하여 지역 주민들의 전철이용에 대한 염원을 정부에 적극적으로 제시하며 계속적으로 개통을 촉구했다.

드디어 2016년 9월 24일, 착공 후 10년 만에 개통을 보았다.

원래는 성남~여주간 복선전철이 2016년 상반기 개통예정이었으나 운영자 선정사업에 차질을 빚어져 2016년 9월로 변경 연기된 것이었다. 나는 귀성객 등 인구 이동이 많아지는 추석 전에 개통해 달라며 국토해양부와 한국철도공사를 방문하였으나 결국 추석을 열흘 넘긴 24일에야 개통되었다.

이천에서 강남까지 고속버스를 타면 터미널에서 1시간이 소요되고 복선전철을 타고 판교에서 분당선이나 신분당선을 타고 강남으로 간다면 40~50분대로 진입이 가능하다. 고속버스나 전철이 소요시간만 놓고 보면 큰 차이는 없었다. 그러나 고속버스는 밤 10시 30분이 막차이고 금요일 같은 경우 일찌감치 매진이 되어 주말에 서울로 가려면 미리 예약하지 않은 승객은

경강선(성남~여주) 복선전철 개통식

마냥 기다려야만 한다. 복선 전철로 간다면 소요시간은 약간 빠른 정도에 그치지만 기다리는 시간은 꽤 많이 단축할 수 있으며 향후 이천~충주~문경, 여주~원주, 원주~강릉, 월곶~판교 등의 노선과 연계됨으로서 간선철도기능과 광역도시철도 기능을 동시에 수행할 수 있게 된다는 점에 더 큰 기대가 모아진다.

'우는 아이에게 젖 준다'는 옛말대로 무슨 일이건 가만히 차례가 오기를 기다려서는 하세월임을 나는 공무원 38년 세월로 몸에 익힌 바 있다. 같은 조건이라면 보채고 채근하고 촉구하면서 찾아오는 일부터 먼저 처리하게 되어 있는 것이 인지상정이다. 하나하나 내 계획을 실행하기 위한 초석들이 마련되고 있다는 생각에 뿌듯한 마음을 다 표현할 수가 없을 정도였다. 우리 이천의 위상이 높아질 날이 한걸음씩 다가오고 있는 것이 내 눈에는 보였다.

③ 자동차전용도로건설

이천이 본격적으로 강남권에 진입했다고 말할 수 있는 계기는 자동차전용도로의 개통이었다.

2017년에 개통된 성남—장호원간 자동차전용도로(고속화 도로) 개통으로 이천에서 강남에 접근하기가 시간적으로나 거리상으로나 단축되고 용이해졌다. 경기도 성남시~이천시를 연결하는 국도 3호선 자동차전용도로가 2017년 12월 31일 오후 2시 완전히 개통되었다. 이에 따라 60분이 걸리던 이 구간은 30분이면 통과할 수 있게 된 것이다.

사업비 1조 5,735억 원을 들여 전체 47㎞ 구간을 4~6차선으로 건설된 이 도로는 2002년부터 순차적으로 착공했다.

경기도 광주~강원도 원주, 경기도 안양~성남 간 민자 고속도로 교통망 연계를 위해 2016년과 2017년 추석 연휴 기간에 25㎞를 우선 개통했고, 2017년 12월 31일에 남은 구간인 광주시~이천시 구간 22㎞가 완전 개통됨에 따라 47㎞ 전 구간이 개통되었다.

안양—성남—이천간 자동차전용도로가 개통됨에 따라 광주·이천 시내를 통과하는 기존 국도 3호선 교통량의 상당 부분이 새 도로로 분산되면서 수도권 동남부 지역의 교통난 완화에 큰 도움이 될 것이라고 국토교통부는 기대했다. 실상 개통 이후 국토교통부가 예측했던 기대 이상으로 이용 차량이 증가하고 있는 추세이다.

국토부는 성남~장호원 자동차 전용 도로망 완성을 위해 이천~장호원 6.1㎞ 구간 개통도 서두르겠다고 약속했다.

이천 장호원간 자동차전용도로가 개통되고 광역버스에 대한 수요가 생기게 되어 이천에서 서울까지 다니기가 한결 쉬워졌다.

자동차전용도로 개통 외에 또 다른 성과는 이천시 백사면 도지교차로와 부발읍 수정 교차로 준공이었다.

특히 수정교차로는 지방도 337호선 연결도로 320m 2차로 67억 투자된 사업으로 확장, 포장 공사를 완료하였다. 당초 계획에는 성남~장호원간 자동차전용도로에는 수정 교차로가 없

자동차전용도로 개설(성남~장호원)

었으나 이천시가 끈질기게 건의하고 국토교통부가 시비 50%
부담 조건으로 이를 받아들여 2013년 6월 이천시와 국토교통
부가 협약을 체결하고 총사업비 48억 원을 투자해 만들어졌다.
연결도로 320m 2차로는 시가 보상비 5억 원을 투자하고 국토
교통부가 공사를 시행했다.

이천시는 2017년 12월 15일 성남~장호원간 자동차전용도로
수정 교차로~지방도 337호선 연결도로 확포장 공사를 완료하
고 나를 비롯한 관내 사회단체장과 주민 등 100여 명이 참석한
가운데 준공식을 가졌다. 이로써 자동차전용도로 이용이 성공
리에 완벽하게 신설된 것이다.

나는 준공 기념식 내내 흐뭇한 표정을 숨길 수가 없었다.

"이번 도로 준공으로 이달 말에 예정된 성남~장호원간 자동
차전용도로가 개통하고 나면 이 교차로를 이용하는 주민들의
편의 제공은 물론 지역발전에도 크게 기여 할 것입니다. 이것
은 순전히 우리 노력의 결실임을 자랑스럽게 생각합니다."

수정 교차로가 있는 것과 없는 것의 차이점을 참석 주민에게
설명하자 시민들이 중간에 박수를 보냈다.

④ 이천~충주~문경 간 중부내륙전철

2005년에 확정된 중부내륙 전철은 이천(부발)~충주~문경 철
도건설로 여객과 화물수송을 책임질 중요한 교통수단이다. 1단

계는 이천-충주, 2단계는 충주 -문경으로 총 사업구간은 1단계 53.9km, 2단계는 40.9km이다. 이천 구간은 14.45km에 불과하지만 전 구간이 개통되어야 활용도가 높아진다. 총 사업비 2조 1,745억 원이 드는 큰 사업이다.

2005년부터 시작된 이천~충주~문경 간 중부내륙전철 건설사업은 2006년에 음성군 감곡면에 역사건립을 설치하는 안을 포함한 기본계획을 고시하였다.

현재까지 약 45%의 공정율로 진행 중이며 이천 구간이 포함된 1단계 개통은 2019년 하반기가 될 전망이다.

내륙전철이 개통되면 중부내륙권과 수도권 및 충북선과 문경선의 연계 교통망 구축으로 지역주민의 교통편이 원활해지는 효과를 얻을 수 있다. 장기적으로는 이천(부발)~충주~문경~김천~진주~거제를 경유할 계획으로 남·북을 관통하는 중부내륙철도망의 일환으로서 전 국토의 효율적 연결이라는 측면에서 이천은 중추적 역할을 수행할 것으로 기대한다.

⑤ 영동고속도로 동이천IC 신설 유치

앞으로 기대할만한 신설 교통망 중에 영동고속도로 동이천 IC 건설 사업을 들 수 있다.

우선 이천에도 해당되는 영동고속도로의 만성적인 상습 정체 구간을 해소할 수 있다는 점과 영동고속도로와 성남- 장호원 자동차전용도로를 연결할 수 있는 큰 이점이 있다.

이천시 부발읍 가산리, 송온리 일원에 건설 예정이며 성남-
장호원 전용도로의 교차로를 설치하며 471억 원의 국비를 들여
신설하는 사업이다. 2003년부터 동이천IC 설치를 위하여 국회,
기재부, 국토부, KDI를 내 집 드나들 듯 드나들며 설득한 끝에
얻어낸 결과임에 주목해야 한다. 그간의 기록을 들춰보고야 25
회 이상 방문하여 협의했음을 알고 나도 놀라지 않을 수 없었
다.

그 결과 2016년부터 500억 미만사업은 타당성 조사 없이 사
업이 가능함에 따라 2016년 8월 제4차 국도 5개년(16~20)계획
에 반영하여 2017년 9월 설계비를 확보하여 현재 실시 설계 중
에 있다. 비록 건설사업이 시작되거나 준공된 사업은 아니지만
공사가 확정되어 설계에까지 이른 것은 순전히 우리 이천시의
노력으로 얻어낸 사업이라는 점은 우리 스스로 치하할만한 일
이라 생각된다.

2020년에 동이천 나들목이 준공되면 성남-장호원간 자동차
전용도로와 영동고속도로 상호 직결을 통해 간선도로망 구축
과 상습정체가 발생하는 영동·중부·중부내륙 고속도로의 우회
경로 역할을 하여 통행시간 단축을 통한 도로이용자의 편의 제
공은 물론, 물류비용 절감효과가 클 것으로 기대된다.

⑥ 이천시가지 외곽순환도로

이천시는 국비와 도비 예산으로 굵직한 신설 교통망 사업을 위해 발바닥에 불나듯 뛰어다니며 이천에 꼭 필요한 교통망 건설을 얻어냈지만 시 안에서도 예산 탓만 하면서 손 놓고 있을 수 없는 일이었다.

이천시와 연계되는 도로망이 사통팔달로 구축되기 위해서는 시에서도 그 연결 도로를 잘 활용하도록 길을 닦아야만 한다는 것을 나는 누구보다 잘 알고 있는 터였다. 외부에서 잘 구축된 도로를 통해 이천에 진입했는데, 이천 시내에 들어와 도로 연결이 엉망이라면 누구든 두 번 다시 이천 쪽으로는 통과하지 않으려 들 것이었다. 또 이천에 업무 차 들렀다가 되돌아가는 길이 멀고도 험하다면 이천에 대한 인상은 흐리게 마련이다. 또한, 시내의 도로망이 잘 연결되고 편리해야 물류수송이 원활하고 그래야 많은 기업이 유치될 수 있다는 생각으로 나는 이천시가지 외곽순환도로의 필요성을 느꼈다.

신둔—마장—호법—모가—대월—부발—백사를 연결하는 외곽순환도로는 총 46.77㎞로써 연결이 안 된 마장, 호법, 모가면의 18.29㎞ 연장에 대하여 추가적으로 사업이 필요하였다. 따라서 2005년부터 총사업비 145,880백만원을 투입하여 총 16.82㎞를 완료하였고 최종 구간인 시도 11호선 원두—소사리 간 도로는 2018년 12월 준공을 앞두고 있다.

이외에도 사통팔달 이천 시내 도로망의 조기 구축으로 교통 혼잡비용 절감과 산업경쟁력을 확보하고, 지역 균형발전을 도모하는 교통 정책을 펼쳤다. 임기 중 71건의 도로를 개설하고 확장 하거나 포장하였다. 시도 11건, 농어촌도로 30건, 도시계획도로 30건으로 사업비 3,992억 원이 소요되는 공사인데 사업비 중 이미 투자된 공사비도 있고 2018년과 그 이후까지 지불해야 할 사업비도 있지만, 이천의 경제는 내가 취임할 당시보다 훨씬 부유해져서 예산 걱정은 하지 않아도 좋을 듯하다.

또 교통 정책의 일환으로 택시 기사들의 쉼터를 개설하여 기사들에게 재충전하고 휴식할 장소를 제공하여 택시의 안전 운행과 서비스 향상을 도모할 수 있도록 지원하고 있다.

여러 개의 콜센터로 분산되어 있던 이천의 택시 콜센터를 통합하여 택시를 이용하고자 하는시민들의 대기시간을 감소시키고 택시 운송사업자들의 콜 운영으로 인한 경제적 부담을 경감시켰다. 2015년에는 콜 관재 시스템을 구축하고 2017년 6월부터 행복 콜을 개시하였다. 2018년 2월에는 이천 콜 소속이었던 택시 79대(이천택시 26대, 오성운수 26대, 개인택시 27대)가 행복콜로 이전 가입을 완료하였고 이천 콜은 폐쇄되었다. 2018년 중 신일운수 37대와 개인택시 3대가 행복콜로 가입 완료되면 이천시 택시 509대 중 504대가 행복콜에 가입하여 실질적 콜 통합이 완료될 것이며, 콜 배차가 보다 빠르고 원활해져서 시민들의 택시 이용이 편리하고 신속해졌다.

이천 어디에서나 교통으로 인한 불편이 없어져 시민들의 편리는 물론 한 번 다녀간 외지인들에게 좋은 인상을 남기는 이천이 되기를 바라는 마음 간절하다.

문화관광 정책

　이천 시민들이 문화생활을 즐기면서 삶의 여유를 누리기 위해서는 문화 공간의 필요성이 절실했다. 또한 외지인들이 '이천'하면 떠올리는 관광자원이 풍부해야 주말이나 휴가 때 이천을 찾게 될 것이었다.

　이미 이천의 온천과 쌀과 도자기는 사람들의 인식 속에 깊이 각인된 지 오래지만 더 이상 새로운 아이템을 개발, 확대시키지 못한 채 제자리걸음을 걷고 있는 중이었다. 보다 큰 틀에서 이천의 문화적 위상을 높이기 위해서는 작은 공원 조성이나 행사한 두 가지를 추가해서 해결될 문제는 아니라고 판단되어 국제적인 교류에 눈을 돌리게 되었고 그것이 바로 유네스코 창의도시 네트워크 가입이었다. 아무 도시나 신청한다고 받아주는 게아니라 선정 기준에 합격점을 받아야만 가입이 가능했기에 상당한 노력과 공을 들여야만 했다. 유네스코 가입으로 세계 속의 도시 이천으로 시야의 폭을 넓혀 나갔다. 우물 안 개구리식의 틀에서 벗어나 보다 큰 세계로의 진출과 탈출구가 필요한 시점이었다.

① 유네스코 창의도시 운영 및 국제교류 추진

문화를 통한 도시발전 전략으로서의 유네스코 창의도시 네트워크 (UCCN: Unesco Creative City Network) 활동에 적극 참여하기로 하였다. 일본과 중국에 국한되어 있던 국제교류의 틀을 유럽과 미주지역으로 확대하여 활발한 교류를 추진해 나갔다.

이천시는 2010년 유네스코 창의 도시로 국내에서는 최초로 지정된 바 있다. 공예 및 민속예술 분야의 창의도시로 선정되어 가입이 승인되었다.

현재 72개국 180개 도시가 가입되어 있는 상황이며 대한민국 이천시는 자랑스럽게도 공예 및 민속예술 분야에서 부의장 도시로 활약하고 있다. 2013년에는 미국 산타페이시와 자매결연을 체결하여 많은 정보 교환과 지식을 공유하고자 시작했다. 산타페이 시는 우리보다 5년 앞선 2005년에 창의도시로 지정받아 많은 도시 발전의 경험을 가지고 있었다. 우리 도자기 문화를 국내와 일본, 중국뿐 아니라 더 많은 나라에 알리기 위해서

유네스코 창의도시 운영 및 국제교류 추진

는 그들의 발전 전략과 효과적인 홍보 방법을 전수 받기를 원했
다.

2015년 4월에는 프랑스 리모주시와도 자매결연을 체결했다.

2016년 5월 16일 제1회 국제창의도시 워크숍을 개최하는 등
적극적인 자세로 국제 사회에 뛰어들었다.

우리 시는 2010년 창의도시 지정 이후 지금까지 창의도시와
관련된 연례회는 물론, 정부 초청행사 및 포럼 등에 참여를 게
을리 하지 않고 시야를 넓히기 위해서 노력했다. 넓은 세상의
선진국들과 창의도시로서의 경험을 공유하고 지식을 전수하기
위해서였다. 작은 세상에 작은 시장만을 공략해서는 수요에 한
계가 있을 것이며 더 큰 발전을 기대할 수 없음을 일찍 깨달은
덕분이었다. 또한 세계 공예시장을 공략하고자 2013년 미국 아
모카에서 전시전을 개최하고, 2015년 프랑스 파리 메종&오브

제에 참가하여 이천을 알렸다.

2018년 영국 콜렉트 참가 등 이천 도자브랜드의 세계화를 위한 다양한 시도를 해왔다. 뿐만 아니라 국제교류에 따른 실익이 민간영역으로 확대될 수 있도록 국제행사 참가 시 외국과 교류가 많지 않은 우리 공예가들의 참여를 독려하여 보다 넓은 안목을 키우는 일에 힘을 기울였다. 더구나 창의도시 회원 간, 도시 간에 친분을 도모하여 새로운 기술교류와 창작 기법도 개발할 수 있도록 적극 장려하고 있다.

창의도시 지정 전에는 우리 시가 도자라는 공통적인 문화적 배경 하에 일본과 중국의 몇몇 도시와 소극적인 국제교류를 시행해 왔을 뿐이었다. 2010년 월드세라믹로드 가입과 창의도시 네트워크 가입으로 아시아 주변국에 편중되었던 국제 교류의 틀이 크게 확대되면서 이천 도자기 관련 행동반경이 크고 넓어졌음을 알 수 있다.

미주와 유럽지역에 이천 공예문화를 전파할 수 있는 훌륭한 교두보를 마련한 우리 시는 이러한 교류확대에 힘입어 공예분야 8개 창의도시가 참여하는 2016년 '제1회 국제 창의도시 워크숍'을 성공적으로 개최하였다. 우리시가 2016년 연례회에서 공예 및 민속예술분야 부의장 도시로 선출 된 것에 이어 다음 번 의장 도시로서 강력하게 거론되는 이유는 이러한 국제 창의도시로서의 면모를 인정받은 것이기도 하다.

국내에서 비슷비슷한 기술끼리 경쟁해 봤자 미래를 기대할 수 없을 뿐 아니라 결국 좁은 시장에서 밥 그릇 빼앗기밖에 되지 않는 격이다. 저렴하고 다루기 간편한 생활 용기에 밀려 도자기는 생활 도구로서의 가치를 점점 잃어가고 그만큼 시장성도 줄어들고 있는 실정이다. 이러한 현실을 감안할 때 도자기가 새로운 판로와 새로운 기술력으로 재탄생되지 않으면 사양길로 접어들 것은 불 보듯 뻔한 현실이다.

이천시는 이런 미래를 예측하고 발 빠르게 남보다 나은 기술력을 갖추어 보다 넓은 시장을 개척하기 위해 초석을 다지는 중이다.

유네스코 창의도시 연례회에 참석해 본 사람은 알겠지만 그곳에서 이천의 위상과 이천 도자기의 호응도는 국내에서 감히 상상하기 어려울 만큼 위세가 당당하다. 그들은 '전통적인 도자기'하면 오로지 대한민국 이천시의 도자기를 떠올리는 정도로 인식되어가는 중이다.

2018년 6월에는 폴란드 크라코우 카토비체에서 유네스코 창의도시 연례회를 개최하는데 이천은 부의장 도시로 필히 참석해야만 한다. 이번에는 의장 도시로 거론되고 있는 만큼 중요한 연례회가 될 것 같다.

② 예스파크 준공

유네스코 창의도시 품격에 부응하는 세계적 공예마을 조성과 2017년 이후 도자기축제 개최를 통해 1,000만 관광객 방문의 중심축 역할을 해낼 것으로 기대되는 이천 특색 사업이다.

이천시 신둔면 고척리 599-6번지 일원에 면적 406,957㎡ 규모의 방대한 도자기문화마을 조성 사업이다. 시설물로는 공방 221개소와 근린생활 시설, 휴게소, 문화시설 등 195개소의 건축 허가 대상 건물 중 130개소가 준공되었으며, 총 사업비 353억 원이 소요되는 사업이다.

이 도자예술촌은 사기막골 도예촌에 이어 또 하나의 공예마을이 탄생하는 것이다. 도자예술촌에는 도자기와 고가구, 조각, 목공예 등 221개 공예공방이 입주를 확정했으며 이 가운데 91개 공방이 뒤늦게 입주하거나 입주 준비를 하고 있다.

예스파크 중부선 신둔하이패스IC 개통

이천시는 '도자예술촌'의 다른 이름을 한동안 고심한 끝에 "최고의 예술인과 예술작품이 가득한 곳"이라는 뜻으로 "재주 예藝"자를 써 "예스(Ye's)파크"로 지었다.

도자기 하면 바로 떠오르는 곳은 조선백자의 요지인 경기도 이천이다. 도자기 원료가 되는 고령토가 풍부해 350여 개가 넘는 요장과 80여 개의 도자판매점이 밀집해 있다. 사음동과 신둔면 일대는 크고 작은 도자기 상점들로 빼곡하다. 이곳에 있는 사기막골 도예촌은 이천 9경 중 한 곳이다. 이천을 대표하는 도자기 마을로 이름을 알리고 있다.

사기막골은 '사기砂器+막+골'의 합성어다. 풀이하자면 우리나라의 흙으로 사기그릇을 빚는 골짜기를 의미한다. 1988년 이천시는 옹기를 구울 수 있는 칠기 가마가 밀집된 사기막골에 사업비 7억 원을 들여 전시관과 주차장 등의 편의시설을 조성했다. 이곳에는 도예공방 48곳이 자리 잡고 있다. 전통 도자기부터 현대식 생활자기까지 골고루 갖추고 있는 도자기전문 전통시장이기도 하다. 사기막골은 이천의 명소로 완전하게 자리 잡았는데 예스 파크도 머지않아 이천의 중요 명소가 될 것임을 확신한다. 사기막골이 전통적이고 보수적인 고전적인 느낌을 준다면 '예스 파크'는 현대적이고 젊은이들이 선호하는 퓨전의 느낌을 주어 두 도자기촌은 분위기가 다르지만 각각의 매력이 있다.

중부고속도로 서이천IC에서 나와 경충대로를 타고 직진하다
보면 사기막골 도예촌이 나타난다. 입구에 설치된 커다란 사기
조형물들이 이곳이 도예촌임을 안내하고 있다. 도예촌은 발 디
딜 틈 없이 사람들로 붐비지는 않지만 방문객들의 발길은 변함
없이 끊이지 않는다. 물레체험을 할 수 있는 한국도자관을 시
작으로 도예촌 탐방을 할 수 있다. 승주도예, 운공방, 가치있는
공방, 도향원, 백산도요 등 1~2층 규모의 나지막한 공방들이 줄
지어 서 있었다. 각 공방에는 크기도 모양도 천차만별인 도자
기들이 전시돼 방문객들의 발길을 이끌고 있었다. 분청 생활자
기와 인테리어소품, 창작가마작품, 식당용 그릇, 유리제품, 이
조백자, 주문제작 트로피까지 그야말로 없는 게 없는 만물 도자
시장이다. 이곳 공방들은 오랜 시간동안 전국의 도·소매전문
상인들과 거래관계를 형성해 꾸준하게 제품을 판매하고 있다.
　사기막골 도예촌 운영·관리는 '사기막골 도예촌 상인회'가
맡고 있다. 이들은 매년 가을이 되면 문화축제를 열어 도자기
할인행사, 물레 체험, 공연을 실시해 방문객의 발길을 유혹하고
있다. 2016년에는 '경기행복시장' 지원 사업에 선정돼 2억 원의
사업비를 지원받기도 했다. 상인회는 지역 특화요소를 강화해
문화·역사적 자원을 기반으로 '문화 창조형 시장'을 만들 계획
으로 제자리에 머물지 않고 꾸준히 노력 중이다.

이천이 명실상부한 '도자 도시', '유네스코 창의 도시'로 발돋움할 수 있었던 것은 이천시의 관심과 풍부한 인프라 덕분이었다. 이천에는 세계 도자예술이 모여 있는 이천세계도자센터와 도자테마파크 세라피아, 도자연구지원센터, 해강도자미술관 등 양질의 콘텐츠로 넘쳐나는 시설이 여럿 구축돼 있다. 1987년 시작된 이천도자기축제도 매년 성공적으로 운영돼 왔다.

이천시의 노력은 여기에서 멈추지 않았다.

시는 도자산업을 고부가가치 산업으로 특화하기 위해 사기막골과는 별개로 또 하나의 도자예술촌을 조성한 것이다. 신둔면 고척리 599-6번지 일원에 40만 6,000㎡ 규모로 만들어진 이천 도자예술촌(에스파크)이 바로 그곳이다. 시 사업비 353억 원을 투입해 또 하나의 공예마을을 만든 것이다.

현재 도자기와 고가구, 조각, 목공예, 섬유, 옻칠 등 공예공방 221개를 유치했다. 91개 공방은 건축 중이거나 최근 준공을 앞두거나 마친 상태이다. 이 외에도 근린·휴게·문화시설이 들어섰고 공예공방 등이 본격적으로 입주를 하였다.

더구나 중부고속도로 이천휴게소에서 바로 연결되는 신둔하이패스IC가 설치되어 진입이 편리해졌다. 에스파크를 찾는 관광객의 접근성을 높이기 위해서 중부고속도로 이천휴게소를 경유하여 진입할 수 있는 신둔 하이패스 IC설치를 추진하여 2017년 12월 개통하였다.

하이패스IC는 휴게소 등 고속도로 내의 기존 시설을 활용해 하이패스 차량이 전용으로 진·출입할 수 있도록 만든 간이 나들목인데 저렴한 비용으로 고속도로 접근성을 획기적으로 개선할 수 있는 것이 특징이다. 일반적으로 정규 IC의 경우 설치비가 254억~381억 원이 들지만 하이패스IC는 30억~100억원이면 설치할 수 있어서 나는 그 IC 설치를 위해 부단히 노력했다. 신둔 하이패스IC도 사업비는 64억원(이천시 54억원, 한국도로공사 10억원)으로 비교적 저렴하기 때문에 무조건 설치하는 것이 남는 장사라는 판단을 했었다. IC가 설치되기 전의 도로상 예스파크로 가려면 서이천IC에서 나와 5km를 돌아가야 하기 때문에 접근성이 떨어지는 불편함이 있었다. 그러나 하이패스IC를 설치한 후에는 휴게소에서 곧바로 진입해 800m 도로를 1~2분 안에 통과해 도자예술촌에 진입할 수 있다.

　특히 이천휴게소는 중부고속도로, 중부2고속도로 이용 차량의 집결지여서 나들이객을 예스파크로 이끌기 위해서는 하이패스IC가 절대적으로 필요했다. 이런 필요성 때문에 나는 국토교통부와 한국도로공사를 수차례 방문하여 하이패스IC 설치를 요청하였고, 국토교통부에서 신둔 하이패스IC 설치를 확정해 주었다. 하이패스IC 설치는 예스파크를 찾는 관광객뿐 아니라 주변 지역 관광지, 대형 쇼핑센터를 찾는 주말 가족단위 나들이객이 큰 폭으로 증가할 것으로 예상되어 지역경제 활성화에도 크게 기여할 것이라 예측했는데 실지로 그렇게 되어가고 있다.

이로써 이천은 창조적 특화마을 구현으로 명품도시 관광 이천 인프라를 확충했다고 말할 수 있다. 아직 준공을 본지 얼마 되지 않아 이용객들로부터 여기저기 불편함을 지적 받기도 하지만 관광객 편의시설을 보완하고 관광객의 흥미를 유발할 수 있는 콘텐츠 개발을 지속적으로 연구하고 있어 해가 거듭할수록 미흡한 부분이 사라질 것이라 기대된다. 방문객이 증가할 것을 예상하여 추가로 주차장 확보에 노력을 기울이고 있다. 곧 이천 1,000만 관광객 방문을 돌파할 토대가 마련되었다는 점에서 나는 마음이 들떠 준공식에 참석했었다.

누구나 와서 '살아보고 싶은 도시'로 만드는 것이 이천 시민의 꿈이기도 하지만 또한 일생일대의 나의 꿈이기도 하다. 이런 꿈이 하나 둘 모습을 갖추어 간다는 생각에 안 먹어도 배부른 심정으로 가슴이 뿌듯하다.

③ 민주화공원 유치

민주화공원은 「민주화운동 관련자 명예회복 및 보상에 관한 법률」 제23조에 의거 추진된 10대 기념사업의 일환이다. 우리나라 민주주의를 위해 희생된 열사를 추모하고 그 유가족들을 위로하기 위하여 민주화공원 조성사업을 추진하였다.

총사업비 466억 원이 전액 국비로 건설되는 추모공원은

민주화공원 유치

2007년 12월에 결정되어 2015년 9월에 준공되었다.

서울 수유리 등 민주공원 조성사업이 무산되자 정부는 2007년 2월에 자치단체를 대상으로 민주공원(묘역)을 유치하도록 요청해 왔다. 처음에 인천에서 할 뜻을 비쳤으나 이내 포기했다. 포기했다는 정보를 입수하고 우리가 유치해보자고 뛰어들었다. 나는 민주화공원이야말로 우리나라를 민주화시킨 분들의 묘지공원이고, 앞으로 각광을 받을 관광지가 될 것으로 판단했다. 그때 나는 새누리당 소속 시장이었는데 처음에는 많은 간부공무원과 지인들이 보수의 격에 맞지 않는다고 반대를 했지만 이제 각광을 받는 관광지가 될 테니 두고 보라며 밀어붙였고 광주광역시와의 경쟁에서 우리시로 최종 결정되었다. 결정되기 전까지 유가족들 간에도 이천시가 민주열사와 무슨 관계가 있는가 광주 5·18 묘역으로 가야한다는 측과 민주열사는 5·18과 관계가 전혀 없다는 측으로 나뉘어져 설전이 오갔으나, 이천이 최적지라고 주장한 강경대 열사의 부친 강민조 회장 측의 적극적인 설득과 우리시의 적극 유치가 결정요인이었다. 2008년 11월에는 민주공원 조성사업을 위해 유가족을 초청하여 현장 설명회를 개최하였다. 2009년 1월 이천시 사업예산 교부 및 민주화운동 관련자명예회복 및 보상심의위원회와 MOU를 체결하고 7월에 이천시 민주공원 추진단을 설립하며 속도를 내었다.

2009년 10월에서 2011년 2월 사이에 민주공원 기본계획 수립 및 공원조성계획이 결정되자 6월부터 터 닦기를 시작하고, 2012년 11월에 건축 공사가 본격적으로 시작되었다. 토목공사가 시작되자 이천 입지를 반대하는 유족들이 항의하면서 기공식을 하지 못하게 막는 등 극심한 저항도 연일 벌어졌지만 사업은 계속 추진되었고, '민주화 공원'은 2016년 6월 9일 민주화운동을 기념하는 공원으로 개원하였다.

민주화운동 정신을 계승 발전하고 민주화운동 기념관 체험·교육프로그램을 운영하며 민주열사 추모제 지원 및 안장 업무를 성실히 수행하고 있다. 시설의 시범 운영으로 안정적인 관리를 한다는 평가를 받았다.

민주화운동 정신 계승의 터전이 되고자 이천 시청 공무원 견

학교육과 단체관람객을 유치하는 등 여러 노력을 기울여 왔다. 단순하게 눈으로만 관람하던 시각 위주의 전시관에서 체험교육 전시관으로 바꾸고 여러 프로그램을 운영함으로써 관람객의 만족도를 상승시키는 성과를 거두었다.

　민주화운동 관련자 안장과 그들을 기리는 추모제를 추진하여 유가족을 위로함과 더불어 이천 시민들의 민주 정신을 고취시키는 일석이조의 효과를 얻을 수 있었다. 대상자 136기중 54기를 안장하였고 계속적으로 안장될 예정이다. 열사추모제에 연 20회, 700여 명이 참석하여 언론과 시민들의 관심을 집중시켰다.

농업테마파크 조성

④ 이천농업테마공원 조성

이천의 대표 특산물인 쌀을 테마로 도시민에게 전통 농경문화 체험의 기회를 주고 쾌적한 휴식 공간을 제공하고자 조성된 공원이다.

2007년 2월 20일 이천시는 농림부 '2008년도 농업·농촌테마공원 조성사업' 대상지구로 선정되었다. 주요 토지가 국유림이었기 때문에 2008년 12월부터 장호원 백족산의 시유지와 교환을 하느라 담당직원들이 많은 고생을 했고, 개인편입토지 협의매수를 위해 소유주와 몇 달간에 걸쳐 협의를 추진하여 부지를 확보하였다. 총사업비 236억 원 중 국비와 도비 34억 원을 지원받고 시에서 202억 원을 부담하였다.

명칭을 '이천농업테마공원'으로 확정 짓고 면적 150,460㎡(45,594평)을 확보하였으며 2009년 10월에 착공하여 2013년 7월에 개장했다.

이천을 대표하는 특산물은 누가 뭐래도 여전히 쌀이기 때문에 쌀에 관한한 1등 자리를 확고히 하고 싶었고 이러한 의지 때문에 다른 문화 관광 정책보다 특별히 신경을 쓴 것은 사실이다. 더구나 현대인들의 식생활 변화로 쌀 소비가 줄어들어 쌀농사는 점점 더 설 자리를 잃어 농민들의 시름이 깊어 가는 시점에서 이천농업테마파크의 역할은 매우 중요했다.

이천농업테마공원은 계절과 상관없이 연중 상시 운영한다는 방침을 세웠다.

쌀 콘텐츠를 통해 농업에 관한 많은 지식을 습득하고 체험하게 하는 농업테마공원은 날이 갈수록 더욱 활성화될 것으로 기대된다.

2018년 2월 현재, 총 수입금은 214,194천 원이며 총방문객은 245,067명에 달한다. 전국에서 유일한 쌀 테마 및 체험학교 운영으로 이천 쌀에 대한 위상이 더 한층 업그레이드 되었고 인식이 달라졌다.

⑤ 온천공원 조성

온천공원은 온천호텔인 미란다와 설봉 온천랜드 인근에 있다하여 이름 붙여진 공원이다. 도시계획상 공원으로 지정되어 있었지만 공원개발이 되지 않은 야산으로 방치되어 있어 학생들의 본드 흡입 등 우범지역이었다. 예산을 한번에 투자하기는 어려웠지만 어떤 중요한 사업보다 우선 투자해야 한다고 생각했다. 먼저 토지를 구입하는 것이 우선이라고 생각해서 172억 원의 예산을 편성해서 토지구입에 착수하면서 호텔 미란다 옆 애련정과 함께 시민의 품으로 돌아왔다.

온천공원은 시민들의 휴식 공간이다. 온천수로 만든 족욕장을 비롯해 평생학습 북 카페는 2층 규모로 1층은 어린이 장난감 대여점, 2층은 평생학습 북 카페(작은 도서관)로 요즘 트렌

드를 반영하여 차를 마시면서 자유롭게 독서와 문화 향유가 가능한 장소로 많은 시민들이 이용하고 있다.

우리 이천시는 1998년도부터 세계조각심포지엄을 계속 추진하고 있는 조각예술의 도시이기도 하다. 해마다 10명의 조각가(국내 5명, 해외 5명)를 초청해서 20여 일 간 숙식과 실비를 제공하여 조각 작품을 만들어 우리 시에 기부를 하고 돌아가는데 현재까지 만들어진 조각 작품이 251개 작품인데 주로 설봉공원에 많이 배치되어 있지만 최초에 만들어진 작품 중 우수작품은 온천공원에 배치되어 있다.

특히 박승모 작가의 모나리자 조각상은 강철사를 음양이 나타나도록 재단해서 공원정상에 아름다운 자태를 감상할 수 있도록 만들어져 있어 그 인기가 대단하다. 모나리자 이미지의

온천공원 기공식

밝고 어두운 농도를 스테인레스 와이어 망으로 여러 겹 중첩시켜 하늘과 도시배경에 드로잉을 하여 그 있음과 없음 사이를 이미지화하여 특이한 경험을 할 수 있도록 만들어져 사람들의 관심이 높다.

시민 모두 마음 놓고 편안히 즐길 수 있는 도심 한가운데 위치해 있어 산책하기 좋고 쉼터로써 충분한 여건을 갖춘 공원으로 이미 활성화되어 많은 사람들이 찾고 있다.

운동시설로는 다목적운동장, 다이나트랙 등이 있고 휴양시설로는 잔디광장, 생태도시 숲, 야외공연장, 하늘마당이 있으며 순환산책로가 만들어져 있다. 전액 시비로 조성된 공원이며 271억 원의 사업비가 소요되었다.

추진 과정 중 일부 지장물 보상 건에 대한 행정 대집행 계고와 소송 절차에 어려움이 있었던 기억이 난다. 또 조성사업 공사 중 집중 호우로 인한 시설물 손괴 사고가 발생하여 도급업체가 수해복구공사 비용 등으로 이천시에 공사대금 청구소송을 제기하여 6개월간이나 소송하였으나 이천시가 승소하여 준공할 수 있었다. 공사를 하면서 두 번 씩이나 소송에 휘말린 경우도 흔치 않아 유난히 애로사항이 많았던 사업이다.

2007년에 시작해서 2011년에 준공을 보았고 준공 이후 시내 한가운데 있는 편리함 덕분인지 시민들의 사랑을 받고 있어 참으로 다행이라는 생각이 든다.

⑥ 서희 테마파크

범국가적으로 서희 선양사업을 확대시키는 시점에 선생의 고향인 이천에 서희 테마공원을 조성하여 향후 본격적으로 전개될 선양 사업에서도 이천의 독창적이고 주도적인 역할을 위한 기반을 구축한 사업이라는 점에서 의미가 깊다.

2008년에 부발읍 무촌리 효양산 자락에 부지를 확정 짓고 사업을 추진하여 2016년에 준공을 본 사업이다.

서희 테마공원 부지 확보를 위해 토지보상을 진행하던 중 2011년 말에는 사업비 부족으로 10필지 중 4필지만 보상한 채 중단되는 위기를 맞자 주변에서는 사업이 영구히 중단되는 것이 아닌지 염려가 많았다. 그때만 해도 시에는 예산이 너무도 부족했다. 할 일은 많고 돈은 없어서 해야 할 사업을 줄이고 급한 것부터 시작해야 하는 우선순위를 정하는 것이 내 고민이었다. 한 푼이라도 더 국비 지원을 받아보려고 뛰어다녔지만 2억 원밖에 지원 받지 못해 더욱 애로사항이 많았다. 서희 테마파크 준공에 대한 내 의지는 확고했다. 한 도시의 미래 산업은 무엇보다 문화, 스토리텔링이 투자 효과를 거둔다는 생각 때문이었다. 문화가 없고 스토리텔링이 없는 도시는 긴 안목으로 볼 때 어느 날엔가 매력을 잃고 스스로 소멸될 것이라는 내 소신을 나는 믿었다.

공원 조성사업과 스토리텔링 사업(조형물), 서희 역사관 건립 사업비를 연차적으로 나누어 반영하는 방법으로 사업을 이어나가기로 했다. 반면 가장 큰 골칫거리인 토지 보상 문제도 지속적으로 내가 직접 토지 주인들과 만나 사업의 중요성을 설명하고 협조를 구하면서 협의해 나갔다.

"이천 시민을 위한 특별한 테마공원을 만들어 시민들에게 제공하려고 하는 사업입니다. 결국 이천을 위하는 일이고 우리 자신을 위하는 일이 될 것입니다. 좀 도와주세요."

나는 끝끝내 시가 제시하는 보상에 협의하지 않는 토지주들을 일일이 만나 설득했다.

"시장님이 이천 발전을 위해서 이토록 애쓰시는데 저희들도 힘을 보태야지요."

"시장님 개인을 위해서 시작한 사업이 아니라는 걸 이해하니까 제가 양보하는 겁니다."

직원들에게는 한 푼도 양보할 수 없다고 버티던 땅 주인들도 나의 간곡한 협조 요청에 마음이 풀어져 보상 협상에 응해 주었다. 땅이 자신들의 목숨이라고 생각하고 살아온 어르신들로서는 큰마음 먹고 결정해 준 일이었다.

"고맙습니다. 절대 잊지 않겠습니다."

나는 그들 손을 잡고 감사의 인사를 올렸다. 2012년 보상을 완료하였다. 조상대대로 내려오던 땅을 못내 아쉬워하며 양보해주신 분들도 있고 땅 하나쯤은 오래도록 가지고 있고 싶어서 소중히 간직해 왔던 분들이 내 설득과 협조 요청에 마지못해 내주신 분들도 있다. 참으로 선량하고 고마운 분들임을 잊을 수 없다.

나는 그들에게 약속한대로 특별한 문화 휴식 공간을 시민들에게 만들어준다는 점에 주력하였다. 서희 테마형 조각공원을 조성하여 관광자원화시키는 공원을 만들 계획을 세웠다. 2010년~2014년에는 서희선생 스토리텔링을 통해 74개의 서희선생 일대기 조각 동상을 제작하여 테마공원 산책로에 배치하여 조각상을 한 번 돌아보면 서희 선생의 탄생과 소손녕과 담판으로 80만 대군을 물리치고 강동6주를 회복하는 등 서희 선생의 일대기를 느낄 수 있도록 제작·설치하였다. 2014년~2015년에는 산책로를 조성하고, 2015년~2016년에 서희역사관을 개관하여 운영을 시작했다. 이천 북동부지역 시민들이 가깝게 이용할 수 있는 등산로와 근린공원도 조성하였다.

서희 선생은 고려 성종 12년 시대의 문무를 겸비한 탁월한 문신이자 외교가이고 지략가인지라 각급 외교부 연수원생들에게 좋은 스승이 된다. 법조계에 입문하는 외교부 연수생들은 테마 파크의 서희 역사관을 둘러보며 새로운 각오를 다지곤 한다. 전국의 초중교 학생들의 살아있는 교육 학습장이 되기도 하며 수도권 관광객에게도 호응이 좋은 편이다. 이천의 서희가 아닌 민족의 서희임을 널리 알리고 서희 선생의 나라 사랑과 고귀한 얼을 계승하는 산교육을 전파하고자 한다.

서희역사관(테마파크)에 많은 관람객들이 찾아오는 것에 힘입어 더욱 살아있는 학습의 장이 될 수 있도록 효율적으로 관리 운영하기 위해 서희선생 선양 사업을 추진하기로 했다.

그 일환으로 전통과 현대 문화예술의 조화로운 프로그램으로 구성하여 서희문화제를 개최하고 문화제에 시민과 관광객이 눈으로 관람하는 축제가 아닌 함께 참여하여 즐길 수 있는 축제의 장으로 만들도록 하였다.

겨레의 위대한 스승이신 서희선생의 업적과 정신을 기리고 이를 계승하고자 2017년 10월 14, 15일 이틀 동안 장위공 서희 문화제가 처음으로 열렸다.

나는 그날 고려 시대의 관복 차림을 하고 '이섭대천' 퍼포먼스에 참여하여 개회식장에 들어섰다. '이섭대천 퍼포먼스'란 이천이라는 지역명을 왕건에게서 하사 받은 것을 기념하는 퍼포먼스이다. 고려 태조 왕건이 고려를 건국하면서 후백제와 마지막 일전을 치르기 위해 출정 길에 올랐는데 장마로 물이 불어난 복하천을 건너지 못해 곤경에 빠졌을 때 '서목'이라는 서희 선생 숙부의 도움으로 무사히 복하천을 건너 후삼국을 통일할 수 있었다. 그후 왕건은 서목의 도움에 대한 보답으로 주역에 나오는 '이섭대천利涉大川'이라는 고사에서 따다가 이 지역에 '이천'이라는 이름을 내려서 오늘의 이천이 탄생했음을 기리는 행사로 이천시에서는 매년 열리는 행사이다. 화려한 퍼포먼스와 개막 공연에서는 관람객 모두가 하나가 되어 흥분을 감추지 못하고 박수가 터져 나왔다.

읍면동별 강 건너기 경연대회 외에도 다양한 프로그램으로 서희문화제는 흥이 넘치는 축제의 한마당이 되었다. 3천여 명의 관람객이 찾아와 흥미로운 체험과 공연을 즐기며 서희 선생을 기억하는 뜻 깊은 축제의 시간이었다. 행사가 끝난 이후에도 시청 게시판에는 서희문화제가 이천 시민으로서의 자부심을 가지게 했다며 자랑스러운 행사였다는 시민들의 글이 올라왔다. 오래도록 지속되기를 바라는 시민들의 마음을 읽을 수 있었다.

나는 서희 선생 선양사업을 체계적으로 추진하기 위해 중장기 계획을 수립하고 유네스코 창의도시와 연계한 홍보 사업 확대와 서희 테마공원 활성화를 위한 다양한 콘텐츠 개발에 주력하라는 지시를 관계부서에 하달했다. 2018년 서희문화제에서는 외교관 스피치 경연대회, 서희 의상 퍼레이드 등 관람객과 시민들의 더 많은 참여를 유도하여 프로그램을 활성화 할 계획이다.

이외에도 춘사대상 영화제, 목재 체험장, IT 동화마을, 시립

서희 테마파크

월전 미술관, 멀티플렉스 대형 영화관 유치, 성호호수 관광지 조성 등 떠들썩하게 내세우지 않으면서도 보이지 않는 곳까지 세세하게 이천의 문화와 관광 자원을 만들어내었다고 나는 자부한다. 그야말로 명색이 문화 관광도시로 손색이 없는 명품도시가 만들어져가고 있음을 피부로 느낀다.

이제 이천시의 재정이 좀 넉넉해졌으니 시도, 농어촌도로, 도시계획도로 사업에 투자하여 시민들이 편리한 교통망으로 많은 기업이 유치되는 일만이 남았다. 이천의 재정이 풍족해진 것도 모두 시민들의 혼신의 힘이 모아진 덕이다.

하이닉스 증설 허가를 하기까지 시민 모두와 함께 쟁취하여 얻어 들인 이천의 세수는 이천 살림을 더 한층 풍족하게 하였고, 군부대 이전으로 받은 인센티브 혜택으로 낙후되었던 마장면이 떠오르는 주거 택지로 각광 받고 있다. 물류 창고나 지어야 할 정도로 수익성이 없다며 택지개발을 망설이던 마장면 땅값이 엄청나게 올랐다는 사실만 보아도 그 인기를 짐작할 수 있다. 이 모두가 이천 시민들이 함께하여 얻어낸 결과물이라고 나는 어디에서나 자랑스럽게 말한다.

시민 복지 정책

길이 잘 닦여져 있고 교통이 편리하고 가볼만한 좋은 장소가 많다 하더라도 나 자신이 불행하고 심적으로 편안하지 못하다면 그 모든 것들이 그림의 떡에 불과하다는 것을 나는 살아온 경험상 알고 있다. 당장 내 몸이 아픈데 관광이 무슨 사치이며, 내 배가 고픈데 그림 같은 풍광인들 눈에 들어오겠는가?

나는 시장에 출마할 때부터 이천시에서는 적어도 돈 없어서 배곯는 사람, 돈 없어서 아파도 병원에 못가는 사람, 돈 없어서 하고 싶은 공부 못하는 사람이 없는 도시를 만드는 것이 내 첫 번째 희망사항이고 기본 정책이고 신조였다. 그 때문에 시작부터 새길 만들고 먼지 나는 도로 포장하는 것 못지않게 복지 정책에 많은 시간과 돈을 투자하기로 계획을 세웠다.

소외계층 지원 사업 활성화로 램프의 요정, 키다리 아저씨,

사랑의 끈 등으로 시민과 시민이 자발적으로 서로를 돕고 기부하는 분위기를 조성할 수 있도록 시에서 적극 도왔다.

장애인들을 위하여 전용복지관을 건립하고 몸이 불편함을 감추며 숨어 살지 않고 함께 어울려 즐길 수 있도록 장애인 볼링대회, 흰 지팡이의 날, 재활 증진대회, 장애인 체육대회 등을 개최하였고, 장애인 훈련원, 장애인 기업 육성으로 그들의 자립과 재활에 노력을 기울였다.

의학의 발달과 수명 연장으로 점점 늘어나는 노인들의 삶의 질 향상을 위하여 노인복지관을 건립하고 노노 케어 사업, 문해교육, 꽃할배 행복도시 프로젝트를 운영해 왔다. 일손을 놓고 시간이 많아진 외로운 노인들이 아침에 와서 저녁까지 시간을 보낼 수 있는 시스템이 갖추어지자 이용객이 점점 늘어났다. 처음에는 점심을 무료로 제공했는데 음식이 맛있고 푸짐하여 외부 사람들까지 모여드는 상황이 되자 노인복지관에 등록된 어르신들은 1,000원씩 식사비를 받기 시작했다. 300명밖에 수용할 수 없는 노인복지관에 더 이상 인원을 수용할 수 없어서 종합복지타운을 새로 지어 운영하게 되었다. 현재 1,000여 명의 어르신들을 수용할 수 있는데 시설이 부족하여 1층의 장애인복지관을 신둔면에 최신식으로 건축하여 개관하고 현 장애인복지관을 노인복지관으로 확장 사용할 계획이다.

300병상 종합병원을 건립하고 응급의료센터를 설치하여 급한 환자 이송의 편의를 도모하였다. 참시민 행복나눔운동, 행복한 동행사업, 이천행복센터 건립, 자원봉사센터 운영, 헌혈운동 등으로 시 전반에 기부와 나눔을 실천하는 이천이 되도록 시가 나서서 분위기를 조성해 주었다.

이제 그 하나하나를 자세히 살펴보기로 하자.

① 램프의 요정 사업을 통한 기부문화 확산

장호원 이장단 협의회 등 7개 사회봉사단체가 주관하고 후원하는 사업으로 주민, 시민들의 기부금으로 운영된다. 기부금 모집은 주민 홍보를 통한 개인, 기관·단체, 사업체의 자발적 후원으로 모금되며 그 기금의 지원대상은 장호원 거주 저소득계층의 취학아동과 청소년이다.

자발적 기부금 모집을 통해 주민의 화합과 단결의 장을 조성하여 도움의 손길이 필요한 아동·청소년에게 사랑의 손길을 제공하고 '함께 나누는 생활공동체' 구현으로 행복한 장호원 만들기에 이바지하고 있다.

'램프의 요정'사업은 장호원읍사무소 사회복지담당 손미경 주무관의 아이디어로 2007년부터 시작되었으며, 2017년에 열한 번째를 맞이하게 되었다. 이 사업은 불우한 저소득 아동·청소년들이 연말연시에 본인이 소원하는 선물을 제공하며, 소외감을 느끼지 않고 희망을 가질 수 있도록 자발적 기부금으로 추진하는 사업이다. 지역사회 주민통합과 계층 간 화합에 기여하는 한편, 저소득가정 아동·청소년의 긍정적인 사회성 개발에 기여할 목적으로 추진되고 있어 시에서도 많은 관심과 지원을 아끼지 않았다.

2010년까지는 장호원 읍사무소가 주관이 되어 추진하던 사업이었으나 2011년부터는 장호원 이장단 협의회를 후원 단체로 하여 장호원 로타리 클럽, 새마을 남녀협의회, 라이온스 클럽, 장호원 청년회의소, 키와니스 클럽, J·C 특우회 등 6개 봉사단체가 연차적으로 주관하여 추진해 왔다. 시민들의 관심과 호응도도 날로 높아져 사업은 활성화되고 그만큼 혜택을 받는 아동·청소년도 늘어나고 있다. 불우한 청소년에게 희망을 주는 너무나 좋은 사업이기에 각 읍·면에서도 해보도록 권고하여 2012년부터는 다른 13개 읍면동에서도 장호원 '램프의 요정' 사업의 긍정적 효과에 관심을 갖고 벤치마킹을 실시, 「키다리 아저씨」, 「도깨비방망이」, 「날아라 반딧불이」 등의 명칭으로 불우한 청소년 등 돕기 사업을 전개하고 있어 시민의 기부문화 확산과 '더불어 함께하는 행복도시 이천' 건설에 큰 기여를 하였다.

2017년도에는 장호원 로타리 클럽 주관으로 30개 기관·단체와 열다섯 분의 독지가 후원으로 기부금 일천만 원을 모금하여 저소득 아동·청소년 100명의 소원을 들어주는 성과를 거두었다. 이에 대한 내용이 유력 지방일간지 등 10여 개 신문에 보도되어 장호원 읍민뿐만 아니라 이천 시민의 따뜻한 마음과 우리 이천시의 긍정적 이미지를 알리는데 큰 기여를 했다.

이런 기부 문화와 나눔의 행사가 일회성 행사가 아닌 상시적 후원 체제로 방향이 전환되도록 모색하는 것이 우리 모두의 숙제이기도 하다.

램프의 요정 누적 모금액은 1억4천3백2십8만 원이며 1,435명의 아동·청소년이 후원을 받았다.

혜택 받은 인원과 모금액도 중요한 의미가 있지만 복지 수요에 적합한 서비스 제공으로 아동·청소년에게 희망의 메시지를 전달했다는 점은 높이 사야할 사안이다. 특히 저소득 아동·청소년에게 사회에 대한 긍정적인 인식을 심어주고 소외감을 해

램프의 요정 발대식

소시켜 주는 일에 한 몫을 했다는 점에서는 사회가 주는 교육적 가치가 충분하다고 본다. 또 지역사회구성원의 자원봉사를 통한 소속감이나 성취감을 부여하여 참여도를 높이고 있다는 점도 주민들의 화합과 단결력에 큰 도움이 되었다. ·

이 사업은 지역사회 자원을 활용한 연계 활동으로 새로운 기부금 모집의 모범적 사례로 제공되었으며, 따뜻한 사회분위기 조성으로 지역민의 단합에 기여한다는 점도 큰 의미가 있다.

② 참시민 이천행복나눔운동

이 운동은 오롯이 시민들의 자율적이고 적극적인 제안과 의견을 자신들이 스스로 결정하여 실천하는 시민운동이다. 맨 처음 시작은 2015년 10월 1일 서희 청소년 문화센터 체육관에서 시행되었다.

시민, 시의회, 공무원 등 300여 명이 참여하여 분과별로 원탁에 둘러 앉아 선진시민의식 개혁을 위한 시민참여 아이디어 제안과 실천방안을 토론하는 회의를 열었다. 일명 시민원탁회의였다.

우선 회의 명칭을 정하는 일이었다.

토론 결과 44개의 명칭이 제안되었고 2차에 걸친 투표로 31.5%의 공감을 얻어 '참시민 이천행복나눔운동'으로 명칭을 정했고 30.4%의 공감을 얻은 '웃어라, 이천'을 구호로 선정하

참시민행복나눔운동

기에 이르렀다. 시민의 힘으로, 시민의 생각과 경험 등 시민의 관점에서, 초등학교 학생부터 노인은 물론, 다양한 분야에 종사하는 시민 300여 명은 직접 참여한 이날 원탁회의에서 시민운동의 명칭을 '참시민 이천행복나눔운동'으로 그리고 참시민운동을 위한 구호로 '웃어라 이천'을 채택하고 시민운동이 성공하기 위해 고려해야 할 '배려, 존중, 인성교육, 소통, 참여'라는 5대 핵심 가치를 선정했고, 가장 중요한 '12대 실천과제'도 직접 제안하고, 토론과 투표를 통해 결정했다.

12대 실천과제는 그리 거창하고 엄청난 것이 아닌 작고 사소한 것들이지만 의외로 실천하기 어려운 일상들을 시민들 스스로 찾아내어 과제로 삼았다.

참시민 이천행복나눔운동 12대 실천과제

❶ 먼저 양보하고, 서로 웃으며 인사합니다.

❷ 어렵고 힘든 이웃을 외면하지 않고 돕습니다.

❸ 이웃을 배려하고 존중하며, 차별하지 않습니다.

❹ 바르고 고운 말을 사용하며, 예의를 지킵니다.

❺ 가정, 사회, 학교가 함께 학교폭력을 예방합니다.

❻ 내 집 앞과 가게 앞은 내가 가꾸고, 청소합니다.

❼ 공공시설은 아끼고, 머문 자리는 깨끗이 합니다.

❽ 차 없는 날을 만들고, 스스로 지킵니다.

❾ 불법 주정차를 하지 않고, 교통질서를 지킵니다.

❿ 금연구역은 물론, 걸어 다니며 담배를 피우지 않습니다.

⓫ 누구에게나 부당한 요구를 하지 않습니다.

⓬ 자발적으로 참여하고 실천하는 참시민이 되겠습니다.

2015년 10월 8일. 이천 시민의 날 원탁회의에 참석한 시민 12명이 12대 실천과제를 직접 낭독하면서 '참시민 이천행복나눔운동'의 시작을 알리는 선포식을 가졌다.

'참시민 운동'을 추진하게 된 배경은 이천 시민의 정신적 성장이 필요하다는 내 제안 때문이었다. 이천시는 각종 인프라 구축과 현안사업이 정상적으로 추진되고 있어 물질적 성장과 발전이 이루어지고 있으므로 그에 걸맞은 선진 문화 시민의 정신적 성장이 필요한 시점이라고 판단되었다. 외모로 보는 도시 발전에 비해 내적인 시민의식이나 정신적 성장은 정체되어 있다는 느낌이 들었다. 선진문화도시로서의 도시 품격은 겉모습만 그럴싸하다고 품격이 갖추어지는 것은 아니다.

이천시는 2010년 초, 전국 최초로 유네스코 창의도시 지정을 계기로 전 세계인들이 찾아오는 공예분야의 세계적인 문화도시로서의 명성을 확보하게 되었다. 따라서 이에 맞는 문화도시로의 도시 품격 제고가 필요하고, 그 도시에 거주하는 시민들의 의식이 선진화되어야 한다는 것이 내 생각이었다. 이를 통해 이천 시민이라는 자긍심을 가지고 대한민국을 대표하는 도시로서의 시민의식을 갖추기 위한 운동이 필요하다고 판단되어 '참시민 이천행복나눔운동'이 시작된 것이다.

이천시를 세계 속으로 이끌어낸 유네스코 창의도시'란, 2004년 10월 유네스코 결의에 따라 문화발전의 핵심요소인 창의성에 주목하여 각 도시의 문화적 자산과 창의력에 기초한 문화산업 육성과 도시들 간의 비경쟁적인 관계를 맺는 도시들을 말한다. 비경쟁적인 협력과 발전 경험 공유를 통해 회원 도시들의 경제적, 사회적, 문화적 발전을 장려한다는 순수한 목적을 지니고 있다. 궁극적으로 유네스코가 추구하는 문화의 다양성을 증진하며 지속 가능한 발전 등을 목적으로 가능성 있는 도시를 유네스코가 지정한 도시들의 모임이다.

창의도시에 지정되기 위해서는 문학/영화/음악/민속공예/디자인/미디어아트/요리 등 총7개 분야의 문화산업 중 한 개 분야에서 창조적이고, 경제적으로 가능성이 보이면서 그 분야의 문화를 전 세계에 전파할 수 있는 자원(인프라)의 구축과 실력이 어느 정도의 수준을 구비해야만 가능하다. 이천시는 선진국의 강소도시와 어깨를 견줄 만큼 공예분야에 강한 장점을 가지고 있고, 이를 바탕으로 2010년 대한민국 최초로 유네스코 창의도시에 지정되었다. 이는 결코 소홀하게 볼 작은 일이 아니며 엄청난 가치를 지니고 있는 일이다. 창의도시 지정을 계기로 우리 시는 세계의 각국 선진문화도시와 교류할 기회가 확대된 것이다.

아시아의 중국(경덕진, 북경, 항주), 일본(가나자와 시 등) 등을 넘어 미국 3대 예술의 도시 중 하나인 샌터페이는 물론 이탈리아 파브리아노, 프랑스 리모쥬 등과 교류(초청)가 확대되었다. 그곳뿐만이 아니라 창의도시 교류를 위한 선진문화 도시들의 러브콜이 쇄도하고 있다. 앞으로는 창의도시에 가입하려면 기존에 지정된 도시의 추천이 반드시 필요할 정도로 가입이나 지정도 까다로워졌고 기존의 지정된 도시의 위상이 더 한층 높아졌다. 이런 위치에 놓인 시점에 우리 이천 시민의 의식 수준을 체크해보지 않을 수 없었다.

2015년 5월, 일본 가나자와시에서 열린 창의도시 연례회의에 초청받아 참석했는데 32개국, 69개 도시가 참석을 했다.

연례회의를 마치고 참석자들은 다 함께 연례회의 마지막 만찬을 가나자와 성에서 회원도시 상호 간의 대화를 하며 스탠딩으로 식사를 했는데 가나자와 성의 야경이 너무나 아름다웠다. 이 아름다운 성을 귀국하기 전 낮에 보고 가기로 일행들과 약속을 하고 다음 날 아침 6시에 기상을 하여 호텔 앞 택시에 탑승을 하는데 호텔 앞 노상에서 어느 노신사가 양복주머니에서 무언가를 꺼내었다. 비닐봉지였다. 노신사는 길에 떨어져 있는 쓰레기를 비닐봉지에 담아 주머니에 넣는 것이었다.

우리 일행은 택시운전기사에게 저 노신사가 호텔 직원이냐고 물었더니 아닌 것 같다고 하면서 가나자와 사람들은 거의 저분과 같이 쓰레기를 버리지도 않지만 보는 쓰레기는 누구나 봉투에 담아 집에 가져다 버린다는 얘기였다. 택시기사에게 양해를 구하고 우리 일행은 가나자와 성까지 걸어가기로 하고 갈 때는 큰 길로, 올 때는 골목길을 걸었다. 큰길에는 쓰레기 하나 발견할 수 없었다. 골목길에서는 담배꽁초 3개를 발견했는데 우리 일행은 이 꽁초는 한국인 관광객이 버린 게 아닐까 하면서 농담을 주고받았다. 대로와 골목길 모두가 그리도 깨끗한 이유를 알 것 같았다. 가나자와시의 시민 의식이 그 노신사의 수준일 것이라는 짐작이 갔다. 나는 우리 이천시를 생각하며 나 자신이 부끄러움을 느꼈다. 과연 우리 이천은 어떠한가?

어려운 이웃은 나 몰라라 하며 관심이 없고, 남을 배려하고 이해하는 마음은 부족하고, 담배꽁초나 껌, 휴지 등 쓰레기는 아무데나 스스럼없이 버리고, 불법 주정차는 물론 기본적인 교통질서조차 무시하기 일쑤고, 나하고 생각이 다르면 서로의 차이를 인정하지 않고 철저히 배척하고, 개인의 이익을 위해 불법과 부당한 요구를 일삼는 등 민주시민으로서 지키고 지녀야 할 기본적인 질서와 의식은 너무나도 결여되어 있는 상태였다. 정신이 번쩍 들었다.

35만 계획도시의 청사진이 실현되기 위해서도, 유네스코 창의도시 6년차의 도시답게, 세계 각지에서 이천시와의 교류를 희망하고 또 초청을 하는 등 러브콜이 쇄도하는 도시답게, 우리의 시민의식도 같이 따라가야 한다는 생각이 없었던 것은 아니다. 그러나 우선 시급한 사업 먼저 성사 시킨다는 명분 아래 딴 생각할 겨를이 없었다. 이천으로 향하는 길을 닦고 시민들의 복지를 살리고 국비 끌어와 시민들에게 필요한 새로운 건물을 짓고 이천에 도움이 될 청정 산업체를 유치하는 일만도 인력이 달리고 여유 없이 급급했던 것이다. 그러느라 미처 시민의식을 고쳐시키기 위한 교육이나 정신적 성장을 향상 시키는 일은 뒷전으로 미루어 왔음을 자인하지 않을 수 없었다. 나는 일본인들의 몸에 밴 수준 높은 시민 의식과 행동에 감명과 충격을 받고 돌아왔다. 일본과 한국이 내적으로는 견원지간이지만 본받을 것은 본받아야한다고 생각하고 그것을 벤치마킹 할 마음을 굳혔다.

나는 일본에서 돌아오자 우리 이천시도 정신적 성장을 위한 시민운동을 전개하기로 하여 그 일환으로 '참시민 이천행복나눔'운동을 탄생시키게 되었다.

시청이나 그 외의 관이 주도하는 강제성 운동이 전개되면 그 효과도 떨어질뿐더러 1회성이나 선언적 행사로 그치기 쉬운 점을 감안하여 시민들이 자발적으로 주도하고 참여하는 방법을 모색하였다.

시민들이 자발적으로 하도록 유도하기 위해 시민 단체인 몇 개 단체에 요청했으나 어렵다는 얘기였는데 지속가능발전협의회 이성은 회장이 한번 해보겠다고 자청하고 나서서 그나마 다행이었다. 원탁회의에 많은 시민들이 스스로 참여토록 유도하는 일에서부터 참시민호라는 배를 만들어 시내에서 출항식을 갖고 각 읍면동을 항해하며 시민참여를 유도하는 등 모든 시민이 선진시민의식을 갖도록 하기 위해 지속가능발전협의회는 동분서주하며 노력하였다. 그 결과 시민들의 참여도는 날로 높아져 범시민운동으로 확대되었고 2017년에는 '참시민 행복동행'이라는 소식지를 창간하여 홍보하며 더 많은 참여를 유도하고 있다. 이러한 선진시민의식운동이 지속적으로 추진이 되어 시민모두가 참시민으로 거듭나고, 이 운동이 이웃 시·군으로 번져나가 대한민국 국민 모두의 운동으로 전개되길 소망해본다.

③ 행복한 동행 사업
처음에는 시온성 교회에서 기부와 나눔 행사로 목사님과 이

계찬 집사가 주도하여 자체적으로 자그맣게 해 오던 사업이었다. 시온성 교회에서는 어려운 교인들을 돕기 위해 식당을 하는 분, 이·미용 그리고 치과를 하는 분 등 여러 직종에 계신 분들이 재능기부나 물품기부로 어려운 분들을 돕고 있었다. 짜장면 집, 설렁탕 집을 운영하는 분들은 한 달에 몇 분에게 식사제공을, 이·미용하는 분들은 머리손질을, 치과의사 하시는 분은 어르신들께 틀니를 해드리고 방과 후 학교에서 선생님을 해주시는 등 교회 내에서 어려운 분들에게 행복을 나누는 좋은 일을 해오고 있었다. 나는 이것을 시온성 교회에서만 할 것이 아니라 이천시 전체로 확산시키면 어려운 분들도 희망을 갖고 행복을 느낄 수 있겠다 싶어서 목사님께 이 사업을 이천시로 확대해 나가자고 말씀드리고 이천시의 행복한 동행사업으로 추진키로 마음을 먹었다. 그러다가 '참시민 이천행복나눔운동'을 전개하면서 그 운동의 일환으로 더욱 확대되고 활성화된 사업이다.

애초에 기획하게 된 의도는 관이 아닌 민간인의 참여 의식을 높이자는 것이었고, 그것이 가장 큰 관건이었다.

공적 복지자원의 한계성을 극복하기 위한 민간 복지자원 발굴과 시민의 참여로 민관협력을 통한 맞춤형 복지서비스를 제공하는 지역사회 나눔 문화를 확산하고자 하는데 그 의미를 두었다.

사업내용은 재능기부사업이 주를 이룬다. 민간의 재능(물품 포함)을 기부 받아 저소득 소외계층의 복지욕구에 따라 연계하는 맞춤형 복지서비스였는데 이 운동에 재능이나 물품기부를 할 수 있는 분들도 있지만, 재능이나 물품기부를 할 수 없는 분들도 모두 참여하는 시민운동을 하자는 생각을 하게 되었다. 남을 도와주는 즐거움을 갖는 시민들이 많이 늘어나면 우리 이천시가 행복한 도시가 되겠구나 싶었다. 따로 재능기부를 할 수는 없지만 참여를 원하는 사람은 1인 1나눔 계좌를 통해 참여키로 하였다. 큰 부담이 가지 않는 월 1계좌 1,000원으로 하고 우선 시청공무원부터 참여를 시작하기로 하고 동료 공직자에게도 참여를 요청하자 과반수 이상이 참여하기에 이르렀다. 시청공무원이 참여에 동참하자 세무서, 경찰서, 농협, 신협을 비롯해 노인복지관 어르신들을 비롯해 많은 단체와 시민들도 자발적으로 참여하기 시작했다. 또한 담당자 마음대로 사용할 수 없도록 하기 위해 지원기준을 조례로 정해서 어려운 분들이 발견되면 즉시 지원하고 있다.

따로 재능 기부를 할 수는 없지만 참여를 원하는 사람은 1인 1나눔 계좌 갖기로 '행복한 동행'사업에 참여할 수 있으며 큰 부담이 가지 않는 액수를 정하였다. 1계좌 1,000원으로 후원계좌를 개설하여 소외계층 기금 마련 운동에 참여하면 된다.

2012년 창전동의 한 이발소 사장님은 이발 봉사를 하고 싶은 마음은 있지만 시간을 내서 따로 봉사하러 가지 못해 아쉬워하다가 이발서비스가 필요한 대상자가 직접 이발소로 방문하면 무료로 이발을 해줄 수 있겠다는 생각을 떠올리게 되었다. 이것을 계기로 뜻이 같은 창전동의 12개 사업장에서 "아름다운 이웃, 행복을 주는 창전동"이란 재능 나눔 사업을 실시하여 주민들로부터 좋은 호응을 얻었다.

이에 이천시에서는 사업이 확대·정착될 경우 지역사회의 복지자원 개발과 활용을 통한 새로운 기부활동의 모범적 사례가 될 것으로 확신하고 민관이 협력체계를 구축하기로 하였다. 모두 함께하는 생활공동체 조성으로 더불어 살아가는 지역사회의 기반을 만들고자 전 지역으로 사업의 확대를 계획했으며, 2013년 9월 「행복한 동행」이란 사업명으로 재능나눔사업을 시

행복한 동행

작하게 되었다.

이천시는 더 많은 시민들의 참여로 사업을 활성화하고자 읍면동 주민자치위원장들을 '행복한 동행' 홍보대사로 위촉하였으며, 2015년 2월에는 재능기부 이외에 다른 방법으로 일반시민들이 행복한 동행에 참여할 수 있는 방안으로 행복한 동행 기금 조성을 위한 '1인 1나눔 계좌' 갖기 운동을 시작하였다.

이 행복한 동행 기금은 법적 기준에 해당이 되지 않아서 지원을 받지 못하는 어려운 이웃들을 위한 지원금이나 물품구입에 사용되고 있으며, 이로 인해 복지사각지대의 가구에 더욱 촘촘한 복지망을 구축하고 있다. 현재 시민 2만 2천명이 참여하고 있으며 재능기부 참여 사업장은 539개소로 음식업 209, 이미용 54, 학원 68, 의료 25, 기타 183개 업소이다. 연간 제공 복지서비스는 6,130건에 134,431천 원 정도이다.

31억이 넘는 기금이 모여 지금까지 9,613세대에 혜택을 주었다. 지원 내용은 폭염 및 한파 대비 지원, 생계비, 의료비, 주거환경개선비, 대학입학생 등록금 지원 등으로 절실하고 다급한 불우 이웃을 위해 알뜰하게 사용되고 있다.

④ 장애인 복지 사업

장애인에게 사회·문화·교육·체육 등 다양한 프로그램을 제공하여 재활과 자립을 고취하고 사회참여의 기회를 제공함으로써 장애 인식을 개선하고 비장애인과의 사회통합을 실현하고자 하는 간절함으로 시작한 사업이며 13개 행사, 사업 등을 지원하고 있다.

아직 한국 사회는 장애인에 대한 편견과 인식이 많이 부족한 편이다.

나는 이천 시민만이라도 장애를 이해하고 그들과 함께 어우러져 살아가는 사회분위기를 조성하도록 노력하였다. 그런 분위기를 위하여 장애인 관련 행사시에 일반 시민도 함께 참여하도록 권장하여 사회통합이 실현될 수 있도록 부단히 노력한 결과 장애인들이 은둔하지 않고 스스로 복지관을 찾는 인원이 늘어났다. 그들을 위한 장애인 예능제, 지적장애인 볼링대회, 흰

장애인 한마음 체육대회

지팡이의 날 행사, 재활증진대회, 장애인식 개선행사, 장애인 체육대회, 장애인 한마음축제, 직업전문교육, 맞춤형 방문교육, 정보문화(IT), 맞춤형 도우미, 밑반찬 배달사업, 무료급식 지원 사업 등에 소요되는 사업비는 전액 시비로 지원하고 있다. 이천시에 등록된 장애인은 10,240명이며 22개소의 장애인복지시설이 있다. 시설에 입소된 인원은 429명, 시설 이용 인원은 하루 679명으로 매우 활발한 편이다.

지금까지는 종합복지타운 내에 장애인 복지관을 이용하였으나 이용객이 늘어남에 따라 장애인들을 위한 전용공간을 마련하기 위해 신둔면 지석리에 '장애인종합복지관'을 신축하고 있다. 새로 지어진 장애인복지관은 장애인들이 편리하고 행복하게 사용할 수 있도록 계획되어있다.

⑤ 맞춤형 노인일자리 사업 확대

의학이 발달하고 인체 연구가 활발해짐에 따라 수명이 연장되는 100세 시대가 되었다. 그러나 노후대책 없이 수명만 연장된 건강한 노인들은 할 일이 없어 거리를 배회하거나 끼리끼리 모여 술타령을 벌일 수밖에 없는 것이 현실이었다.

나는 시장으로 취임하면서부터 이 문제를 어떻게 해결할 수 있을지 고심하며 방법을 모색했지만 뾰족한 수가 없었다. 하기야 막강한 권력자인 저 높은 곳의 나라님도 해결하지 못한 노인 문제를 이 작은 지역의 수장이 무슨 수를 낼 수가 있겠는가?

노인들의 노후대책이 얼마나 준비되지 않았는지는 종합복지 타운 내에 노인 복지관만 보아도 증명되고 남는 일이다.

겉모습만 보아서는 노인이라고 부르기도 민망할 정도로 건장하고 젊어 보이는 노인들이 아침이면 복지관에 출근하여 저녁이 되어서야 집으로 돌아가는 경우도 허다하다. 할 일 없이 빈둥빈둥 집에 있는 것이 자식이나 부인 눈치가 보여 나오는 경우도 있고, 외롭지 않기 위해서 또래들이 있는 복지관으로 친구를 찾아 나오는 경우도 있었다. 몸도 마음도 아직 건강하고 젊은데 이미 사회 어디에서도 고령의 노인을 반기지도 채용하지도 않으니 복지관밖에 갈 곳이 없는 신세였다. 노후대책이 되어 있어 경제 사정이 넉넉한 사람들이야 해외여행도 가고 골프도 치면서 여생을 즐기겠지만 그런 경우는 극소수에 불과할 뿐 대부분의 노인들은 돈도, 일거리도, 즐길 곳도 없는 처지다.

나는 노인 복지관 공간을 확보하여 이용객 수용 수를 늘리기는 했지만 그것이 그들의 인생을 도와줄 대책은 되지 못한다는 것이 안타까웠다.

정신도 육체도 건강하고 팔팔한 노인들의 인력을 그냥 놀린다는 것도 아깝고 무엇보다 그들에게 소일거리를 마련해주고 싶었다. 그래서 생각해 낸 것이 노인들의 일자리였다. 어르신들이 활기차고 건강한 노후생활을 영위하기 위해서는 그들을

노인일자리사업 발대식

필요로 하는 다양한 일자리와 사회활동이 필요하다고 여겨졌다. 그들에게 그보다 더 큰 복지는 없다는 생각이 들었다.

노노케어, 사회복지시설 지원, 환경정비, 초등학교 앞 교통지도 등 공익형 사회활동과 공동작업장, 친환경 비누제작 등 시장형 일자리 사업을 추진하게 되었다. 노인 문제는 비단 이천시만의 책임이 아니기 때문에 국비 지원을 요청하는 기획안을 정부에 제출했다. 그러나 국비 지원의 노인일자리나 사회활동 지원 사업은 시군별 배정 인원에 비해 노인 일자리 참여 희망자는 지속적으로 증가하는 추세여서 예산을 배정 받기가 어려웠다. 예산이 책정되기만을 무작정 기다리고 있을 수는 없었다. 이에 대응하기 위해 이천시는 자체 예산을 투입하여 도시농장 텃밭 가꾸기, 경로당과 기업체를 연계하여 일자리를 만드는 사업을 추진하였으며 지역행복생활권 연계 공모로 도자기를 테마로 하는「꽃할배 행복도시 프로젝트」, 기업체 후원을 연계하여 교복 재활용을 테마로「행복교복 실버천사」사업 등 매년 새로운 노인일자리를 만드는 사업을 추진해 왔다.

도시농장 텃밭 가꾸기에 소요되는 인력을 모두 노인으로 채용하였는데 어르신들이 잘 할 수 있는 일인데다가 자식 같고 손자손녀 같은 도시인들에게 일일이 텃밭 가꾸는 방법을 상세히 알려주는 등 세심하고 친절한 노인들의 지도에 대해 반응이 참으로 좋았다. 햇볕에서 종일 일하면서도 그들 얼굴에 웃음이 떠나지 않는 모습을 볼 수 있었다.

꽃할배 행복도시 프로젝트는 노인 도예교육을 실시하고 체험센터를 오픈하여 그 프로그램과 진행을 노인들에게 맡겼는데 그들이 살아오면서 겪은 풍부한 경험으로 노련하게 체험장 프로그램을 운영하였다.

행복교복 실버천사 사업은 지속적으로 교복을 수거하는 일과 손질하여 판매하는 일, 홍보하는 일거리였다. 참신한 아이디어라는 평가를 받았다. 노인 일자리, 교복을 폐기하려는 사람과 교복을 사려는 사람의 중간 역할, 생활품 절약 등 일석삼조라며 지상파 방송에서조차 좋은 사례로 소개될 정도로 반응이 폭발적이었다. 2006년에 시작된 노인 일자리를 매년 증가시켜 창출해내는 일을 게을리 하지 않고 추진 중이다.

2015년에는 노인일자리 사업 추진 우수 지자체로 경기도지사 표창을 받기도 했다.

⑥ 300병상 종합병원 건립

첨단시설과 응급의료센터를 갖춘 300병상급 종합병원 건립이 시민의 건강권 보장과 함께 이천의 숙원 사업이었다.

지난 30여 년간 선거 때만 되면 국회의원, 시장, 도의원 출마자는 이 종합병원을 만들겠다고 공약을 내걸었지만 이행이 된 적이 없었다. 나도 공약을 안 할 수가 없었다. 2010년 민선5기 선거 때 김문수 지사와 함께 공동공약으로 의료원을 종합병원으로 새롭게 변신시키겠다고 시민과 약속을 했으나 도립병원임에도 김문수 도지사는 종합병원을 만들지 못했다. 2014년 나는 새천년민주당으로 당적을 옮겨 민선6기에도 공약을 했는데 정말 난감한 일이 되어 버렸다. 새누리당 도지사와 공동공약을 할 수 없는 일이기 때문이었다. 공약을 했지만 당이 다른 남경필 지사는 당선이 되어서도 별관심이 없었다. 나는 당선되자 민주당 도의원이 다수당임을 알고 도의회의장과 당 대표, 그리고 보건복지위원회 원미정 위원장에게 매달렸다. 그분들의 의견은 BTL 사업은 사업비가 원금보다 이자가 많은 사업이기 때문에 안성의료원을 끝으로 하지 않기로 결정되었기 때문에 할 수가 없다는 것이다.

그러나 나는 뒤로 물러설 수가 없었다. 종합병원이 안 된다는 것은 시민들과의 약속을 지키지 못하는 일이기 때문에 있을 수 없는 일이었다. 나는 어떻게든 약속을 이행해야 된다는 마음으로 보건복지위원회 모든 의원들에게 읍소하며 찾아다녔다. 소수당인 새누리당 의원들은 민주당에서 한다면 본인들은 동의하겠다는 것이었다. 그 당시 내가 아는 민주당 국회의원은 모두 다 동원했던 것 같다.

마침내 원미정 위원장과 민주당의원들도 이천 병원까지만 BTL 사업을 하기로 결정해주어 지금은 정상적으로 공사가 잘 추진되고 있다.

종합병원 건립

새로 태어날 이천종합병원(이천 의료원)은 지하2층, 지상6층으로 319개의 병상을 갖추게 된다. 국비 3.4%, 도비 8.3%, 민자 88.3%로 총 사업비 600억이 소요되는 대규모 사업이다.

경기 동부권에서는 최초의 종합병원이며 증가하는 다양한 의료 기관에의 필요성을 충족하게 되어 이천시로서는 다행한 일이다.

2016년 12월 14일에 사업 착공식을 가졌고 2018년 5월 현재, 52%의 건축 공정률을 보이고 있다. 2019년 2월에는 신설동을 완공하고 기존 병동을 폐쇄할 예정이다. 2019년 6월에는 건축이 완공되어 확장된 종합병원의 면모로 재개원한다.

⑦ 사랑의 헌혈운동

헌혈은 수혈이 필요한 환자의 생명을 구하는 유일한 수단이며, 혈액은 인공적 생산이나 대체 물질이 존재하지 않는다.

헌혈한 혈액은 장기간 보관이 불가능하여(농축적혈구 35일, 혈소판 5일) 적정 혈액보유량인 5일분을 유지하기 위해 헌혈자의 지속적이고 꾸준한 헌혈이 필요하다.

내가 2006년도 민선4기 시장에 당선되었을 때 하이닉스 증설불허, 특전사 이전 문제, 물류창고화재 등 악재로 시민들이 어려움을 겪었다. 그 어려움을 이겨내기 위해 우리 시민 모두 홀연히 일어나 정부를 향해 규탄대회 등을 하면서 모든 국민들의 이슈화가 되었다. 우리 이천시 입장에서 보면 필요한 일이 었지만 국민들의 입장에서도 이천시가 혹시 데모나 자주 벌이 는 도시로 인식되지는 않을지, 그들도 이천시가 잘 했다고 할 지, 골치 아픈 이천으로 비춰질까 염려스러웠다. 무엇을 해야 이천 시민들이 정말 잘하고 있구나 하는 인식을 국민들에게 심 어줄 수 있을까 생각한 끝에 헌혈을 해보자 마음을 먹고 시민들 에게 적극 홍보를 하여 헌혈을 시작하게 되었다.

헌혈 참여율 향상을 위해 시청, NC백화점, 라온팰리스 등 시 내 인구 다중 밀집지역을 선정하여 그곳에서 헌혈운동을 실시 하였다. 또 참여율 향상을 위해 기업체, 군부대, 학교, 사회단 체 등은 별도 일정으로 추진하고 헌혈 실시 공무원에 대한 공 가 및 참여자에 대해 자원봉사 점수를 부여하여 지속적인 참여 율 향상을 유도해 왔다. 2008년부터 헌혈운동을 실시하여 이천 (2,000) 사람 2,000명을 헌혈에 동참시킬 목표를 세웠으나 그 목표의 4배나 되는 인원이 동참하는 성과를 거두었다. 지방단 체에서 이천처럼 이렇게 적극적으로 헌혈운동을 추진하는 곳 은 없었다. 지방자치단체로는 처음으로 이천시가 헌혈 유공자 표창 중 국무총리 표창을 받았고 총리공관에서 헌혈유공자와 함께 정운찬 총리가 주최하는 만찬에 참석을 하는 영광을 갖기 도 했다. 그곳에서 깜짝 놀란 것은 개인이 200~300회씩 헌혈 한 분들도 계셨다. 그분들은 헌혈하는 것이 기쁘다고 했다. 남

헌혈운동

을 돕는 것이 기쁜 것인지? 아니면 헌혈 순간이 기쁜 것인지 잘 모르겠지만 대단한 분들이라는 생각이 들었다. 헌혈한 분들은 헌혈증을 시청 복지정책과 혈액은행에 맡겨두었다가 언제든지 필요할 때 찾아갈 수 있었다. 사랑 나눔 헌혈운동은 이천 시민의 자랑이자 병든 이에게는 든든한 지원자 역할을 하는 운동이기도 하다. 혈액난을 극복하고 혈액 불균형을 해소하는데 큰 도움이 되었다.

복지정책은 앞에서 밝힌 것 외에도 여러 가지가 많으나 일일이 다 설명하기에는 지면이 좁을 것 같다.

자원봉사 센터 운영 등 제도나 행정만으로는 충족이 어려운 세부적인 복지서비스 실현을 위해 머리를 짜내어 실행에 옮기고 있다. 생활하기 좋고 살기 좋은 지역사회를 만들고자 이천시는 자원봉사센터를 2011년도에 개소하였는데 2017년도 포털 사이트 기준 49,440명의 자원봉사 참여자가 등록했다. 2018년에는 집계를 해보지는 않았지만 더욱더 등록자가 늘어났을 것이다.

자원봉사 공모사업 추진을 통한 다양한 프로그램(가가호호 봉사단, 사랑의 집 고치기, 다정다감 정리수납 프로젝트, 우리 동네 행복화단 만들기 등) 개발을 통해 광범위한 분야에서 보다 나은 서비스를 제공할 수 있도록 꾸준히 노력하고 있다.

보다 많은 자원봉사자를 모집하고 지원하게 만들어 자원봉사자들의 사기를 북돋아주기 위한 행사를 개최하고 포상제도(자원봉사자 기념대회 개최, 우수자원봉사자 표창, 해외연수 실시)를 실시하였다. 이러한 적극적인 자원봉사 참여 유도로 온 시민이 모두 자원봉사하는 마음으로 이천을 사랑하기를 바라는 것이 나의 희망이다.

자원봉사자 54,000명을 목표로 자원봉사자 모집 홍보를 강화했다. 각종 홍보매체를 활용하거나 학교, 기관 등에 공문을 발송하여 자원봉사자 추천을 권유하기도 한다. 자원봉사자들은 이천시의 각종 축제 및 행사에 투입되어 최선의 봉사를 실천하게 된다. 어디든 자원봉사자가 필요하다면 달려갈 수 있도록 봉사자를 적극 배치하고 있다. 김장 나눔, 소외계층 연탄지원, 가족봉사단, 재난재해봉사단 등 다양한 분야에 투입되도록 운영되며 전문자원봉사단 육성을 통한 수준 높은 자원봉사자를 육성해 왔다. 전문 강사에게 심화교육을 받게 하고 호스피스봉사단을 신규 육성할 예정이다.

⑧ 이천행복센터 건립

중리동 동사무소 자리에 새로 짓고 있는 '행복센터'는 주민센터 뿐 아니라 각 나라의 다문화, 각각의 도민회가 모두 '이천'이라는 이름으로 이천 안에서 하나가 되어 행복한 이천을 만드는 역할을 하게 되는 다목적 복합 청사이다.

언젠가 중리동 사무소에 들렀을 때 동장과 지역 단체장들께서 동주민센터가 비가 새고 건물에 문제가 있어 재건축이 시급하다는 설명을 듣고 이 비싼 땅에 주민센터만 짓는 것은 문제가 있다고 판단하고 부족한 문화공간을 함께 짓는 것이 좋겠다고 판단하였다. 부족한 자치 공간을 확충하고 지역주민의 문화·복지 수요에 맞는 복합 공간 마련을 위해 새 건물 건립을 추진했다. 중리동 주민 센터가 노후하여 안전성 문제까지도 고려되던 시점에 '행복센터'라는 이름의 다목적 복합청사를 짓게 되어 지역 주민들에게 문화·복지 공간으로 큰 도움이 될 것으로 기대된다.

총 사업비 247억이 넘는 금액 중에 4억이라는 금액을 국비로 충당할 수 있었다. 2015년 10월에 사업안을 내어 2019년 5월까지 추진되는 사업이다. 2017년 기존 시설물 철거를 시작으로 본격적인 공사에 돌입하였다.

　지상4층, 지하2층 규모로 중리동 주민센터와 문화원 그리고 다문화센터, 도민회가 입주하는 다목적 청사로 비록 크지 않은 금액이지만 국비 지원을 받기 위해 많은 노력을 기울였다.

　사업 추진을 위한 선행요건인 행정안전부의 지방재정 중앙투자심사에 대해 2016년 3월 심사를 신청하였으나, 시설의 적정규모 재산정과 국비지원에 대한 사전 절차 미이행 사유로 재검토 처리되었다. 이를 해결하고자 행정안전부와 문화체육관광부 등 중앙부처와 관련부처를 수차례에 걸쳐 방문하고 협의

이천행복센터 건립

하여 규모의 적정성과 절차 이행의 문제없음을 협의하고 설득하여 심사 재신청 후 어렵사리 중앙투자심사를 통과하여 건립 사업을 추진하기에 이르렀다. 그 과정 역시 만만치 않게 직원들의 발품을 팔아 얻어진 결과물이다.

총사업비 100억 원 이상 공사 시, 설계단계에서 의무적으로 실시하여야 하는 "설계의 경제성 검토(Value Engineering, VE)"를 외부 전문기관이 아닌 건설사업관리용역자(감리)가 수행토록 하여 설계기간을 단축(6주)하고 수수료 예산을 절감하는 전략을 썼다. 한 푼이라도 시비를 절약해야 하는 시로서는 온갖 지략을 다 동원해야만 경제적 애로사항을 타결할 수가 있어 늘 힘들게 일을 하는 편이다.

2019년 5월에 준공 예정인 '행복센터'가 완공되기를 바라는 주민들의 열망에 힘입어 건축 공사는 순조롭게 진행 중이다.

⑨ 기업하기 좋은 환경 조성

인구 증가나 도시 발전을 위해서 순수하게 생활하는 거주 인원으로는 시 운영비를 감당할 수 없다. 좋은 기업들이 많이 들어와 고용 인력과 세금 등 이천시의 수익을 창출해내야만 부강한 도시로 발전할 수 있다. 그러기 위해서는 많은 기업들을 이천으로 유치해야 하며 기업하기 좋은 환경이 마련되지 않으면 기업들은 환경 조성이 좋은 도시를 찾아 그곳에 안착하게 마련이다.

　책상에 앉아서 말로만 혹은 관계 부서 창구에서 오가는 서류로만 '기업하기 좋은 환경 조성'을 외쳐 봤자 실질적인 해결책이 강구되지 않았다. 현장에 나가 그 현장이 기업의 성격에 맞도록 애로사항을 개선해주고 민원을 해결해주는 시스템을 도입해 기업 유치를 위한 환경을 조성해 나가도록 했다. 환경 조성이라 함은 지역적인 주변 분위기나 시 규제 자체도 환경이지만 거기에 경제적 지원도 포함된다는 것을 의미한다.

　예를 들면 모든 조건이 이천에서 기업을 하고 싶은 조건이지만 자금이 부족해서 이천으로 들어오지 못하거나 이천을 떠나는 기업이 있을 수도 있다. 그런 중소기업을 위해 시에서 운전자금, 창업자금 등 기업경영이 안정화될 수 있도록 자금을 지원하는 정책을 마련했다.

　또 기업경쟁력 강화 지원책으로 기업의 기술 애로에 대한 기술닥터 지원 등 연구개발 지원과 특허 등 산업재산권을 지킬 수 있도록 편의를 제공하고 전시회 참가나 해외시장 개척을 위한 판로를 도와주고 기업 홍보에 적극 협조하거나 지원했다.

　특히 기업환경개선사업 지원에는 기업 밀집지역 진입로, 급배수로 등 열악한 기반시설을 개선하도록 지원했고 기업 내 기숙사, 식당, 화장실 등 근로환경 개선사업에는 까다로운 조건이나 서류들을 간편화하여 별 어려움 없이 지원 받을 수 있도록

기업·공무원 후견인 결연식

규제를 완화하였다. 노후 바닥 도장 공사, 환기 집진장치 등 작업환경 개선 사업에도 지원을 아끼지 않았다.

거기에 더불어 '공무원 기업후견인제'를 운영하였는데 반응이 매우 좋아서 공무원이나 기업 모두 보람을 느낀다는 대답을 들을 수 있었다. 공무원 후견인제라는 것은 공무원 한 명과 한 기업이 결연을 맺어서 기업체는 자기 업체 담당 공무원과 수시로 연락하고 협조 요청을 하여 문제가 생기면 함께 해결하는 제도이다. 기업체에 문제가 생길 때마다 이 공무원 저 공무원을 만나 처음부터 사태를 설명하고 상황을 파악하고 조사를 해야 하는 불편을 해소하고 항상 모든 것이 파악된 상태의 공무원이 그 일을 담당하게 되는 것이다. 자기가 맡은 기업에 문제가 생기면 그 공무원이 시청에 들어와 담당 부서 동료 공무원에게 자문을 구하거나 도움을 요청하여 빠르게 해결할 수 있는 장점이 있다. 실제로 '하이 프레시'라는 수출기업이 있었는데 업체는 환경부로부터 3개월 영업 정지 처분을 받고 곤경에 처하게 되었다. 수출 주문 받은 물품들을 납기에 맞춰 납품할 수가 없게 된 상황이 벌어진 것이다. 납기 내에 수출을 하지 못하면 기업 이미지 손상과 신용 하락은 물론이고 회사가 부도날 수밖에 없는 상황이었고 이를 안타깝게 여긴 후견 공무원인 엄태희 팀장이 발 벗고 나서서 방법을 찾아 동분서주하였다. 그 결과 3개월 영업정지를 1개월로 줄이는 대책을 찾아냈고 업체는 밤샘 작업을 하여 기한 내에 납품을 할 수 있었다. 나중에 안 사실이지만 관계부서 공무원들끼리 머리를 맞대고 합법적인 묘책을 찾느라 고심했다고 한다. 이 부서 저 부서 서로 미루고 공을 넘겨받으며 나 몰라라 하는 무사 태평주의가 아닌 내 식구처럼 발 벗고 나서는 것도 공무원 후견제의 장점이었다.

그 외에도 기업에 도움이 되는 합동설명회를 개최하거나 문자발송으로 각종 정보를 제공하는 서비스를 실시하는 한편 창업보육센터 운영 지원으로 강소 중소기업 육성을 적극 지원하고 있다.

이천시는 수도권정비계획법상 자연보전권역으로 산업 집적 활성화와 공장 설립에 관한 법률 등 각종 규제로 인한 개발이나 발전이 크게 제한받고 있는 실정이어서 기업 유치에 애로사항이 많았다. 이러한 어려움을 극복하기 위해 「일자리가 늘어나고 활력이 넘치는 경제 도시 구축」을 핵심 목표로 민선4기부터 다양한 기업지원 시책을 실시하여 기업하기 좋은 환경 조성에 최선을 다하기 시작했다.

각종 자금지원 시책, 기술개발·마케팅지원, 해외시장 개척과 같은 다양한 기업경쟁력을 강화했다. 기업시설개선을 위한 소규모 기업환경개선, 전국 최초로 공무원 기업후견인제 도입, 합동 설명회와 맞춤형 문자서비스를 실시하면서 시가 할 수 있는 노력과 규제 완화에 최대한 정성을 쏟았다. 꾸준한 노력에는 그에 상응하는 보답이 따른다는 그동안의 결과를 확신하면서 노력을 게을리 하지 않았다.

결과는 서서히 나타나기 시작했다.

2006년부터 시작한 기업체 후견인제도는 총581개 기업체와 581명의 후견공무원이 결연을 맺어 약 1,400여건의 기업 애로를 접수하여 처리하는 성과를 거두었다. 또한 2017년 해외시장 개척단 파견으로 태국 방콕과 미얀마 양곤에서 총 140건 13,351천불의 수출상담, 총 70건 5,806천불의 계약추진 성과를 올리며 동남아 수출 판로개척의 초석을 마련하였다.

이런 노력으로 기업 등록수가 2007년 607개에서 2018년 3월 현재 1,023개로 큰 신장세를 이루었다. 더불어 이천 시민의 일자리가 늘어남은 말할 나위도 없다.

현장중심으로 이루어지는 다양한 지원 시책과 함께 찾아가는 기업애로사항 해결로 일자리가 넘치는 기업하기 좋은 도시 구축에 큰 효과를 거두고 있다.

⑩ 일자리 센터 운영 활성화와 1만 명 취업 달성

2010년부터 시청 1층에 공무원 3명과 직업상담사 4명, 프로시니어 1명을 상주시키는 일자리 센터를 설치하였고, 14개 읍면동과 고용복지센터에 각 1명씩 15명의 직업상담사를 상주토록 했다.

기업에 인재채용과 구직자 취업 지원 등 고용서비스를 제공함으로써 일자리를 발굴하도록 하고, 채용행사 개최와 취업 프로그램을 운영하여 취업 지원 사업을 도와 왔다.

2014년에서 2017년까지 추진된 사업에 총 26억 원의 사업비를 책정하여 꾸준히 일자리 창출에 노력을 기울인 결과 25,400명이 취업을 달성하였다.

이천시는 시민들에게 양질의 고용서비스를 제공하기 위해 새로운 도전과 다양한 변화를 추구하여 적극적인 행정을 추진해 왔다.

대표적인 사항으로는 2014년도부터 14개 읍면동에 직업상담사를 전면 배치하여 시민들이 가까운 읍면동사무소에서도 구인구직 상담을 할 수 있도록 하였고, 2016년부터는 고용복지

대한민국 지방정부 일자리 정책 박람회

플러스센터를 개소하여 관내 고용기관인 일자리센터, 고용센터, 여성 새로 일하기 센터 등의 기관들이 협업하여 시민들에게 통합적인 고용서비스를 제공할 수 있도록 하였다.

또한 일자리센터 운영을 통해 4050원스톱 전담창구를 개설하여 4050세대의 재취업을 적극 지원하였다.

'입사준비 완전정복 프로그램'을 읍면동 취업 프로그램으로 확대 운영하였으며, 직업상담사들이 관내 1,000여 개 기업에 매월 전화를 하여 기업의 인력 채용 지원과 기업지원 시책을 설명하는 기업 해피콜의 특색사업도 추진하였다.

이밖에도 매월 19일 20개 이상의 기업이 직원을 채용하는 '구인구직 만남의 날'로 정하여 채용행사를 개최하였고, 14개 읍면동별 동네기업에 동네구직자의 취업을 매칭하는 '읍면동 소규모 채용행사'도 개최하였다.

매월 1~2회 일자리 버스 내에서 일자리상담과 취업면접을 하는 '찾아가는 일자리 버스'를 운영하였고 주1회 '하나로 마트'와 '특성화고'에서 이동 취업 상담을 실시했다. 매년 10월에 50개 이상 기업이 직원을 채용하는 대규모 채용박람회를 개최하고 연간 10개 학교 초등학생의 흥미와 적성을 고려해 직업진로를 지도해주는 '초등학생 직업진로 지도프로그램'을 운영하였다. 초등학생 프로그램 외에도 청년, 여성, 중장년 등 계층별로 취업프로그램을 운영하면서 다양한 일자리 정책을 펼쳐왔다.

이러한 노력의 결과로 이천시는 민선6기 공약 목표 "일자리센터를 통한 취업자 1만 명"의 254%인 취업자 25,400명으로 목표를 초과 달성하였고, 고용률은 2014년~2017년 상반기까지 4년 연속 경기도 1위를 기록하였다. 2014~2015년에는 2년 연속 경기도 우수기관으로 선정되는 성과를 나타냈다.

⑪ 이천 아울렛 유치

외적으로는 아시아 최대의 복합쇼핑몰을 유치하여 천만 관광도시의 기반을 마련하고 내적으로는 이천 시민의 고용 창출과 외식업체 매출 증가로 지역경제 활성화에 기여하였다.

이천시 마장면 표교리와 호법면 단천리 일원에 연면적 63,728㎡에 353개 브랜드가 입점하는 대규모 아울렛 쇼핑몰을 유치하기까지 참으로 많은 애로사항을 겪었다. 그 당시의 내 심적 고통은 이루 다 말할 수가 없다.

　이천시 발전을 위해서는 아울렛 쇼핑몰을 오픈해야 하는데 일반 시민들은 찬성하는 반면 중앙통의 대다수 상인들은 결사 반대를 외치며 매일 시위를 해대니 나는 어느 누구 편에 설 수도 없는 난처한 입장이었다. 공청회를 열어 상인들의 하소연을 들어주고 그들의 애로사항을 해결할 방법을 찾기 위해 많은 대화를 가졌지만 공청회가 끝날 때는 결국 제자리걸음이었다.

　"여러분, 한 발씩 양보하는 마음으로 좀 길게 앞을 내다보십시오. 300개가 넘는 브랜드 쇼핑몰이 오픈하면 이천을 찾아온 쇼핑객이 물건만 사고 그냥 돌아가지는 않습니다. 이천을 관광하고, 이천에서 식사를 하는 등 이천에 머무는 동안 지갑을 열어 돈을 쓰게 됩니다. 쇼핑몰에서 가까운 중앙통 시장에도 들르는 것은 당연한 일입니다. 여러분한테도 도움이 되면 됐지 손해가 나는 일은 아니라는 이야깁니다."

　나는 그들에게 상세히 설명하고 설득했지만 생계 수단을 빼앗긴다는 고정 관념에 사로잡힌 그들 귀에는 어떤 소리도 감언이설로밖에 들리지 않는 것 같았다.

　"어디 그뿐입니까? 쇼핑몰을 건설할 때의 인력부터 오픈한 뒤 고용될 관리인, 매장 담당자, 점원 등 모두 이천 시민의 일자리가 만들어지는 것입니다. 이천에 이만한 기회가 다시 올지 모를 정도로 좋은 호재입니다."

"이천이 잘 살기 위해서 상인들은 굶어죽어도 좋다는 말씀이세요?"

그들의 대답은 싸늘했고 그전까지 가까이 지내던 상인들도 나에게 냉담한 눈빛을 보냈다.

2013년 1월, 의류 점포 중앙통 전통시장 상인들이 매출 감소를 이유로 강력하게 반대하면서부터 소통의 여지가 없어 보였지만 나는 포기하지 않았다. 전통시장의 피해를 최소화하며 롯데 아울렛과 전통시장 상인들이 상생할 수 있는 방안을 마련하자고 제안하며 그들을 설득해 나갔다.

"상인 여러분과 중복되지 않는 품목만 쇼핑몰에 입점을 시킨다면 허락하시겠습니까?"

내가 긴급 제안을 내놓자 잠시 상인들의 고함소리가 멈칫하더니 술렁거렸다.

"그렇다면야 굳이 반대할 이유는 없지요."

그렇게 협의가 시작되었다. 롯데 아울렛에는 이천 도심 상권과 중복되지 않는 브랜드로 입점을 제한하기로 하였고, 향후 전통시장 시설 개선사업 지원을 검토하겠다고 약속했다. 1년 가까이 수차례의 공청회를 열면서 겪은 내 정신적 고통은 아직도 끔찍할 만큼 생생하다.

또 전통시장 상인들 중 롯데아울렛에 입점을 희망하는 상인들의 의견을 적극 수렴하여 2013년10월 롯데아울렛 개점을 앞두고 이천시 상인회와 중복 브랜드 대책위원회를 지원하여 중복브랜드가 우선 입점할 수 있도록 협약을 체결하며 일단락을 지었다. 중복브랜드 17개 점포가 개점과 동시에 입점함으로써 전통시장과 상생하는 기반을 마련하였다.

매년 아울렛 방문 고객이 약 500만 명에 이르며 90%가 타지역 방문객이다. 아울렛 내 이천시 관광안내소를 운영하여 이천시 축제와 주요관광지를 소개하며 관광을 유도, 안내하고 있다. 향토 특산물관 운영을 통해 농산물과 도자기 등 이천시 우수 특산물을 홍보하는 효과도 얻고 있다.

점포 직원 채용 시 지역주민을 최우선으로 채용한다는 조건에 따라 고용된 인원은 점포 내 지역주민만도 800명이 넘게 근무하고 있으며, 인건비 1,000억 원이 지급됨으로서 지역상권 고용 창출 효과와 소비 촉진을 통한 지역경제에 큰 활성화 요인이 되었다.

그뿐 아니라 지역 중소업체 지원을 통한 동반성장이 이루어지고 있는 점은 이천 발전의 큰 영향을 미쳤다.

우수 지역 업체를 대상으로 주요사업의 운영권을 부여하는 방법으로 지역 업체를 활성화 시켰다. 조경용역 4년 동안 5억 6

천만 원, 제설용역 5년 동안 7억 5천만 원, 폐기물 처리 4년 동안 2억 4천만 원의 소득을 올렸다. 상권 내 중소업체를 연계하여 프로모션을 진행하였는데 '이천맘' 카페 연계 프리마켓을 2014년과 2015년에 개최하였고, 공동마케팅으로는 도드람 양돈 농협, 공룡수목원, 미란다 호텔 등이 참여하였다.

또한 아울렛 쇼핑몰은 지역사회 친화활동을 전개해 왔다. 취약계층을 대상으로 그동안 1억 이상의 지원금을 들여 정기적으로 나눔 봉사활동을 펼쳤다. 열린 의사회 의료 봉사, 저소득층 연탄 나눔 등 이천 내 지역행사를 적극 지원(220백만, 연간55백만)하고 있으며 토크콘서트('13.9, 78백만), 도자기, 산수유 축제('14.8, 10백만)에도 지원을 아끼지 않았다.

잔여 창고부지 F&F에서 2018년 1월부터 물류창고를 공사 중이고 상류시설 영원무역(노스페이스)에서 2018년 5월 경 자전거 테마파크와 가족놀이시설을 겸한 상업시설을 배치하여 공사 예정 중이다.

아울렛 쇼핑몰을 유치함으로 해서 이천 경제와 지역 활성화에 미치는 영향은 혜택 받은 금전으로 다 환산할 수 없을 만큼 지대하다.

아시아 최대 규모라는 롯데 프리미엄 아울렛 매장을 개점한 지 얼마 되지 않아 쇼핑의 명소로 자리 잡았고, 이천의 특산물인 도자기를 상징하는 백자동과 청자동으로 건립하여 이천이 도자기 고장임을 극대화하였다. 청자동 1층 광장에는 청자 도자기 모양의 아치를 세워 도자기의 고장 이천의 이미지를 부각시켰다. 주말이면 5만 명이 넘는 유동 인구가 이천을 방문하고 있으며 그에 따라 각종 이천 축제 참여 인구도 늘어나 활기를 띄는 효과를 얻었다.

⑫ 소규모 산업단지 조성사업

산업단지를 체계적으로 개발하여 개별입지 공장의 집접화를 유도하고 난개발억제 효과 및 기업유치에 따른 일자리 창출로 지역경제 활성화를 도모하고자 하는 사업이다.

산업단지 조성은 우리시의 35만 계획도시 조성 및 지역경제 활성화를 위한 나의 공약사업으로 산업단지 20개소를 목표로 하여 공영개발 2개소, 민간개발 4개소(신둔,도암,모가,신갈)의 산업단지를 추진완료 하였다.

이후 계속해서 4개소(도립,매곡,유산,단월)의 산업단지를 추진하던 중 환경부에서는 「팔당·대청호 상수원 수질보전 특별대책지역지정 및 특별종합대책」 환경부고시 제15조에 의해 농림지역 및 보전관리, 생산관리지역을 공업지역으로의 변경 제한 규정을 사유로 단지 조성 불허가가 떨어졌다. 추진하던 사업에 막대한 경제적 손실을 가져 왔고 시 행정의 불신을 초래하게 되었으며, 나의 공약이행에 제동이 걸렸다. 환경부의 조성

불허가로 추진 사업이 중단되자 나는 받아들일 수 없다며 이의를 제기하고 환경부와 협의에 들어가 많은 애로를 겪었다. 이천 발전을 향한 내 욕심이 과한 것인지 아니면 그동안 아예 도전해보지 않았기 때문에 겪지 않았던 걸림돌인지 모르겠으나 어느 것 하나도 순조롭고 편하게 일이 진행되는 법이 없었다.

아마도 2중 3중의 상수도 보호권역 규제를 받고 있는 이천의 특성상 예전에는 지레 겁을 먹고 문제가 될 만한 사업은 아예 엄두도 내지 않았기 때문에 정부와 싸울 일도 없었던 게 아닌가 짐작된다. 나는 규제를 따지기 전에 우리 시의 중대 목표만을 위해 일을 추진하면서, 그때그때 협의하고 싸우고 우기고 타협하면서 문제를 풀어나갔다.

정부와 수차례의 협의와 제안, 해결책 모색 끝에 우리시로서는 만족스럽지는 않지만 그간 추진이 전면 중지 되었던 특별대책지역 내 산업단지를 조건부 허용으로 추진 가능하게 되었다.

이천시가 하고자 하는 사업이나 규제 완화를 관철시키기 위한 그 과정을 살펴본다면 이루 다 꼽을 수 없을 정도이다.

2017년 5월부터 현재에 이르기까지 한강유역환경청 방문부터 환경부 물환경 정책국 방문, 고문변호사 법률자문 의뢰(법무법인 대종, 대유), 법제처 전화문의(환경부 고시 유권해석 질의), 국무조정실 규제신문고과 방문 기업애로사항 논의, 특별대책지역 내 산업단지 규제 관련 담당팀장 회의(경기도, 이천

시, 광주시, 여주시), 특별대책지역 수질보전정책협의회 방문 문제점 제시 협력요청, 한강유역 환경청에 전략 환경영향평가 (초안), '부동의'통보에 대한 관계법령 재검토 요구, 3개 지자체 (이천, 광주, 여주)시장과 관계자들이 모여 특별대책지역 현안 (팔당호 상수원 수질 보전 특별대책지역 산업단지추진)관련 대책회의 개최, 법제처에 법령해석 질의, 특별대책지역 수질보전 정책 협의회에 참석하여 해결책 모색, 환경부에 '팔당·대청호 상수원수질보전 특별대책지역 지정 및 특별종합 대책'에 대해 끊임없이 질의를 하며 조목조목 따져 물었다. 이미 이천을 겪어본 정부 관계자들 사이에서는 이천시와 맞붙으면 끝끝내 물고 늘어져 한 발 양보도 없는 골칫거리 시로 통하는 눈치였다. 우리 직원들과 내 얼굴을 아는 이천 담당 정부 관계자들은 우리와 마주치면 '또 이천입니까?' 하는 얼굴로 난감해 하는 표정을 짓는다.

정부와 맞서서 이의제기를 할뿐 아니라 '팔당·대청호 상수원 수질보전 특별대책지역 환경부 고시 폐지 시급' 이라는 내용의 기사를 각 지방지 신문에 기고하며 여론을 조성하여서 우리 제안에 힘을 더하였다. 특대지역 7개 시장·군수, 주민대표단 연석회의를 양평 양수리에서 개최하여 환경부장관과 차관 면담을 요구하였고, 환경부에 수질보전 특별지역 내 산업 단지 입지규제 개선을 건의하였다. 특별대책지역 3개 시·군 대책회의를 경기도 광주시에서 열었으며, 한강유역환경청 방문 환경 평가과 과장과 팀장을 면담 하는 등 끊임없는 노력을 아끼지 않았다.

가만히 앉아 있는데 우리가 원하는 것을 그들이 선물처럼 가져다 줄 리 만무했다. 규제를 묵묵히 받아들인다면 이천은 영영 그런 제한에서 벗어나지 못하고 그렇게 살아야 할 것이었다. 싸워서 이겨내고 얻어내야만 앞으로도 걸림돌 없이 발전할 것이라는 생각에 나는 규제 완화를 위한 투쟁을 망설이지 않았다. 이천 혼자만의 힘으로는 그들에게 강력함을 보여주기 역부족이어서 7개의 시, 군과 힘을 합쳐 투쟁에 나섰던 것이다.

환경부에서는 여론과 함께 해당 지자체의 반발이 거세지자 결국 대안으로 2017년 11월 15일부터 2018년 3월 8일까지 제8차에 걸쳐 지속 가능한 상수원 수질보전 정책 협의체를 구성하였다. 실무협의와 본회의를 거쳐 협상 끝에 '특별대책지역 내 산업단지 조성 시 기존공장의 이전을 전제로 공업지역으로의 변경을 허용'한다는 내용으로 협의되어 환경부에서 '고시개정' 하기로 결정되었다. 만족스러운 결과는 아니었지만 특별대책지역 내 공업지역으로 용도지역 변경불가에서 조건부 허용이나마 특별대책지역 내 산업단지를 조성할 수 있는 성과를 얻은 것만도 다행스러운 일이었다.

환경부고시로 중단되었던 이천시의 4개소(도립,매곡,유산,단월)산업단지에 대해서 추진할 수 있게 되었으므로 2018년 3월 중 산업단지 지정계획을 받아 다시 추진을 시작하였다.

내 입으로 내뱉은 시민과의 공약을 지켜야 한다는 일념과 이천이 받을 경제적 손실을 생각하면서 꿈쩍도 안 할 것 같은 정부를 상대로 문을 두드리고 또 두드릴 용기를 내었다. 해 볼 수 있는 묘책은 모두 동원하였고 찾을 수 있는 합법적 방법은 무엇이건 부딪쳐보는 무모함이 결국 우리를 절반의 승리로 이끌었다. 죽도록 노력하면 사람이 하는 일에 안 되는 일은 없구나하는 교훈을 얻은 힘든 사업이었다.

앞에서 말했던 것처럼 내가 하는 일에는 늘 걸림돌이 하나씩

소규모 산업단지 조성사업

등장했지만 그 걸림돌 때문에 하려던 일을 포기하고 주저앉은 적은 단 한 번도 없다. 이제는 무슨 일을 할 때 예상치도 못한 난관이 닥쳐도 의례 그러려니 하는 담대한 마음이 생길 정도로 단련되었다.

"이건 도저히 불가능한 일인 것 같은데요?"

어떤 일을 추진하는 도중에 직원이 그런 말을 했다가는 나한테 호되게 야단을 맞는다.

"이 사람아, 불가능한 일이 어디 있어? 해보지도 않고 미리 불가능하다고 생각하는 그런 정신으로 무슨 일을 하겠다는 거야? 이 사람 안 되겠네."

내 입에서는 당장 그런 말이 튀어 나오고 만다. 나는 내가 '노가다 십장' 출신이라는 말을 가끔 사용하는데 내 끈질긴 정신력과 하면 된다는 의지는 공사를 진두지휘하면서 얻은 현장 경험 덕분이다. 비가 와도 눈이 와도 일은 해야 하고 계약 당시 맺은 공사 기간 내에 공사를 마쳐야 하는 것은 공무원 현장 감독의 책임이자 의무이다. 공사 마무리 단계에서 예상치 못한 사태가 발생하여 맨 처음부터 다시 시작하는 거나 다름없는 작업을 할 때도 있다. 이때 '도저히 공기를 못 맞출 것 같다'고 말한다면 그 사람은 무능한 현장 감독, 무능한 공무원으로 낙인이 찍힌다. 나는 캄캄한 밤에 불빛이 필요해 자동차를 동원해 헤드라이트를 켜놓고 일을 하더라도 공기를 맞출 수 있는 유능한 현장 소장, 현장 감독, 공무원이고 싶다. 그렇게 살아온 집념으로 우리 이천시를 악착같이 잘 사는 도시로 만들기 위해 이를 악물고 일해 왔음을 나는 스스로 자부한다.

이처럼 살기 좋은 이천시를 만들기 위한 여러 가지 노력은 계속적으로 시도되고 운영될 것이다.

택지 개발 정책

경기 동남부 중심도시의 면모를 갖추는 인구 35만 계획도시 기반 구축을 위해서 반드시 필요한 것은 사람이 살 수 있는 집터 즉, 택지이다. 내가 시장으로 취임하면서부터 35만 계획도시 건설을 부르짖었고 그 전제하에 모든 이천 설계가 시작되었음은 이미 말한 바 있다.

없던 길 새로 뚫고, 이천으로 드나들 교통편을 마련하고, 배고픈 사람, 아픈 사람 먹고 살 길을 찾았다면 이제 인구수를 늘려야함은 당연한 순서다. 인구를 늘리려면 사람이 살 집이 필요하고 집을 지으려면 택지가 필요하다. 쾌적하고 살기 좋은 터전이 마련되면 사람들은 그 집터를 찾아오게 되고 그들은 그곳에 정착할 것이다. 택지 중에서도 아파트를 지어 입주하는 일은 인구 35만 계획 도시 실천을 앞당기는 가장 빠른 지름길이다. 나는 취임 초기, 이천으로 군부대가 이전해 오는 것을 저지하기 위해 시민과 함께 결사반대 투쟁을 하고 시위를 벌이며 몸살을 치렀다. 긴 시간의 협상 끝에 겨우 마무리 되어 얻어진 개발 사업이 특전사령부와 연계된 미니신도시 건설이었다. 미니 신도시건설과 행정타운, 택지 개발이라는 이점과 혜택을 꿈꾸며 군부대 이전을 협상 끝에 수용했고 택지 개발 꿈에 부푼 주민들의 눈빛을 나는 보았다. 그곳이 바로 마장·중리지구 택지개발 사업이었다.

① 마장지구

위치는 마장면 오천리, 양촌리, 관리, 회억리, 이치리 일원으로 사업규모는 692,814㎡, 3,328세대로 8,668명의 인구가 거주할 수 있는 규모였다. 공동주택 3,126세대, 단독주택 202세대가 들어설 수 있는 택지이다. 시행자는 한국토지주택공사(LH)이며 사업비는 물론 전액 국비로 건설되는 사업이었다.

2008년 어렵사리 특전사 이전 관련 기관인 이천시, 국방부, LH의 다자간 최종 합의가 되었으나, LH는 부동산 경기침체를 이유로 중리지구는 마장지구('11. 3. 승인)와 달리 사업추진을 중단(2010년)시켜 사람 속을 태웠다. 그들은 매번 조금만 기다리라는 답변을 보내왔지만 나는 그대로 앉아 그들의 답변을 기다리고 있을 수만은 없었다. 나는 국방부, 국토부, LH 담당자에게 만나자는 연락을 취했다. 내가 무슨 일로 만나자고 하는지 뻔히 알면서 그들이 약속을 잡아줄 리 만무했다. 이리 피하고 저리 피하면서 시간만 흘려보내고 있었다.

다자간의 약속에도 불구하고 국토부와 LH에서는 사업추진 의지가 없는 것으로 판단되어 우리 이천시는 벙어리 냉가슴 앓 듯 애를 태웠다.

나는 특전사의 건축허가를 비롯해 시가 쥐고 있는 행정처리 권을 최대한 활용하여 특단의 조치를 취하면서 국방부를 압박 했다. 더 이상 사업 추진이 되지 않는다면 우리 시에서도 특전 사 건축허가를 취소하겠다고 으름장을 놓았다. 당황한 국방부 가 국토부에 어떻게 된 일인가 문의하는 사태가 벌어지고 결국 에는 국토부로부터 우리가 바라는 답변을 받아냈다. 국토부는 중리지구도 마장지구와 1년 시차로 추진하겠다고 결정을 내렸 다. 국토부와의 문제가 겨우 해결되었나 싶었는데 이번에는 LH 공사가 문제였다.

LH는 중리지구의 수익성이 부족하다는 이유로 예비타당성 조사(국가사업의 행정절차 사항) 신청을 이 핑계 저 핑계로 지 연하고 있었다. 목마른 놈이 샘 판다는 말대로 나는 결단을 내 리고 우리시에서 자체적으로 타당성 검토 용역을 실시하였다. 이천시가 용역 실시한 개발 타당성을 제시함으로써 LH가 사업 추진토록 종용하고 압박했다. 2012년 2월이었다.

우리시의 타당성 자체 검토 결과에도 불구하고 LH는 부동산 경기 침체 이유로 예비 타당성 조사를 여전히 지연했다. 나는 LH 공사 문턱이 닳도록 사장(이재영)을 수차례 방문했다.

"이건 개인과 개인 간의 약속이 아닙니다. 정부와 공사와 이천시가 앉아서 결정내린 사안 아닙니까? 저도 시민들의 재촉에 할 말이 없습니다. 약속한 절차를 제대로 밟아주셔서 서로 얼굴 붉히는 일 없도록 도와주십시오."

"예. 저도 시장님 심정 잘 압니다. 그렇지만 마장지구, 중리지구 모두 택지개발 해봤자 분양이 안 된다는 걸 뻔히 알면서 회사에 피해를 끼칠 수는 없다는게 제 입장입니다. 섣불리 결정을 내리지 못하는 점 양해해 주십시오."

만날 때마다 같은 말만 되풀이 하더니 결국 그 LH 공사 사장은 이천 택지개발 사업을 하지 않고 그 자리를 떠났다. 다음 사장이 취임해 오자 나는 역시 그를 찾아다니고 설득했다. 사장 뿐 아니라 LH공사 경기본부장, 택지개발 담당 부장 등 관계자는 누구든 수없이 만나고, 약속을 받아내고, 약속을 지키라고 윽박질렀다. 견디다 못한 LH 공사는 결국 두 손 들고 협의 내용을 지키겠다고 약속했다. LH에서는 2013년 11월에야 기획재정부에 타당성조사 신청을 했다.

이 사업 역시 찾아다니고 설득하고 압박을 가하고 애간장을 태운 뒤에야 마무리에 이른 사업이다. 왜 그리도 가는 길이 험난한지 피가 마르는 심정이 한두 번이 아니었다.

　어느 날 LH 공사 사장을 만나고 온 날 메모장에 내 심정을 적어둔 일기가 있어 한 부분 소개한다.

　　2012년 12월
　　오늘도 LH공사 이사장을 만나고 왔다.
　　아마도 나의 여섯 번째 방문인 것 같다. 왜 나에게 닥치는 일은 어느 것 하나도 술술 풀리는 일이 없는지 정말 알 수 없다. 가만히 앉아서 밥 얻어먹으라는 팔자가 아닌 사람이 시장이 되어서 이천이 이리 애를 먹는 것은 아닌가 하는 염려도 든다. 그 생각을 하면 자다가도 벌떡 일어나 고민에 휩싸이고 포기를 모르는 내가 그 팔자를 이기는 방법은 남보다 두 배 세 배 노력하면 된다는 결론에 도달한다.
　　내가 직원의 안내를 받으며 사장실로 들어서자 이사장은 허허 웃으며 민망한 표정으로 나를 맞았다. 이천에서 자동차를 타고 LH 공사로 가는 길에 오늘은 무슨 일이 있어도 담판을 짓고 끝장을 보리라 마음먹었다.
　　군부대 이전 결사반대 투쟁으로 얻은 이천 시민 고통의 대가를 지지부진하게 시간만 보내며 방관할 수는 없는 일이다. 어떻게 얻어진 결과물인데 이렇게 우리를 기만할 수 있는지 그들에게 분노가 치밀었다.
　　내 결의에 찬 눈빛을 읽었는지 이재영 사장도 우리 회사는 약속을 지키는 회사니까 너무 걱정 말라며 진행 사항을 친절하게 설명해주었다. 곧 좋은 소식이 갈 거라고도 했다. 나도 이천 시민을 대표하는 시장으로서 더 이상은 참고 기다릴 수 없으며 어떤 특단의 조치를 취하는지 한 번 두고 보시라며 협박에 가까운 멘트를 남기고 일어섰다.

　모처럼 '잘 부탁한다'는 말 대신에 하고 싶은 말을 다 했으니 속이 후련하기도 하련만 실상 돌아오는 길에 내 마음은 편안치가 않았다. 이천으로 들어서자 '당신 오늘도 수고했어' 하며 나를 반기듯 눈발이 날리기 시작했다. 오늘은 편히 잠이 오려는지 모르겠다.

　마장지구는 2014년 12월 31일에 택지개발사업 1단계로 영외숙소, 867세대가 준공되었다. 비록 군인들의 숙소 완공이었지만 택지에 건물이 지어졌다는 사실이 꿈만 같은 순간이었다.

　"이제 시작입니다. 여러분, 수고 많으셨지만 이제 시간이 해결해 줄 것입니다."

　혼자 애를 태운 시간들 때문인지 나는 누구보다 감격스러워 추운 날씨에도 온 몸이 후끈 달아오르는 것 같은 착각을 느꼈다.

　2016년 4월에는 택지공급에 착수했고 공동주택 택지공급은 100% 완료되었다. 2017년 7월에는 이주대상자 의견을 반영한 공급필지 면적을 조정(평균 265㎡)하여 이주자 택지를 공급(71세대)했고 8월부터는 B3, B4블럭(호반베르디움)이 분양에 착수했다. 2018년 4월에 잔여택지를 공급하며 마장택지는 마무리 단계에 접어들었다.

② 중리지구

중리지구의 택지 개발 사업규모는 609,892㎡로 4,466세대, 12,059명으로 마장지구보다 세대와 인구 비중이 더 큰 규모이며 공동주택 4,283세대, 단독주택 183세대이다. 시행자는 이천시와 한국토지주택공사(LH)가 약속한 비율에 따라 사업을 시행하기로 하였다.

국토부는 마장·중리지구의 수익성 부족 문제점을 해결하기 위해 이천시가 중리지구 사업에 참여(지분 30%)하는 것과 중리지구의 면적 축소를 요구해 왔다. 이는 이천시의 막대한 재정이 필요하며 면적 축소는 또 다른 민원을 야기할 수 있는 상황이었으나 당시로서는 양보하지 않으면 더 큰 난관에 봉착할 수도 있다는 판단이 섰다. 나는 확고한 사업 의지와 신속한 의사 결정으로 그 제안을 수용하기로 했다. 어떤 면에서는 더 이상 선택의 여지가 없었다고 해도 과언이 아니었다. 내가 그들의 제안을 수용하겠다고 하자 LH는 곧바로 개발계획 승인을 신청했다. 2015년 6월 LH와 협약체결, 2015년 7월 개발계획 승인 신청, 2016년 5월 개발계획 승인으로 일사천리로 일이 진행됨을 보고 나는 한숨 돌렸다. 산 넘어 산이라더니 그것으로 모든 일이 다 끝난 것이 아니었다.

행자부에서는 사업성이 없고 지방채 발행이 과다하다는 이유로 투자심사를 계속 반려해 왔다. 지방 재정상 지방채를 줄

중리 택지 개발

일 방법은 우리시 사업비 분담률 축소 외에는 다른 대안이 없었다. 나는 중앙투융자심사 승인을 위하여 LH 사장(박상우: 그사이 사장이 바뀜)을 직접 만나 담판을 시도했다. 사업비 분담방식에 대하여 향후 손익을 정산하는 사후 정산방식을 요구하자 LH는 난색을 표하였고, 그 대신 우리시 분담률을 축소(30→10%)하는 방안으로 변경 협약하였다. 그 결과 지방채는 약 70% 감소 효과를 나타내게 되었다.

③ 중리지구 토지보상 민원에 대하여

중리지구(이천시 중리동, 중일동 일원)는 2003년부터 개발행위 제한과 사업지연으로 재산권 침해가 심화되어 주민의 불만과 민원이 극심한 상황이었다. 나는 시청의 담당국장, 과장,

팀장에게 중리지구는 그동안 규제로 주민들이 재산권 행사를 할 수 없어 극도로 예민하기 때문에 보상금액이 기대한 만큼 안 되면 큰 소요가 일어날 것이라고 주의를 주면서 민원인들에게 상황을 잘 설명하고 친절하게 대하라 이르고 쉽게 해결이 되지 않을 테니 대처를 잘하도록 지시했다. 나는 안으로는 주민들을 다독이고 밖으로는 LH공사 경기본부장과 만나 보상이 적을 경우 소요사태가 날 테니 LH공사 수익이 제로가 되더라도 적정한 보상을 해달라고 계속 압박을 해나가는 방법으로 보상 문제를 수습하기에 바빴다. 직원들이 그곳 주민들과 만나도 대화가 이루어지지 않을 정도로 불만부터 터져 나왔다. 나는 그들의 심정을 누구보다 잘 아는 터라 직원들을 내보내는 대신 내가 직접 토지보상대책위원회 위원들을 만나러 나섰다.

"얼마나 속이 상하십니까? 저도 밤낮으로 뛰고 있는데 워낙 경기 침체가 심해서 집 짓는 것도 쉬운 일이 아니네요."

그들은 부르튼 내 입술과 피곤에 지친 모습을 보며 나를 뿌리치지 못하고 오히려 건강 챙기라고 걱정을 해 주었다.

"시장이 할 수 있는 일은 다 해드리겠습니다만 정부에서 하는 일은 제가 어떻게 해드릴 수가 없어서 죄송합니다."

나는 토지주의 행정적 지원과 적정한 보상을 위하여 이천시에서 해 줄 수 있는 행정은 적극적으로 도와주라고 지시했다. 내가 직접 토지보상대책위와의 면담을 실시하고, 그 과정에서 건의된 사항을 적극 수용하고 실행에 옮기자 그들도 양보할 것은 양보해주었다. 그 결과 극심한 투쟁이 예상되었으나 집회는 하지 않고 대화로 풀어 나갔다. 합의되지 않은 채 토지 수용을 할 경우 중앙토지수용위원회에 이의제기를 하고 그것으로도 흡족하지 않을 경우 행정소송을 하겠다고 했다. 그러나 결과적으로는 원만한 합의를 이루었고 나중에는 오히려 대책위원회에서 나를 찾아와 두 손 잡고 악수를 청하며 감사의 인사로 마음을 전했다.

이제 중리사업은 지난 5월 16일 기공식을 갖고 택지개발 예정지구로 지정된 지 9년만에 첫 삽을 뜨게 되었습니다. 이로써 인구 35만 자족도시건설과 지속적 성장 발전 토대는 마련되었다고 본다.

④ 신둔·이천·부발 역세권 개발사업

경강선 전철 개통에 따른 역세권 난개발 방지와 계획적이고 체계적인 개발을 유도하기 위한 사업이다. 신둔, 이천, 부발 3개 역의 특성을 살린 테마별 개발 계획수립으로 차별화된 미래지향적 신시가지를 개발하는데 주안점을 두었다.

이천역은 행정타운의 배후도시로, 신둔역은 친환경 전원도시로, 부발역은 첨단산업 자족도시로 특성을 갖출 예정이며 사업이 시작되는 시기는 각각 다르지만 준공은 모두 2018년 12월로 예정되어 있다.

경기도 도시계획위원회 심의와 현지 조사를 거쳐 이천이 한강 유역인지라 환경청으로부터 전략 환경 영향 평가를 받는 일이 상당히 까다로워서 시간이 많이 소요되었다. 부발 신둔 역세권은 전략 환경 영향 평가가 몇 차례 반려되었고, 이천 역세권은 경기도 도시계획위원회 심의 결과가 부결이 되어 재입안서를 제출하기도 했다. 민간사업자들로부터 지구단위 계획 수립 제안서와 도시개발 사업 계획안을 제출하게 하여 개발 관리 방안을 수립하였다. 2017년부터는 개별 사업을 접수 받아 도로 등 포괄적인 기반시설을 수립했다.

2018년 들어서서 지역별로 약간씩 시간적 차이는 있지만 주민공람 공고를 내고 민간사업자 접수를 받는 등 체계적, 계획

이천역 역세권 개발사업

적, 테마별 개발을 유도하여 차별화된 미래지향적인 인구 35만 자족도시 건설을 지향하고 있다.

현재 추진 중인 대규모 택지 개발 사업이 마무리되어 아파트나 단독 주택, 상가 건설이 준공된다면 35만 자족도시 건설은 자연스럽게 성공을 거두게 된다. 이미 시작의 신호탄은 쏘아올려졌다. 계획에 따라 차근차근 진행되고 있는 중이다.

이제 곧 35만 인구 증가를 앞두고 이들의 생활의 질을 높이는 도시 기반 시설 중 가장 기본이 되는 에너지 공급 실태를 살펴볼 차례이다.

이천시 전역 도시가스공급 10개년 계획수립

도시가스는 석유, 석탄, 나무보다 저렴한 청정연료로 주거
환경을 쾌적하게 하며 안전성이 우수하여 시민들이 선호하는
연료이다. 하지만 이천의 경우 도시가스 공급관 길이가 길어
공사비용이 많이 소요되기 때문에 운영비 부담으로 도시가스
보급률이 저조하였다.

이천시는 2015년 도시가스 공급을 확대하고자 '이천시 전역
도시가스 10개년 공급계획'을 수립함과 동시에 '취약지역 도시
가스 공급사업 지원조례'를 제정하였다. 시 전역에 도시가스를
공급한다는 10년 계획 수립은 중소도시로서는 어느 도시에서
도 볼 수 없는 획기적인 사업이었다.

도시가스 공급계획을 근거로 2015년부터 2017년까지 총23
개 마을 2,395세대에 도시가스가 공급될 수 있도록 공사를 지

원하였으며 18억 원의 예산이 소요되었다. 그 결과 도시가스 보급률이 도시가스 공급계획을 수립하기 전 62.6%에서 2017년 12월 현재 73.16%로 대폭 상승하게 되었다. 이는 지원조례가 없는 다른 시·군에 비하면 도시가스 보급률이 3배 이상 높은 수치이다. 아직 도시가스 미 공급세대 24%가 존재하는 농촌 취약 지역에도 머지않아 도시가스 공급이 가능해지도록 사업은 계속 추진 중에 있다.

　우리시의 도시가스공급 확대정책으로 시민들의 삶의 질이 향상되고 시민들의 주거 환경이 개선되며 도시와 농촌 간 에너지 복지 격차 축소로 에너지 복지사회 실현에 큰 이바지를 하였다.

이천시 전역 도시가스 공급

이천시의 '취약지역 도시가스 공급사업 지원을 위한 조례'와 '동부권 광역자원 회수시설 및 주민편의시설 관리·운영 조례'가 '2015 지방자치 좋은 조례 경진대회'에서 전국 100대 좋은 조례에 선정되는 영예를 안았다.

'2015 지방자치 정책대회'는 새정치민주연합이 지방정부와 의회의 성과를 홍보하고 민생과 복지 수준을 높이기 위해 실시했으며, 좋은 조례는 전국의 각 지자체와 의회에서 제출한 362건의 조례를 대상으로 심사위원의 심사 70%, 온라인 국민 공감 투표 30%를 반영해 선정되는데 여기에 이천시가 선정된 것이다.

이천시는 그동안 정부가 에너지 기본법을 제정해 소외지역에 대한 도시가스 보급을 확대해 왔음에도 불구하고 농촌지역에는 그 혜택이 돌아가지 않음에 따라 '취약지역 도시가스 공급사업 지원을 위한 조례'를 제정해 취약지역의 도시가스 공급률을 확대한 점이 크게 인정되어 대회에서 1위라는 성적을 기록했다. 이 조례에는 농촌 취약지역에 대한 지원 대상과 지원 범위 등을 구체적으로 규정하고 있다.

"올해는 이 조례를 바탕으로 이천 지역 7개 마을에 13억 원 가량을 지원해 총 1,040여 세대가 혜택을 받았습니다. 이천 시민들은 매우 만족하고 있으며 LPG 가스를 배달해 사용하던 불편 해소로 지역 주민들의 삶의 질이 향상되었음을 실감하고 있습니다."

나는 대회에서 1위를 기록한 소회를 밝히는 신문 기사를 통해 이천 시민의 높아진 위상과 삶의 질에 대해 자랑을 늘어놓지 않을 수 없었다.

"이천시에서 시작된 취약 지역 도시가스 보급 사업이 전국의 많은 소외지역에도 자극이 되어 더 많은 도시가스 보급 사업으로 확대되기를 기대합니다."

나는 선정 사례 발표에서 구체적인 방안을 자세히 설명하여 타지역 지자체 단체장들의 주목을 받았다. 선정된 이후 신문 여기저기에서 우리 이천시의 에너지 복지에 관해 칭찬과 부러움의 기사가 쏟아졌다. 이천시가 경기도뿐 아니라 전국의 농촌 지역과 취약지구에 좋은 본보기가 되었다는 것이 자랑스러웠다. 신문을 못 보신 분들을 위해 기사화되었던 몇 신문 기사 내용을 소개한다.

연합뉴스 2015. 7. 9.
(이천시, 농촌지역 도시가스 공급지원 13억 원 투입)
경기 이천시는 농촌지역의 난방과 취사환경을 개선하기 위한 도시가스 공급 지원사업의 올해 대상 지역을 선정하고 13억여 원을 투입하기로 했다고 9일 밝혔다.
시는 전날 시의회, 시민단체, 전문가 등으로 구성된 심의 위원회를 열어 도시가스 공급을 요청한 대월면 초지리 등 7

개 마을, 1천248가구에 주민부담금의 50%를 지원, 도시가스를 공급하기로 했다.

이에 따라 시는 공급관 매설 등 도시가스 공급 비용 가운데 가스공급사가 투자하기로 한 7억 4천만 원을 제외한 나머지 주민부담금 27억 5천만 원의 절반인 13억 7천 500만 원을 지원한다.

초지리 등에 대한 가스공급은 올해 안에 시작될 예정이다.

시는 2015년 1월 '이천시 취약지역 도시가스 공급사업 지원에 관한 조례'를 제정하고 지원 사업을 통해 현재 62%인 도시가스 보급률을 10년 안에 100%로 끌어올리겠다는 목표를 세웠다. 시 관계자는 '대다수 농촌지역 주민들이 주유소에서 배달하는 등유로 난방을 하고 배달용 가스로 취사를 하면서도 비용 때문에 가스공급을 신청하지 않고 있는데 지원사업을 시작했으니 많은 주민들이 신청하길 바란다'고 밝혔다. (이천=연합뉴스) /최종호 기자.

경인일보 2017. 12. 19.

(이천시, LP가스 및 도시가스 등 연료개선 사업 준공)

이천시 부발읍 수정리 마을이 지난 17일 '마을단위 LP가스 배관망 설치사업 준공식'을 가졌다. 기존 석유 보일러 또는 화목 보일러를 LP가스보일러로 교체하는 연료 개선 사업으로 이번 공사를 통해 55세대가 LP가스를 공급받게 된다.

또한, 대월면 사동 1리 마을도 이날 도시가스 준공식을 가졌다. 사동 1리 마을은 이천시로부터 공급관 설치비 지원을 받아 2017년 4월에 착공하여 12월 초 완료, 1.3㎞에 달하는 도시가스 공급관 설치로 124세대가 혜택을 받게 됐다.

연료 개선 사업은 에너지 복지혜택이 열악한 지역에 대해 이천시가 설치공사비를 지원하는 사업으로 각각 3억 9천 200만 원, 4억 3천 800만 원이 투입됐다. 시 관계자는 '앞으로 더 많은 에너지 소외지역이 혜택을 받을 수 있도록 노력하겠다'고 밝혔다.

이천시는 앞서가는 도시, 열정적으로 처해진 환경을 개척해 나가는 도시, 노력하고 변모하는 도시로 부각이 되었다. 이러한 정책들이 많은 변화를 일으키자 외부에서 바라보는 이천에 대한 인식도 너무나 달라지고 있음을 온몸으로 느낀다. 예전에는 이천이라고 하면 '온천'밖에 즐길거리가 없다고 생각하여 이천 나들이를 망설이게 하였다. 온천욕하고 쌀밥이나 먹고 돌아와야 한다던 인식에서 이제는 당일로도 모자라 1박 2일 동안 즐길 수 있을 정도로 관광 요소가 충만해졌다.

아시아 최대 규모라는 롯데 아울렛을 구경하고 거기까지 간 김에 쌀, 도자기, 복숭아 등 특산물 쇼핑도 하고 농촌 체험장이나 도자기 마을에 가서 아이들에게 그것들을 체험하게 하고 저녁에는 온천욕도 즐기고 맛있는 이천 쌀밥도 먹자는 계획으로 이천 나들이를 결정한다. 무엇보다 이천으로 향하는 도로 연결망이 좋고 수도권에서는 1시간 내외의 시간이면 충분하다는 장점이 사람들을 이천으로 이끌게 한다.

이천시는 공사할 예산이 부족해 절절 매던 어려운 상황에서 벗어나 날로 부자 도시가 되어가고 경제력이 증가함에 따라 아직 부족한 시설에도 충분한 투자를 할 수 있는 여건으로 변하였다. 공설운동장 등 곳곳에 대규모 주차장을 늘려 이천 시민 뿐 아니라 이천을 찾아온 외부인들까지 주차 걱정 없는 도시로 만들기 위해 시설에 투자할 계획이다.

여기에 덧붙여 시민들의 의식마저 수준이 높아져 친절하고 깨끗한 거리를 항상 유지한다면 금상첨화가 아닐 수 없다.

설봉 공원 외에도 공원마다 많은 나무를 심어 멋진 숲길, 산책길을 조성한다면 일상에 지친 사람은 누구나 이천에 와서 힐링하고 싶어질 것이다. 스웨덴을 찾는 많은 여행객들이 관광명소 그 자체보다도 쾌적한 숲과 지친 몸을 쉬게 해줄 여건들 때문에 찾는 경우가 많다고 한다. 이천도 그 모든 것을 두루 갖춘 도시가 될 날이 눈앞에 다가오고 있다.

깨끗한 도시, 쾌적한 도시를 지향하여 모든 장소에서 취사가 금지되고 보니 막상 이천 시민들이 먹고 즐길 놀이 장소가 없다는 것을 알게 되었다. 그래서 우선 작게나마 시민들이 편안하게 먹고 놀 수 있는 장소를 만들기로 했다. 복하천 복하 1교 아래 수변공원을 만들고 그곳에서는 취사를 가능하게 하여 음식 재료를 씻고 만들 수 있도록 상하수도 취사장을 설치하였다. 시원한 복하천 옆에서 삼겹살 굽는 냄새가 지나는 사람들의 침샘을 자극하고 시민들은 가족, 친구들과 삼겹살 파티를 하는 장소 중 으뜸으로 꼽을 정도로 인기가 좋다. 미리 장소를 맡아두지 않으면 자리를 차지할 수 없을 정도로 인기 폭발이라 저녁이면 자리다툼으로 시민들의 불만이 터져 나왔다. 하는 수 없이 복하2교 부근에 제2 수변공원을 만들어 복하1교 아래와 똑같이 취사 가능한 시설을 제공하게 되었다.

2018년 현재와 2006년 내가 처음으로 시장에 취임할 당시의 이천을 비교해 보는 일은 늘 내 입가에 미소를 짓게 만든다. 안 먹어도 배부르다는 말이 이런 심정일 것이다. 이천을 위해 하고픈 일을 마음껏, 내 욕심껏 다하지는 못했지만 이만하면 됐다 싶을 정도는 이룬 것 같다. 이천을 이만큼 만들기까지는 나뿐 아니라 우리 직원들, 우리 시민들이 얼마나 피땀 흘리며 노력했는지는 이천 시민 모두가 아는 일이다.

추운 겨울 업종에 관계없이 회사 문 닫아 걸고 공설운동장에 모이기를 몇 번이며 서울까지 몰려 올라가 시위하기를 몇 번인가? 나는 군부대 이전 반대와 하이닉스 증설 허가를 위해서 한마음 한 뜻으로 단합하던 우리 시민들을 잊을 수 없다. 나는 범시민운동이라 불러도 좋을 하이닉스 투쟁을 한 번 더 여기에 되새겨 보고 싶다.

2장 /

아픈 기억을 헤치고

하이닉스 증설 허가 투쟁과
하이닉스가 이천에 미친 영향

 나는 2006년 시장으로 취임하자 3개월에 걸쳐 어렵사리 인사를 단행하였다. 나에게는 힘겹고 고통스러운 일이었다. 어찌되었거나 힘든 인사를 단행하고 이제 새로운 마음으로 모두들 잘해보자며 자기 일에 몰두하기 시작했을 때 예상치도 못했던 일이 터졌다.

 2007년 1월 4일 하이닉스 공장 증설 불허 문제였다.

 '예외적인 경우를 제외하고 수도권에 공장 증설을 허용하지 않겠다.'

 정부의 발표가 언론에 보도되자 이천이 발칵 뒤집혔다.

 "뉴스 봤어요? 사실상 하이닉스 증설이 불가하다는 소리죠?"

 "정부의 발표가 하이닉스와 관계가 있는 건 아니겠지요?"

 시청으로 시민들의 문의 전화가 쏟아졌다.

"저희들도 지금 알아보고 있는 중입니다. 너무 걱정 마세요."

나는 직원들에게 하이닉스 문제에 관심을 가져주는 시민들의 전화를 최대한 친절하게 받으라고 지시했다. 불친절한 공무원은 이천 시청에서 사라져야 한다는 내 의지를 그들에게 강력하게 내비쳤다. 인사가 끝난 후 '나의 열정이 시민을 행복하게 한다'는 마음으로 일하라고 당부하고 또 당부했다. 일을 잘하고 못하고를 떠나 열정이 없이 불평을 일삼고 시민들에게 불친절한 직원이 눈에 띄면 눈물이 찔끔 나도록 야단을 쳤다.

내가 제일 싫어하는 말은 '안 된다'는 말과 '시비市費를 쓰자'는 말이다.

노력해 보지도 않고 '안 된다'고 말하면 '안 되는 게 어디 있어?'가 내 대답이다. 또 무슨 일을 하자고 제안할 때 '자금은?' 하고 물으면 '시비가 있지 않습니까?'라고 답변하는 경우가 허다하다. 그때 내 대답은 '누구 마음대로? 당신이 시민들한테 가서 허락받아 올 거요?'였다. 어지간하면 화를 내지 않으려고 결심하고 있다가도 이 두 가지 말만 들으면 불같이 화가 치밀었다.

'시비'가 얼마나 무서운 돈인지, 얼마나 피 같은 돈인지 모르는 직원들의 무심함에 화가 났고 조금만 고민하고 연구하면 될 수 있는 일도 '안 된다'는 말부터 내뱉는 무성의함에 화가 났던 것이었다.

12년째 같이 일한 지금 내 앞에서 감히 그 말을 꺼내는 직원도 없고 당연히 그들 입에서 그 말도 사라졌다. 누구라도 자존심 상할 정도로 지독하게 욕먹고 싶은 사람이 어디 있겠는가. 어쩌다 마을 잔치 같은 곳에서 만난 시민들도 이천 공무원들이 친절해지고 민원도 성의껏 처리해 준다고 입 모아 말하고 있다.

시민들에게서 걸려오는 전화 건수만 보아도 하이닉스 문제가 시민들에게 얼마만한 관심사인지 알 수 있었다. 나는 정부와 이천 사이에 서서 이 문제를 어떻게 풀어나가야 할지 고심하기 시작했다.

정부의 발표로 사실상 하이닉스 반도체 이천 공장 증설이 불가능한 쪽으로 정부방침이 결정된 셈이었다.

당연히 나를 비롯한 시청의 새 집행부에 비상이 걸렸다.

하이닉스 이천 공장 증설이 불가능하다는 의미는 이천 발전 계획의 발판이 근본적으로 흔들린다는 소리와 같은 말이었다. 특히 지역 주민들은 SK하이닉스가 이천 공장 증설시 13조 5천억 원을 투자하고 6,000명의 고용 창출을 하겠다고 밝혔기 때문에 하루 빨리 증설허가가 떨어지기만을 기다리던 중이었다. 이런 상황에서 정부의 불허 발표는 마른하늘에 날벼락 같은 소리가 아닐 수 없었다. 정부가 뚜렷한 기준도 없는 구리배출 문제와 비수도권에서 제기하는 해묵은 균형 발전 논리를 내세워 불허할 것이라는 전망을 보이자 이천은 충격과 분노에 휩싸였다.

나 역시 발표를 보는 순간 눈앞이 아찔해지는 느낌이었다. 의욕적으로 새롭게 업무를 시작하려는 나에게 첫 번째 닥친 시련이었다. 내가 준비했던 이천시의 추진 사업 계획과 발전 계획에 차질이 생길 수 있는 일생일대의 대사건이었다.

"시장님, 이 일을 어쩝니까?"

부시장이 다급한 얼굴로 찾아와 내 의사를 물었다. 나는 큰일이 닥치면 의외로 침착해지는 습관대로 부시장을 진정시키며 '대책을 찾아봅시다' 하고 앉기를 권했다.

"흥분하지 말고 대처합시다. 이럴 때일수록 우리가 정신을 바짝 차려야 하는 거요."

나는 소파 옆 탁자에 준비되어 있던 물 한 잔을 부시장에게 건넸다.

"우선 비상 대책 회의를 소집하세요."

시청 내에 관계자들부터 불러 모았다. 다행히 인사가 다 끝나 열심히 일해 보겠다는 각오를 다진 터라 일사분란하게 움직여졌다. 이 문제는 조용히 해결 보겠다는 생각을 버리고 투쟁해야 한다는 의견이 만장일치로 모아졌다. 맡은 바대로 차분하게 각 기관단체에 통보하는 일부터 시작했다.

우리 모두 투쟁 방침은 확고하고 분명했지만 그렇다고 기관장이나 사회단체장에게 지시하는 방식으로 이천시가 주도하고 나서서 투쟁을 선동하고, 앞장서서 시민을 자극해서는 우리의 목표를 달성할 수 없다고 판단했다. 냉정한 이성과 바른 판단 아래 우리가 바라는 것을 얻어내는 데에 그 목적이 있음을 설명했다.

이천지역 76개 기관, 사회단체 관계자들은 8일 이천시청 회의실에서 하이닉스 이천공장 증설과 관련, 긴급 대책회의를 갖고 정부의 발표와 이를 전하는 언론보도에 대해 반발하고 분노했다.

하이닉스 증설 투쟁

"결국 이것마저도 안 된다는 게 말이 됩니까? 왜 이천은 뭐든지 안 된다는 건지 정부에 한 번 물어 봅시다."

이천시 범시민대책위원회 회장 장우돈씨 주관으로 대한상공회의소, 여성단체협의회, 새마을지도자회, 바르게살기협의회, 한국노총 등 이천지역 76개 기관 사회단체 임원 180명이 참석한 가운데 진행된 이날 대책회의는 시작부터 비장함이 감돌았다.

"하이닉스는 2010년 반도체시장 세계3위를 바라보는 국민의 기업이에요. 손바닥만한 나라에서 이런 보물이 있다는 걸 감사할 줄도 모르고 무조건 불허라니 말도 안 돼요. 신설도 아니고 증설 좀 하겠다는데 선진국에 없는 갖가지 낡은 규제로 발목을 잡는다는 게 말이 되느냐고요"

대책위 관계자들은 정부를 맹비난했다.

"하이닉스는 이천이 먹고 사느냐 못 사느냐 하는 존폐의 문제와도 같습니다. 이 허가를 받아내지 못하면 이천은 정부로부터 아무 것도 얻어내지 못할 겁니다."

신현익 이천 상공회의소장은 이번만큼은 절대로 양보할 수 없다고 각오를 다졌다.

"전문가들도 하이닉스에서 배출하는 구리 함량은 아무 문제가 안 된다고 하는데 유독 환경부만이 생트집을 잡고 있습니다."

그는 단 한발도 물러서지 말자고 회의 참석자들에게 당부를 하고 나섰다.

이날 격앙된 분위기를 이끈 것은 김경희 여성단체협의 회장 이었다.

"지금까지 이천 시민들은 모든 정부 시책에 순리적으로 따라 왔습니다. 그러나 돌아오는 것은 언제나 이천은 아무 것도 하지 말라는 것 밖에 없었어요. 이번에야 말로 사활을 건 대규모 투쟁을 벌이고 물리적인 행동으로라도 이천 시민의 분노를 보여줘야 합니다."

그가 울분에 찬 목소리를 높이자 박수가 터져 나왔다. 금방 이라도 일어서서 정부 청사로 달려갈 태세였다. 나는 앞에 나서서 부추기지는 못하는 입장이지만 그들이 든든하고 미더웠다. 이런 일은 시민들이 자발적으로 마음에서 우러나 움직이도록 분위기를 조성해 주는 것이 시장의 역할이지, 관이나 시장이 주도하거나 흥분해서는 성과를 거둘 수 없음을 나는 오랜 공무원 생활로 이미 터득한 바였다.

180여 명의 참석자들은 밤늦도록까지 머리를 맞대고 회의를 계속했다. 누구 하나 먼저 일어서겠다고 말하는 사람도 없이 3시간 넘게 진지한 회의를 진행한 결과 시민궐기 대회를 열기로 합의를 보았다. 1월 11일에 이천 공설운동장에서 시민 1만 5천 명 규모의 대 집회를 갖겠다는 것이었다. 나는 앞으로 벌어질 사태에 대해서 시민이 다치거나 돌발 사고에 대처할 수 있도록 만반의 준비를 갖추라고 직원들에게 단단히 일렀다.

상황은 급박하게 돌아갔다.

정부 방침에 반대 여론이 일기 시작하자 20만 이천 시민들의 화제는 오로지 하이닉스 증설 불허 문제였다. 만약 증설을 할 수 없어서 하이닉스가 이천을 떠난다면 이천의 발전은 없다는 사실 앞에 이천 시민은 분노의 열기로 들끓었다.

1만 5천 명이 참가하는 대규모 시민집회와 가두행진을 하루 앞둔 10일에는 이천시의회 김태일 의장 등 시의원 9명은 만장일치로 정부의 즉각적인 허용을 촉구하는 공동 성명서를 발표했다. 이들은 만장일치로 채택된 이 성명서를 통해 '최첨단 국가 기간산업인 SK하이닉스반도체 공장 증설을 제한하는 중앙부처의 후진국 형 사고에 분노를 금할 수 없다. 현실을 직시하지 못하는 정부의 근시안적 정책을 강력히 규탄한다'고 밝혔다.

순하디 순하던 우리 이천 시민들이 그렇게까지 분노하는 모습에 나는 코끝이 찡해 왔다. 시민들이 다 같이 힘을 합쳐 주는데 못할 일이 없었다. 용기가 샘솟듯 솟아났다.

나는 그날 김태일 시의회 의장과 환경부를 방문하여 이치범 장관과 면담한 자리에서 환경부의 전향적인 협조를 강력히 요구했다.

나는 특히 하이닉스의 공장 증설이 시급한 점을 감안하여 구리가 배출되지 않는 1차 증설을 위한 공장 용지 변경에 대한 사전 환경성 검토를 조속히 처리해 줄 것을 건의했다. 2차 증설 시 예상되는 구리 문제에 대해서도 상수원 관리에 특별히 문제되지 않는다는 학계 보고가 있는 만큼 강화된 배출 허용 기준을 정하고 증설을 허용해 주면 수질관리는 책임지고 이천이 도맡겠다는 입장을 전달했다. 어차피 말나온 김에 할 말을 다 해야겠다는 생각이 들어 규제 완화 문제까지도 심경을 털어 놓았다.

팔당 상수원 관리를 위해서 오염 총량제 관리 도입에 공감하고 있는 만큼 불합리한 규제도 개선해 달라는 말에 이 장관은 난감한 표정을 지었지만 애써 보겠다는 말로 우리를 달래었다. 극도로 흥분되어 있는 이천을 자극하지 않으려는 눈치였다.

장관을 만나고 이천으로 돌아오는 길에 내 착잡한 심정은 이루 다 말 할 수가 없었다.

날씨는 매서운 기세로 꽁꽁 얼어붙는 영하의 겨울인데 시민들의 대규모 집회는 내일로 다가와 있었다.

"내일 날씨는 어떤지 기상예보 들었어?"

답답한 심정으로 운전을 해주는 김종원 기사에게 물었다.

"예. 내일은 오늘보다 더 춥답니다."

그도 걱정이 되었던지 이미 내일의 날씨 예보를 귀담아 들었던 모양이었다. 왜 안 그렇겠는가. 이천 시민의 녹을 먹는 사람인데 그 사람이라고 시민의 분노를 모르겠는가. 이 추운 날씨에 공설운동장 집회가 끝나면 가두 행진으로 이어진다니 제발 다치지 말고, 돌발사고 생기지 않고 무사히 끝나주기를 빌었다. 시장인 내가 그들을 위해 해 줄 수 있는 일이 너무도 없다는 생각을 하니 가슴이 갑갑해 왔다. 시청으로 돌아와 내일 거사 준비는 어떻게 되어 가는지 꼼꼼히 보고 받고 현장을 한 바퀴 돌아보았다. 새벽 1시가 다 되어 집으로 들어갔지만 밤새 잠을 이룰 수가 없었다.

2007년 1월 10일.
이천 시민 대규모 집회가 내일로 다가왔다.
너무도 갑갑한 마음에 오늘 환경부 장관을 만나 우리의 요구를 강력하게 전달하고 돌아왔지만 역시 우리가 바라는 시원한 대답은 들을 수 없었다. 국민의 복지를 위해 도움이 되지는 못할망정 이런 큰 고통을 안겨주는 정부가 진정 국민을 위해 존재하는 정부란 말인가?
세상이 얼마나 발전하고 기술이 좋아졌는데 케케묵은 낡은 오폐수 규제 때문에 더 도약하겠다는 세계 3위의 기업체 발전을 막는단 말인가. 이게 다 무사안일주의의 공무원들이 제 밥그릇만 챙기고 앉아 바른 말을 하지 않고 도전적, 개혁적인 정신이 없어서 벌어지는 일이다. 생각할수록 분통이 터졌다.
우리 시민들이 이 혹한의 겨울 날씨에 자기 사는 터전 살려보겠다고 꽁꽁 언 공설운동장 마당에서 집회를 연다는데 그들을 이끄는 시장으로서 나는 아무 것도 해 줄 일이 없으니 답답한 심정이다.

　그저 다치지 말고, 돌발사고 나지 말고, 위급한 환자 발생하지 말고 탈 없이 무사히 집회가 끝나기를 기도하는 길밖에 없는 것 같다.

　오늘밤 뜬 눈으로 날을 새우느니 밤새 기도나 해야겠다.

　그날 나는 기도하다가 내일을 위해 자야겠다며 잠자리에 들었지만 예상대로 자다 깨다를 반복하며 아침을 맞았다. 어서 이 시련이 끝나주기를 바라는 마음뿐이었다.

범시민 궐기 대회─이천 공설 운동장

 드디어 11일. 예보대로 날씨는 영하 10도를 맴도는 맹추위였
다. 오후 1시로 예정되어 있는 집회였지만 12시가 채 되기도 전
에 사람들이 하나 둘씩 모여들기 시작했다. 여기 저기 눈물겨
운 플래카드와 현수막이 나붙어 겨울바람에 펄럭이며 떨고 있
었다.

 '하이닉스 증설을 허용하라.'

 '참을 만큼 참아왔다. 즉각 허용하라.'

 '균형 발전 희생양으로 하이닉스를 이용 말라.'

 갖가지 구호가 적힌 플래카드가 펄럭이는 것을 보는 순간 울
컥 눈물이 차올랐다. '우리 이천 시민의 들끓는 분노를 중앙 정
부는 보게 될 것이다'라는 생각을 하며 눈물을 삼켰다. 1시가
되자 공설운동장은 시민들로 빼곡히 들어찼다. 그들은 한 마음

한 뜻으로 구호를 외치고 주먹을 휘두르며 소리를 높였다. 범시민 궐기대회에는 1만 명이 참여했으며 이천시가 생긴 이래 처음 있는 일이었다.

범대위는 이날 집회에서 '구리배출을 문제로 반도체 산업을 막는 나라는 세계 어디에도 없다'며 '합리적인 구리 배출 허용 기준을 조속히 마련하고 하이닉스 공장 증설을 즉각 허용하라'고 촉구했다. 또 '영국이나 일본 등 선진국에서도 국가 경쟁력을 위해 실효가 없는 수도권 규제를 과감히 버린 지 이미 오래'라며 '유독 한국만이 수도권을 죽여야 지방이 산다는 시대착오적인 균형 발전 논리를 갖고 있다'고 주장했다.

범대위 측은 '하이닉스 공장 증설이 무산될 경우 팔당호 주변 7개 시군과 연대해 상경 투쟁 등 강력한 대정부 투쟁을 전개할 것'이라고 경고했다.

이들은 공설 운동장에서 하이닉스 문제와 관련한 경과보고, 정부 규탄 선언, 공장 증설 허용을 촉구하는 성명서 발표 등 궐기대회를 갖고, 이어 고속버스 터미널—분수대 5거리—세무서 로터리—중앙교에 이르는 가두시위를 벌였다.

이천시 상인연합회는 정부에 항의하는 의미에서 자발적으로 가게 문을 닫고 집회에 참여하는 열성을 보였다. 하루 벌어 하루 먹고 사는 상인들이 자발적으로 가게 문을 닫는다는 소리에 나는 달려가 말리고 싶은 심정이었다. 그 어려운 살림살이에 못 할 짓을 시키는 것 같은 마음이 들어서였다.

"상인들이 가게 문을 닫으면 많은 손해가 날 텐데……"

내가 걱정스런 얼굴로 중얼거리자 비서실장이 오히려 나를 위로했다.

"상인들은 하이닉스 공장이 증설되면 더 잘살 수 있다면서 앞을 길게 보자는 마음으로 뭉쳤답니다. 시장님이 애태우실 정도로 무작정 저지른 일이 아닙니다."

나는 수도권이라는 이유로 이렇게 많은 규제를 가할 거라면 차라리 우리 이천을 수도권에서 제외 시켜달라고 외치고 싶었다. 이러다가 하이닉스가 이것도 저것도 뜻대로 되지 않으면 인건비 싸고 기업 밀어주는 중국이나 베트남으로 가지 말라는 법이 없었다. 나는 세계 3위의 하이닉스가 이천은 둘째치고라도 한국을 떠나 딴 나라로 갈까봐 걱정이었다. 정부는 왜 그걸 몰라주는지 기가 막혔다. 이 문제는 이천이 정부에 항의할 문제가 아니라 정부가 오히려 이천에 사정해야 할 문제인 것을 왜 그들은 모르는 것인가? 귀 막고 눈 가리고 밀어붙이는 행정이 국민을 두 번 죽인다는 것을 그들은 알지 못하니 우리가 알려주는 수밖에 없었다.

지난 98년 IMF를 거치면서 존폐의 위기에까지 이르렀던 하이닉스가 뼈를 깎는 구조조정을 통해 이제 가까스로 기사회생했는데, 정부의 잘못된 판단으로 투자시기를 놓쳐 연간 수조원의 매출을 기대할 수 없게 될뿐더러 타 사와의 경쟁에서 영원히 도태될 위험에 다시 처해질지도 모르는 일이었다. 한 시가 다 급하고 하루가 시급한 문제임을 정부와 국민 모두에게 알려야 만 했다.

90년대 말 IMF 구제 금융 시기에 레고랜드 사건을 떠올리며 '제2의 레고랜드가 되는 것 아닌가' 하는 생각에 두려움마저 느 꼈다.

덴마크의 세계적 완구 기업인 레고랜드는 당시 막대한 외자 를 투자해서 이천에 들어오려고 한 일이 있었다. 단돈 1달러라 도 외자 유치가 절실했던 때라 당시 김대중 대통령까지 나서서 허용하려고 했지만 수정법상의 자연보전권역에다가 팔당 상수 원 수질보호 대책 특별 지역이라는 이유와 비수도권에서 강하 게 반대하는 바람에 투자유치가 무산되었었다.

이천 지역 주민들에게 그 사건이 아직도 큰 아픔으로 남아 있다.

정부 관계자를 비롯해 당시 반대하던 사람들은 레고랜드가 이천에 투자를 유치하지 못하면 한국의 다른 지역에 투자하게 될 것이라고 믿었지만 레고랜드는 한국의 규제 정책에 크게 실 망하고 독일로 가버리고 말았다. 독일에 투자하기로 선택한 레 고랜드는 당시 1억5800만 유로(우리 돈으로 약 2100억 원)를 투자하고 현지 직원도 930명이상을 고용해 매년 135만 명 정도가 꾸준히 찾는 세계적 명소가 되었다. 그런 대어를 놓친 것이다.

레고랜드를 놓치고 나서 한국은 여기저기에서 자성의 소리가 터져 나오기도 했었다. 정부는 반성하는 기미 없이 같은 행태를 벌이고 있는 꼴이었다. 나는 하이닉스가 그렇게 될까봐 두려웠던 것이다.

그날 저녁 무렵에 단 한명의 사건 사고 없이 궐기 대회와 가두 행진이 잘 끝났다는 보고를 받고 나는 감사한 마음으로 두 손을 모았다.

12일 범대위 측은 하이닉스 이천 공장 증설이 관철될 때까지 범시민적으로 '하이닉스 살려야 나라 경제 희망 있다'는 리본 달기 운동을 전개할 것이라고 밝혔다. 우선 이천시 공무원들이 규제 개선을 위한 범시민대책위원회(회장 장우돈)에서 제작 배포한 리본을 달고 근무를 시작했다. 이천 시민의 가슴에 달린 검은 리본을 볼 때마다 나에게는 불끈불끈 힘이 솟았다. 그들 모두가 나의 힘이고 나의 동지라는 생각이 들어서였다.

단 하루, 한 시간도 쉴 새 없이 우리는 머리를 맞대고 의논에 의논을 거듭했다. 새벽 1시, 2시를 넘기는 것은 보통이었다.

나는 나대로 인맥이 닿을 수 있는 모든 줄을 다 연결해 하이닉스 관련 중앙 부처에 건의안을 제출했고, 힘이 될 수 있는 사람이라면 누구든 만나고 다녔다.

"시장님, 이러다 쓰러지시겠어요. 눈 좀 붙이시죠."

오죽하면 말이 거의 없는 김종원 기사가 서울을 오가는 동안 잠깐 졸기라도 하라고 보챘다. 하루에 두 번씩 서울을 다니러 가는 날도 있었다. 이천 시청으로 돌아오면 시민들이 다음 단계로 준비하고 있는 단체 행동에 대해서 보고를 받고 신중하게 검토하는 일이 우선이었다. 시민들이 가는 곳이면 나는 어디든 갈 것이고 시민들이 다치고 상하는 일이 아니라면 나는 무슨 일이든지 거들어 함께 할 각오가 되어 있었다.

"제발 저에게 우리 시민들을 잘 끌고 나갈 지혜와 용기를 주십시오. 이 시련이 저에게 약이 되어서 더 굳건한 지도력을 발휘하도록 도와주소서."

내가 가진 종교의 신께 빌었다기보다는 하늘과 땅과 모든 신과 운명에 빌었다는 표현이 맞을 것 같다. 그만큼 절박한 심정이었다. 새벽녘에 집에 들어가 보면 집사람도 그 시간까지 기도에 매달리고 각 단체장들을 도와 여러 가지 준비를 하느라 파김치가 되어 있었다. 그 사람은 나를 만난 이후 평생을 봉사하는 마음으로 살아 온 터라 당연한 일로 생각했지만 지금 생각해 보면 고맙고 미안한 마음이다. 그래서 병까지 얻었으리라 짐작된다.

과천 청사 집회—삭발식

왜 하필 겨울에 그런 발표를 해서 우리 시민들을 이 엄동설한에 길에서 떨게 하는지 대통령이 원망스럽고 하늘이 원망스러운 생각도 들었다.

1월 26일. 만반의 준비가 끝났다는 보고를 받으며 걱정과 불안을 버릴 수가 없었지만 겉으로 내색하지는 않았다 .너무 많은 인원이 움직이기 때문에 자칫 예상치 못한 돌발 사고가 벌어질 수 있기 때문이었다. 그러나 내 염려가 그들의 의욕을 꺾을 수도 있다는 생각에 아무렇지 않은 듯 격려하고 '수고 하라'며 어깨를 두들겨 주었다.

108대의 버스가 과천 청사로 향한다고 했다. 그 어마어마한 숫자의 버스에 우리 이천 시민이 정부를 상대로 투쟁하기 위해서 정부 종합 청사가 있는 과천으로 간다고 생각하니 가슴이 아팠다. 정부와 우리가 싸워야 할 일이 정말 아닌데 왜 선량한 시민을 분노하게 만들어 이런 일을 자초했는지 법이라는 이름으로 벌이는 무책임한 행정이 야속하기만 했다.

며칠 전 과천 집회가 결정되자 나는 김문수 경기도지사에게 전화를 걸었었다.

"지사님, 우리 이천 시민이 하이닉스 이천 공장 증설을 허용해 달라는 집회를 과천 종합청사 앞에서 갖기로 했습니다. 잠시 참석해 주시면 감사하겠습니다."

내 말에 김 지사는 선뜻 대답하지 못하고 망설이는 눈치였다. 정부를 상대로 투쟁하는 자리에 도지사가 참석한다는 것이 좀 마음에 걸리는 것 같았다. 나는 지사가 이천 시민의 집회에 참석하는 것이 얼마나 큰 격려가 되는지 열심히 설명했다.

"이 문제는 이천시만의 문제가 아니라 경기도의 문제이기도 합니다. 앞에 나서지 않으셔도 좋으니 잠시 시민 대표들을 격려만 해주시고 가십시오. 부탁입니다."

"무슨 말씀인지 잘 알았으니 한 번 생각해 보지요."

나는 김문수 지사가 과연 과천 집회에 참석할지 알 수는 없었지만 지사에 대한 믿음은 있었다. 절대 모른 척 하지는 않을 거라 믿으며 과천으로 향했다. 곤지암에 갔을 때쯤 여인국 과천 시장에게서 전화가 걸려왔다.

"조 시장님, 저 과천 시장입니다. 어디에 계십니까? 여기 김

지사께서 와 계신데 어디로 모실까요?" 하고 물었다.

나는 주먹을 불끈 쥐며 속으로 '됐다!'고 외쳤다. 도지사가 와 계시다니 우리에게 큰 힘이 실어지는 일이었다. 그러나 태연한 척 감사하다는 인사를 전하고 "지금 곤지암인데 도착해서 찾아뵙겠다"고 전화를 끊었다. 나는 과천에 도착하자 시장실로 향하지 않고 바로 집회장으로 직행했다. 마련된 단상으로 오르자 시민들이 시장인 나를 반기며 침통한 가운데도 박수를 쳐주었다. 나는 김문수 지사가 격려만 해주고 가면 아무 의미가 없다 생각하고 먼저 삭발식 준비를 하도록 했다. 단상에는 삭발식을 거행할 준비가 되어 있었고 삭발할 사람들을 의자에 앉도록 한 후 여연국 과천 시장에게 전화를 하여 김문수 지사님을 모시고 나오도록 하고 삭발을 진행했다. 김문수 지사께서도 현장에 도착하여 단상에 올랐다.

이·미용 협회 회원들이 200명이나 참석했기 때문에 삭발할 인원이 많아도 문제될 것이 없었다. 아무런 멘트도 없이 삭발식부터 거행하였다. 김문수 지사는 단상위에서 삭발을 대기하고 있는 내 뒤에 서 있었다. 나는 김문수 지사가 시민들의 삭발식을 보면서 우리의 염원이 무엇인지 느끼게 만들고 싶었다. 인사만 하고 가면 지사의 도움을 받을 수 없음을 알았기 때문이다.

"하세요."

내 머리를 삭발하기 위해 바로 뒤에 서 있는 미용협회 신현숙 회장에게 나는 준비가 되었음을 알렸다. 눈을 감고 입을 굳게 다물었지만 머리카락이 순식간에 후드득 발밑으로 떨어져 내리는 것을 느꼈다. 내 머리카락을 자르고 있던 신현숙 회장의 굵은 눈물이 깎여진 내 머리 위로 떨어지는 것을 느꼈다. 그녀는 흐느끼고 있었고 나도 오열했다. 김문수 지사의 콧물 훌쩍이는 소리가 들렸다. 단상 바로 앞에는 여성 단체 회원들이 하얀 상복을 입고 서 있다가 나를 위시한 대표들의 삭발이 시작되자 오열을 터뜨렸다. 기자들의 카메라 세례가 퍼부어지고 오른쪽 옆에 앉은 이희규 전 국회의원과 왼쪽에 앉은 권혁준 범대위 수석대표의 입에서 신음에 가까운 한숨 소리가 새어 나왔다. 김태일 시의회의장 역시 삭발을 단행하며 울분을 참지 못해 시근덕거렸다. 이 광경을 지켜보던 김문수 지사가 손수건을 꺼내 몇 번 눈물을 닦았다. 바로 전날 국회의사당 본관에서 삭발을 단행한 이규택 의원도 하얗게 밀어버린 머리로 눈물을 닦고 있었다. 김 지사는 우리의 삭발한 머리를 보며 당황한 표정을 감추지 못했다.

　　내가 일어나서 마이크 앞으로 걸어 나가 "이천 시민 여러분!" 하고 울부짖고는 다음 말을 잇지 못했다. 목이 메고 울음이 터져 나와서 입을 벌릴 수가 없었다. 눈물이 쏟아졌다. 상복 입은 여인네들이 손수건으로 입을 가리고 통곡을 하는가 하면 김경희 여성연합회장은 삭발을 할 때부터 눈물을 흘리기 시작해 내가 마이크 앞에 섰을 때는 서럽게 흐느껴 울기까지 했다. 여성들만의 자랑이기도 한 아름다운 머리카락을 하얗게 밀어 버린다는 일은 어지간한 결심이 아니면 할 수 없는 일이었을 것이다. 여기저기서 울음을 터뜨렸다. 목청을 가다듬고 나는 정부에 항의하고 건의하고 촉구하는 내용을 발표했다.

"반反기업 코드와 기업 규제 개선이 경제성장의 근본임을 망각한 이 정부를 강력히 규탄한다."

목이 터져 죽어도 아까울 것이 없는 심정으로 고래고래 외쳤다.

"이천보다 인구 3배, 인구밀도 10배, 사업체수 3배, 재정 자립도 1.3배인 청주에 공장 증설을 허용하면서 낙후된 이천시를 죽이는 것이 진정한 국가 균형 발전이냐?"

처음에는 격려사 요청에도 머뭇거리던 김문수 지사가 우리들의 삭발을 목격하고는 두 손을 높이 치켜들고 외쳤다. 규탄사를 토해내는 그의 모습은 완전한 투사였다. 김문수 지사도 충격이 컸는지 몸을 사리지 않고 정부를 규탄하는 목소리를 높였다.

이천 시민이 이렇게까지 분통을 터뜨리는 데는 그만한 이유가 있었다.

이천은 30여 년간 수도권에 위치한 소도시로 맑은 물을 지키기 위해 각종 규제 속에서 희생을 감수하면서도 말없이 살아왔다. 이러한 이천 시민들의 희생을 털끝만큼이라도 알아준다면 정부는 단순한 논리로 하이닉스 이천 공장 증설을 불허할 수 없는 일이었다.

증설 불허 관련 정부 5개 부처를 상징하는 5개의 관을 멘 시민 대표들이 행렬을 벌이고 사망 선고를 의미하는 장례식 절차를 행했다. 5개의 관 화형식을 끝으로 집회를 끝내려 했으나 경찰의 제지로 그것마저 여의치 못한 채 집회를 끝냈다. 3시간 남짓 집회를 끝내고 정부 청사 진입을 시도하느라 잠시 소란이 일었다. 버스를 넘어 종합 청사로 들어가기 위해 버스 지붕 위에 오른 사람, 경찰 제지로 버스 지붕에 오르지 못한 사람들로 북새통을 이뤘으나 결국 청사 진입에 성공하지 못했다. 버스가 서울로 향하려는 것도 제지당하자 시민들은 버스를 버리고 과천 중앙로를 걸어서 1시간가량 행진을 계속했다. 그것도 경찰은 서울 반대 방향인 남쪽으로만 길을 터주었다. 오전 내내 포근하던 날씨가 점점 고약해지더니 기어이 눈발이 날리기 시작했다. 눈발이 거세지기 시작하자 시민들은 하는 수없이 버스에 올랐다. 나는 과천 시장과 김문수 도지사를 배웅하고 관계부처를 방문하기 위해 자리를 떴다.

나는 그들의 계획을 상세히 알지 못했는데 나중에 들으니 버스들이 서울로 향하기 위해 경찰과 많은 실랑이를 벌이다 결국 버스 3대는 경찰에 연행되는 불상사가 일어난 모양이었다.

보고를 받고 나는 급히 이천 경찰서로 달려갔다. 버스 3대라면 100여 명이 넘는 인원이 연행됐다는 소리가 아닌가. 가슴이 철렁 내려앉았다.

경찰서에 도착하니 주동자로 지목받은 사람들은 경찰서에 연행되었지만 나머지 사람은 항의 표시로 서이천IC에서 경찰서까지 행진 중이라 한다. 그들은 이천의 젊은 기둥인 연합동문회원들이었다. 밖으로 표현하지는 못했지만 믿음직스러웠다. 경찰서장을 만나 내가 책임질 테니 연행된 시민들을 풀어달라고 설득시켰다.

"저도 저 사람들을 오래 붙들어 둘 생각은 없습니다. 지금 내보내면 격해져 있는 시민들과 합세해 또 시위를 벌일까봐 잠시 후에 풀어줄 생각이니 너무 걱정하지 마십시오."

나는 서장에게 다짐을 받고 걸어서 도착한 연합동문회원들과 경찰서 앞에서 기다리는 시민들에게 그 말을 전했다.

"여러분 오늘 정말 수고 많으셨습니다. 오늘은 이천 시민의 단결된 힘을 보여준 뜻 깊은 날이었습니다. 오늘 같이 시민 여러분의 용기와 열정이 있는 한 우리는 끝내 하이닉스 증설을 이뤄내고 규제 개선을 이룩할 것입니다. 수고하신 여러분 모두에게 감사의 인사를 드리며 오늘의 동력을 이어가고 이천의 발전을 염원하는 의미에서 우리 '이천 만세'를 한번 같이 외칩시다."

밤 9시 40분, 마지막까지 모여 있던 50여 명의 시위대가 나와 함께 '이천 만세'를 부르는 것으로 상황은 끝났다.

이천 역사 이래 처음 시도된 대규모 원정 시위는 12시간 만에 아쉬움을 남긴 채 막을 내렸다. '뭐가 그리 아쉽냐?'고 묻는 사람이 있을 것이다. 이천이 생긴 이래 처음으로 해보는 원정 집회여서인지 얼핏 보기에도 우왕좌왕하는 모습이 간혹 눈에 띄었고, 뭘 어떻게 해야 할지 몰라 제각각 행동하는 어설픔이 엿보였다. 좀 더 계획적이고 효율적인 집회였더라면 하는 아쉬움이 남았다.

두 번의 집회로 이천 시민은 하나로 뭉치고 단단하게 결속되어졌다. 시민들 스스로도 과천으로의 원정 시위는 미흡했다는 자성의 소리가 터져 나왔다. 사회단체는 각기 보완할 점을 찾아 계획을 수정하고 인원을 재정비했다. 광화문에서의 2차 상경 집회가 남아 있기 때문이었다.

과천 집회 이후 나와 김태일 의장을 비롯한 시의원·각 사회단체는 광화문 종합청사 정문과 후문에서 1인 시위를 하기로 결정을 하고 광화문 청사에서 8시부터 1인 시위를 시작했다. 김문수 지사로부터 시위 장소를 방문하겠다는 전화를 받았다. 10시경 김문수 지사가 시위 장소로 찾아왔고, 우리를 위문한 뒤 나에게 총리를 만나러 가자고 권했다. 나는 시위하던 차림 그대로 방한복에 방한모, 등산화를 신은 채 총리실로 향했다. 한명숙 총리는 회의 중이라 만나지 못하고, 총리 행정조정실장과 비서실장을 만나고 행정자치부장관을 만났는데 장관은 내 모습을 보고는 아연실색했다. 행자부 장관은 4년 전 중앙공무원 교육원장 시절 고위 정책과정 교육을 이수하던 나와 잘 아는 사이였기 때문이었다.

"아니, 조 시장님께서 이게 무슨 일입니까?"

김문수 지사와 나는 행자부장관과 총리실 관계자에게 하이닉스 문제에 대해 상세히 설명을 하고 조속히 해결할 수 있도록 도움을 요청했다. 역시 그들로부터도 확실한 대답, 시원한 답변은 들을 수 없었다. 그들도 정부 정책을 마음대로 결정할 수는 없는 입장임을 지사와 나는 이해했다.

이천시는 1인 시위를 지속했다. 광화문 중앙청사와 과천청사에서는 1인 시위가 4월말까지 지속적으로 행해졌고 이천 시내 중심가인 중앙로에서는 매주 금요일 7시 촛불집회가 12차에 걸쳐 이루어졌다. 촛불집회는 시민단체가 돌아가면서 주도했다. 누가 참석하라고 권유한 적도 없는 촛불시위는 시민, 학생들이 자발적으로 참여했다. 촛불집회는 이천을 하나로 똘똘 뭉치고, 이천을 사랑하는 시민들의 표현이었고 어느덧 주례행사가 되었다. 행사장에서는 간간히 삭발식도 행해졌다. 특히 초등학생 이유호 군이 삭발할 때는 참석 시민 모두가 눈물의 도가니였다.

2월 23일. 이번 시위에는 이천 시민만이 아니었다. 경기도민까지 합세를 한다는 것도 의미 있는 일이었다.

4천여 명의 시위대가 광화문 시민공원에 도착하자 서울 시민들이 한걸음 떨어진 곳에 서서 우리들을 구경했다. 우리들이 외치는 구호도 열심히 들어주고 우리들의 집회를 끝까지 지켜보는 이들도 있었다. 때로는 박수를 보내기도 하고 때로는 같이 주먹을 휘둘러주기도 하는 모습을 보며 서울 시민은 무엇이 달라도 다르구나 하는 고마운 마음이 들었다.

'하이닉스 증설 쟁취 이천시 비상대책위원회(임진혁·신광철 공동대표)'가 이끈 이날 집회에는 김문수 경기도지사와 이규택 국회의원, 남경필 국회의원 등이 참석해 시위에 참가한 도민들

하이닉스 투쟁 범시민궐기대회

을 격려했다. 특히 비대위는 과천 집회를 본보기 삼아 더욱 철저히 준비된 모습을 보여주었다. 이날은 사고에 대비해 곳곳에 안전요원을 배치하고 돌출 행동을 자제할 것을 사전 교육하는 등 이전과 달라진 모습으로 3시간여 동안 평화적인 집회를 이끌어 사회 전반으로부터 주목을 받았다. 이날 시위에서는 이천 시장의 아내이자 내 집사람도 삭발을 단행했다. 의식 있는 이천 사람이면 모두 삭발을 하는데 시장의 아내인 자기가 안 할 수 없다며 스스로 삭발을 결정했다. 그밖에 유승우 전 이천 시장, 이근재 노인 회장, 시민 등 700여 명이 사상 최대 집단 삭발을 단행해 하이닉스 이천 공장 증설에 대한 강한 의지를 표현했다. 나는 머리를 깎는 아내의 모습이 가슴 아프기보다 묵묵히 알아서 시민의 어머니 역할을 해주는 것 같아 아름다워 보였다.

이천 시민들의 광화문 집단 삭발로 1월 25일과 26일에 국회와 과천 정부청사 집회에서 200여 명이 삭발한 것까지 합쳐 무려 1천여 명에 이르렀다. 인구 19만 명의 도농 복합 소도시에서 1,000여 명 가까운 시민이 삭발에 참여한 것은 어느 도시에서도 전례가 없는 일이었다. 그 만큼 시민들의 처절하고 절박한 심정을 삭발이라는 행위를 통해 드러내고 있는 것을 정부는 알고나 있는지 궁금했다. 내 식구 같은 시민들의 잘려나간 머리카락 한 가닥 한 가닥에 소원을 비는 염원이 담겨 있음을 그들은 생각조차 하지 못할 것이다.

비대위는 이날 집회에서 '대통령께 드리는 글'을 낭독하고 이를 청와대에 전달키로 했다. 이 호소문에는 예전의 공격적인 표현 대신 구리 유해성에 대한 논리적인 반박과 함께 '하이닉스의 경쟁력은 곧 국가의 경쟁력입니다. 하이닉스 이천 공장 증설은 경제를 위해 환경을 포기하는 것이 아니라 경제와 환경을 다 같이 지키자는 것입니다'라는 내용이었다.

삭발식이 끝나고 여러 퍼포먼스들이 행해졌다. 최주일씨와 함께 가수들이 '아침 이슬'이라는 노래를 부를 때 나도 모르게 가슴이 뭉클하면서 참았던 눈물이 주르르 흘러내렸다.

하이닉스 투쟁 과천청사 집회 삭발식

"하이닉스 문제는 하루 이틀에 끝날 일이 아니니 이제 우리 본연의 위치로 돌아갑시다. 마냥 산재해 있는 업무를 미루어 둘 수는 없는 일 아닙니까?"

근 두 달간 서울로 과천으로 국회로 뛰어 다니느라 이천 일은 마비 상태였다. 밖에 있는 큰 먹잇감 구하러 다니다가 집안에 있는 식구들 다 굶어 죽이게 생긴 꼴이었다. 하이닉스 문제는 시간을 가지고 장기전에 돌입하는 한편 이천의 힘을 키우는 작전에 본격적으로 돌입했다. 이제 더 이상 이천은 나약하고 순종하는 여린 도시가 아니었다. 시민이 뭉쳤고 강한 투쟁력을 키웠고 도약의 준비를 끝낸 의지의 도시였다.

하이닉스 증설 승인 쟁취

이 일을 전화위복의 계기로 삼아 일사분란하게 잘 사는 이천으로 만들어 나가자는 데 그 누구도 이의가 없었다. 공무원 못 살게 구는 시장이라고 남모르게 불평하던 직원들까지도 불평불만이 사라졌다.

변화하는 이천, 개혁하는 이천의 본 모습을 보여주기 위해 나는 밤낮으로 뛰었다. 각 읍면을 직접 돌아다니며 변화하고 개혁하자는 뜻을 공무원들에게 설명하고 주지시켰다. 시청에 앉아 시장 혼자의 힘으로는 도저히 해낼 수 없는 일임을 강조했다. 일선 담당 공무원들이 변화하지 않는 한 결국에는 제자리 걸음이 되고 말 것이 분명했다. 읍장, 면장에서부터 주사에 이르기까지 주민을 대하는 마음의 자세가 달라져야 민원 행정이 달라짐을 설득하고 다녔다. 달래고 호통치며 변화와 개혁의 방

하이닉스 증설 승인 쟁취

법을 교육시켰다.

"잘 살고 싶지 않나요?"

나는 단순하고 쉽게 접근했다.

"잘 살고 싶지 않은 사람이 어디 있겠어요?"

내 질문에 그들도 잘 살고 싶다고 대답했다.

"여러분들을 잘 살게 해주려고 내가 이러는 겁니다. 속는 셈 치고 한 번 따라 주세요."

그들이 손 놓고 놀 틈이 없을 정도로 몰아붙였다. 정 할 일이 없으면 마을 순시라도 부지런히 다니라고 했다. 내 경험상 돌아다니다 보면 일거리가 눈에 보이고 주민들이 도움 청하는 소리가 저절로 들릴 것이라 믿었다.

이천 내에 대대적인 봄맞이 대청소가 실시되고, 행정기구 개편을 과감하게 단행했다. 그 이후 민원 행정이 완전히 달라졌다는 소리가 하나 둘 들려왔다. 점점 더 큰 목소리가 들려올 때까지 긴장을 늦추지 않도록 직원들을 닦달했다. 공무원의 새벽

청소, 친절 봉사, 발로 뛰는 공무원 등을 강조하며 한 시도 쉬지 못하게 밀어 붙였다. 공무원들이 몇 배로 고단해졌지만 큰 불만 없이 잘 따라주었다. 일부 공무원은 내가 지시하는 것에 따르는 것으로 그치지 않고 솔선수범하여 발 벗고 나서기도 했다.

AI방역 총괄부서장인 정명교(47) 축산 과장이 바로 그런 샘플 케이스였다. 일요일임에도 불구하고 그는 2월 25일 초소 근무자 격려차 모가면 두미리 초소를 방문하던 중 2도 화상을 입는 아찔한 사고를 당했다. 더 큰 사고를 당하지 않은 것만도 천만다행이라며 동료공무원들은 놀란 가슴을 쓸어내려야 했다.

정 과장은 이날 오후 2시경 3개 방역 초소를 순시하던 중 소독약을 분무하는 방역 기계가 고장으로 작동되지 않는다는 두미리 초소의 보고를 듣고 A/S기사를 불러 방역기 수리에 나섰다. 기계에 이상이 없는데도 작동되지 않는다는 A/S기사의 진단이 나오자 정 과장은 수년 전 방역 근무 시 휘발유를 사용하는 기계에 경유를 넣어 작동되지 않았던 사례를 기억하고 기름을 교체하는 작업을 손수하게 됐다고 한다. 정 과장의 판단이 들어맞아 다행히 방역기는 정상적으로 가동됐지만, 폐기름을 처리하면서 묻은 바지의 기름이 화근이었다. 날씨가 추운 탓에 밖에 있던 초소 근무자와 모닥불을 지피는 과정에서 기름 묻은 종아리 부분에 불길이 붙어 2도 화상을 입었다. 일요일에 초소 근무자를 격려하러 나간 그 공무원의 진심이 한동안 시민들의 화제가 되었었다.

앞이 보이기 시작했다.

의외로 빠른 적응력으로 나날이 달라지는 공무원의 새로운 모습을 시민들은 민감하게 느끼고 있었다. 그 사이 계속된 직원들 정신 교육과 혁신 교육이 효과를 나타내고 있음을 나 역시 피부로 느꼈다. 나는 '하면 된다'는 내 믿음에 자신감이 생겼다. 의욕이 넘치고 힘이 솟았다. 도자기 축제, 산수유 축제, 우수농업인 수상 등 이천 시민의 용기를 북돋울 수 있는 많은 행사들을 차근차근 치러냈다.

하이닉스 증설 허가 문제는 하루 이틀에 해결날 문제가 아니었다. 정부를 설득할 수 있는 사람이면 붙들고 우리의 입장을 설명하며 도움을 요청했다. 그중 김문수 지사가 많은 노력을 함께 기울여 주었음에 감사한 마음을 가지고 있다. 하이닉스의 구리배출이 얼마나 소량인지 증명해 보이기 위해 국회의원 중 환경위원 10여 명을 하이닉스로 모셔 오수와 폐수의 공정 과정을 공개하였다. 국회의원 일행을 안내하던 하이닉스 상무가 오·폐수 최종방류수를 두 손으로 떠서 입을 대고 그 물을 마셨다.

"저는 이 방류수를 자신 있게 마실 수 있습니다. 식수에 적용되는 구리 함량 기준이 1ppm인데 우리 최종방류수는 125분의 1ppm입니다. 식수보다 더 적은 구리가 함유된 수치입니다. 의원님들도 안심하고 한 번 드셔보세요."

물 한 모금을 달게 마신 상무가 최종방류수를 의원들에게 마시기를 권했지만 차마 의원들은 그 물을 마시지 못하고 서로 민망한 웃음을 지었다.

또 이명박 대통령이 당선되어 이천 선산에 인사를 드리러 오셨을 때 나는 그 기회를 놓치지 않고 달려가 하이닉스 구리 배출에 대해 열심히 설명을 드렸다.

"식수 수질 기준이 1ppm인데 하이닉스 최종방류수의 구리 함량은 125분의 1에 불과합니다. 이천에서는 돼지 40만 마리를 키우고 있는데 이 최종방류수는 2백 마리에서 나오는 오폐수 분량밖에 안 됩니다. 제발 한 번 하이닉스 증설 허가를 검토해 주시기를 부탁드립니다."

"예. 시장님이 이천을 아끼는 마음이 대단하시네요. 출근해서 관심을 가지고 살펴보겠습니다. 너무 애태우지 말고 기다려 보시지요."

대통령도 자기를 붙들고 열심히 설명을 늘어놓는 내가 안타까웠는지 위로의 말로 인사를 하고 그곳을 떠났다. 환경부와 국토해양부에 최종방류수 수질 검사를 의뢰하는 등 해 볼 수 있는 방법은 다 동원하여 증설 허가를 위해 안간힘을 쏟았다.

대외적으로는 정부 관계부처와 계속하여 협상을 벌이는 가운데 이천 내에서는 촛불집회가 계속해 열리고 하이닉스 1시민 1주식 갖기 운동 등 끊임없는 노력으로 하이닉스 증설 허가를 위한 노력을 멈추지 않았다. 7년에 걸친 집요한 이천 시민의 투쟁에 정부도 더 이상 대책을 강구하지 않을 수 없는 입장이었다.

나는 하이닉스 증설 허가 문제는 한 발도 뒤로 물러설 수 없다는 의지를 굽히지 않고 관계자들을 만났다. 우리는 끝끝내 6년 만인 2013년 12월에 하이닉스 증설 승인을 받아내는 쾌거를 이루어냈다.

"하이닉스 공장 증설은 이천 역사에 한 획이 된 사건으로 지난 2007년 격렬했던 투쟁과 7년에 걸친 시민들의 집요한 노력 끝에 M14 공장 증설로 이어졌습니다."

승인 통보를 받던 날 나는 시민들 앞에 뛰어나가 두 팔을 치켜들며 그들과 함께 만세를 부르고 싶을 정도로 가슴이 벅찼다.

나는 하이닉스 증설 허가를 2013년 12월23일에 할 수 있었지만 의미를 두기 위해서 하루 늦춰서 12월 24일 크리스마스이브에 하였다. 시민 투쟁의 승리라고 할 수 있는 그 기념일을 영원히 기억하기도 좋을 것 같아서였다. 이렇듯 삭발투쟁 등 이천 시민의 하나 된 염원과 투쟁으로 하이닉스 증설이 이루어졌고, 그 결과 이천시의 재정뿐만 아니라 지역경제에 커다란 활력소가 되었다.

참고로 연도별 하이닉스 지방소득세 납부액을 살펴보면 2014년까지 0원, 2015년 530억, 2016년 729억, 2017년 353억, 2018년 1,903억 원이라는 엄청난 세금을 납부 받았다. 도시 건설 투자에 지원할 예산이 부족해서 절절 매던 이천시가 이제는 그런 걱정을 하지 않고 좀 편안히 투자해도 되는 도시가 된 것이다.

어디 그뿐인가? 하이닉스 고용인원 증가 현황은 증설 후 8년간 15조원 규모의 투자로 4천여 명의 신규고용 일자리가 창출될 것이며, 이와 함께 연구 인력 1만 4천여 명이 근무하게 될 지상 15층의 연구동이 2019년 완공되면 기존 1만여 명의 종업원수가 2만 명으로 증가하여 지역경제에 커다란 활력이 될 것이다.

또한 M15공장이 청주에 마무리되고 나면 M16공장이 내년이나 늦어도 후년쯤에는 시작이 될 텐데 공장 증축공사에 투입되는 인력이 매일 3천여 명으로 지역상권이나 지역경제 활성화에 기여할 것이다. 이천 시민의 지대한 관심과 협력으로 성공적인 공장 증설이 이루어지자 하이닉스는 수익금의 일부를 지역사회에 환원하고 있어 이천시와 하이닉스는 상생하는 모범적인 관계를 유지하고 있다.

"당시 참여했던 많은 시민과 단체들을 기억해 주길 바랍니다."

나는 2017년부터 시민들의 뜻을 모아 우리나라 대표기업인 SK하이닉스의 증설이 되기까지 함께 노력한 이천 시민의 땀과 노력을 기록한 역사관을 이천 시립박물관 내에 설치 운영하고 있다.

기록·역사관에는 당시 하이닉스 증설을 촉구하며 사용했던 시위 물품(머리 띠, 가면 등)과 삭발에 참여한 시민들의 두발 보관함, 삭발자 명단을 새겨 넣은 도자 조형물이 전시되었고, 하이닉스 증설을 요구하는 범시민 서명운동과 비상대책위 출범, 촛불집회와 투쟁 백서 등 하이닉스의 증설 과정을 생생히 기록한 영상물과 미래상을 담은 디지털 영상을 제작·방영하고 있다.

하이닉스 지역사회 기여도

① SK하이닉스에서 온누리 상품권 기탁 (2015.03.30.)

지역경제 활성화와 저소득 주민의 복지증진을 위하여 SK하이닉스에서 이천시에 기탁한 온누리 상품권 15억 원을 저소득층에 배부하기 위하여 6월 16일에 읍면동에 전달하였다.

온누리 상품권은 2015년 3월 30일 〈이천시와 하이닉스의 행복네트워크 발대식〉에서 SK하이닉스가 이천시에 기탁한 것으로, 이천시는 그동안 상품권 배분 대상자를 선정하는 과정에 누락자가 발생하지 않도록 철저한 조사를 실시하여 최종 명단을 확정하였으며 상품권은 각 읍면동 담당공무원으로 하여금 대상자에게 직접 전달하도록 하였다.

온누리 상품권을 받게 될 대상자는 국민기초생활보장수급자, 저소득 한 부모 가정, 차상위 장애인, 긴급지원대상자 등 그동안 이천시에서 법정복지대상자로 관리해오던 3,901세대 5,981명으로, 1인당 220,000원의 온누리 상품권을 전달하였으며, 사회복지시설 61개소에도 상품권이 전달되어 저소득층 복지증진에 사용되었다.

온누리 상품권은 그동안 전통시장을 위주로 사용되어 상품권 사용에 많은 불편이 따랐으나, 최근 SK 하이닉스 온누리 상품권 배포와 관련하여 가맹점을 추가로 모집하여 관고동, 장호원 전통시장 뿐만 아니라 사기막골 도자기시장, 중앙통 문화의 거리, 남천공원 인근 상가, SK하이닉스 상가에서도 사용할 수 있게 되었다.

중동호흡기증후군(MERS)으로 인한 지역경제 침체로 이천지역 소상공인들의 어려움이 가중되고 있던 시점에서 SK하이닉스 온누리 상품권의 배부는 지역경제를 살리는 단비와 같은 효과를 거두었다. 〈동행同幸을 위한 동행同行〉으로써 SK하이닉스와 이천시가 함께 상생하는 큰 의미가 되어 시민도 하이닉스도 모두 행복함이 배가 되었다.

② SK하이닉스의 온누리 상품권으로 차상위 계층 지원 (2015.11월)

이천시는 저소득층 주민들의 복지증진을 위해 SK하이닉스에서 '이천시 행복한 동행 사업'에 기탁한 온누리 상품권 6억 원

가운데 약 5억 원을 차상위 계층에게 전달했다.

6억 원의 온누리 상품권은 SK하이닉스 주관으로 실시한 '행복나눔 한마당' 행사에서 이천시 '행복한 동행 사업'에 기탁한 것이다. 이 상품권은 저소득세대 명절 나눔 사업과 독거노인 죽지원사업, 또 새 학기 책가방 사업과 한 부모 가족 및 지역아동센터의 과일 지원 사업 등으로 사용되기도 하였다.

이 온누리 상품권을 지원 받는 대상자는 저소득 한 부모 가정, 차상위 장애인, 긴급지원 대상자, 무한 돌봄 대상자 등 그동안 이천시에서 차상위 계층으로 관리해 오던 1,489세대 2,853명이다. 지원 금액은 가구에 따라 달리 지원되었다. 1인가구는 25만원, 2인 가구 35만 원, 3인가구는 45만 원, 4인 가구 이상은 55만 원을 전달하였다.

온누리 상품권 가맹점은 관고동 전통시장, 남천상가, 사기막골 도자기상가, 이천 중앙로상가, 장호원 전통시장에 373개 사업장이 있으며, 이곳에서 상품권으로 필요한 물품을 구입할 수 있다.

나는 '어려운 이웃을 위해 나눔의 선행을 실천해 준 SK하이닉스에 감사드린다'고 하이닉스 측에 고마움을 전달했다. 아무리 이천 시민이 하이닉스를 위해 투쟁하고 그 결과 증설 허가를 받아냈다지만, 하이닉스는 그 감사함을 잊지 않고 지역사회 지원 사업에 아낌없이 지원해주는 모습을 보여주고 있다. 하이닉스의 기업 이미지는 이천 시민에게 감동 그 자체로 기억될 것이다.

"경제 침체로 지역의 소상공인들의 어려움이 가중되고 있는 시점에서 SK하이닉스 온누리 상품권의 배부는 지역경제에도 큰 도움이 될 것으로 기대합니다. 감사합니다."

③ SK하이닉스 성금 기탁 (2016.12.28)

SK하이닉스의 대표 박성욱이사가 2016년 12월 28일 취약계층 지원에 사용해 달라며 온누리 상품권 5억 원을 이천시가 펼치는 '행복한 동행 사업'에 기탁했다.

이날 기탁식이 있던 자리에는 시장인 나와 SK하이닉스 신승국 지속경영본부장, 경기 사회복지 공동모금회 김효진 사무처장 등이 참석했다. SK하이닉스는 2015년에도 온누리 상품권 6억 원을 이천시에 기탁한 바 있다. 시는 이 상품권으로 저소득층에게 건강 죽, 과일, 신입생 책가방, 폭염과 한파 대비 물품, 위기가정 생계비, 청소년 위생용품 등에 사용했으며 6,200세대 7,564명에게 지원했다. 2016년 12월에 기탁 받은 5억 원도 지역 내 취약계층 등 복지사각지대 해소를 위하여 사용되었다.

SK하이닉스 신승국 지속경영본부장은 '지역 내 취약계층을 지원함과 동시에 지역경제 활성화에도 도움이 되었으면 하는 바람으로 현금보다는 온누리 상품권으로 기탁하게 되었다'며

'앞으로도 지역사회와 함께 상생하고 성장하는 기업으로서 사회적 책임을 다하도록 노력할 것'이라고 속내를 밝혔다.

나는 '경기침체와 어려운 여건에도 불구하고 지역의 소외된 이웃들에게 지속적으로 관심을 가져준 SK하이닉스 임직원 여러분께 진심으로 감사드린다'고 말하고 '사회적 약자가 차별받지 않고 시민 모두가 행복한 삶을 살 수 있도록 시에서도 노력하겠다'는 내 뜻을 전했다.

SK하이닉스 성금 기탁(2016. 12.28)

④ SK하이닉스 두드림 장학금 지원 전달식 (2017.8.16)

상품권 기탁 외에도 SK하이닉스에서는 '취약계층 아동을 위한 두드림 장학금 지원'을 해왔는데 2017년 8월 16일에도 어김없이 장학금 전달식을 가졌다.

'두드림 장학금'은 저소득 취약계층 아동의 학업능력 향상을 위해 SK하이닉스 구성원의 자발적인 기부로 조성된 '행복나눔기금'의 일부 재원으로 이날 총 1억 원의 장학금을 이천시에 전달하였다. 이 장학금은 앞으로 이천시 초·중·고교 101명의 취약계층 학업우수 학생들에게 지급되었다.

SK하이닉스는 경제적으로 어려운 학생들이 학업에만 전념할 수 있도록 지난 2013년부터 매년 '두드림 장학금'을 지원해 오고 있으며, 현재까지 1,957여 명의 학생들에게 총 11억 원의 장학금을 전달하였다.

나는 하이닉스가 증설의 어려움을 겪으면서도 시민들이 보여준 하이닉스에의 사랑에 보답하는 마음을 알기에 더욱 고마운 마음이 들었다. 하이닉스의 미래의 주역이 될 아동을 위한 투자에 진심으로 감사하고, 하이닉스라는 기업이 이천에 존재한다는 것이 자랑스러웠다. 나는 이천시 아동들이 미래에 대한 꿈을 갖고 건강한 사회 구성원으로 성장할 수 있도록 아동복지사업에 지속적인 관심을 갖겠다고 시민들 앞에서 다시 한 번 다짐했다.

SK하이닉스에서 이천시에 지원하는 아동관련 사업은 Do-Dream장학금 지원, 디딤씨앗 통장 후원, 하인슈타인 SW교육 지원, 행복나눔 꿈의 오케스트라 등이 있다.

하이닉스의 지원에 힘입어 내가 구상했던 '행복 도시'로의 발걸음을 한 발 더 가까이, 한 발 더 빨리 다가가기 시작하면서 나는 큰 기업을 이천에 유치해야 함을 절실하게 실감했고 앞으로도 기업 유치 추진 계획에 더욱 노력을 기울여야 한다는 생각이다.

잘 성장하는 기업 하나가 지역사회 발전에 미치는 지대한 영향을 진작 알고 있었으므로 기업 유치는 내가 시장이 되면서 더

하이닉스 두드림 장학금 지원

욱 박차를 가하던 아이템이었다. 그 중 하나가 웅진과 손잡고 국내 최고의 어린이 자연생태학습장을 이천에 조성하는 일이었다.

이천시와 (주)웅진 씽크빅이 2006년 9월 사업협약을 맺었고 이천시 신둔면 지석리 산1-1번지 일원에 '웅진 어린이마을'을 조성하기로 사업 계획을 세웠었다. 사업계획 변경과 이에 따른 행정절차 이행 등의 이유로 당초 일정보다 1년가량 늦춰진 2010년 4월에 개장하기로 합의를 보았다.

(주)웅진 씽크빅은 2007년 4월 11일 오후 이천시청 회의실에서 나를 비롯한 시 관계자와 윤석금 웅진그룹회장, 김준희 (주)웅진 씽크빅 대표, 사업관계자 등 40여 명이 참석한 가운데 '웅진 어린이마을 사업 설명회'를 가졌다.

이날 설명회는 시행자인 (주)웅진 씽크빅이 프로그램 개발자, 건축설계자와 함께 조성될 시설에 대한 세부 동선과 건물 배치 계획, 프로그램 개발 내용, 향후 추진 일정 등을 보고하고 의견을 듣는 자리로 마련되었다.

웅진측은 이 자리에서 지난해 제시한 사업계획안을 대폭 변경한 수정 계획안을 제시했다. 전체적인 부지 면적은 298,757㎡(9만평)로 변동이 없었지만, 내부 동선과 건물 형태, 배치 계획 등이 전면 수정된 계획안이었다. 지난번 계획안보다 좀 더 환경 친화적으로 발전된 수정안에 모두들 흡족해 했다.

웅진 측 관계자는 계획이 수정된 이유에 대해서 내용을 설명했다.

"지난해 마련한 사업 계획이 자연·생태적 측면보다는 건물 중심의 설계가 이루어져 이번에는 생태 전문가의 검토와 자문을 받아 자연적, 생태적, 환경적 특성을 최대한 살린 건물배치와 형태로 계획을 수정하게 됐습니다."

이에 따라 웅진측은 변경된 사업계획으로 2007년 8월 실시계획 인가 신청을 하고 연내 인가를 받아 2008년 3월부터 시설 공사에 들어간다는 계획이었다. 시설 준공은 2년 후인 2010년 3월로 예정하며 이어 4월에는 과학관을 개관한다는 로드맵을 밝혔다.

이천 신둔면에 조성될 '웅진 어린이마을'은 국내 최고 수준의 어린이 자연생태 학습장으로 많은 사람들의 관심의 대상이 될 전망이었다. 이천 시민들의 기대 또한 대단하여 그 무렵 시민들의 화제 거리는 웅진 어린이마을이 될 정도였다.

이 시설은 주로 초등 3~6학년 학생이 이용자가 될 것으로 보이며, 2박3일간 단체 체험할 수 있는 예약 '숙박형 프로그램'과 '단일 자유 관람형 프로그램'으로 짜일 예정이었다.

학습관내 숙박시설은 200명을 수용할 수 있고, 주차장은 버스 10대를 포함 최대 230대를 주차할 수 있도록 설계되어 전체적으로 하루 800여 명이 이용할 수 있는 규모로 조성하기로 하였다. 이에 따른 사업비는 약 490억 원이 투자될 전망으로 이천 경제에도 지대한 영향을 미칠 것으로 기대되었다.

생태와 환경을 주제로 어린이들에게 다양한 체험 학습을 시킨다는 사회 공익적 목적으로 (주)웅진 씽크빅에서 지난 2005년 8월 사업을 제안했으며, 이천시에서는 진입로 개설과 인허가 등 행정적 지원을 하고 사업 시행은 (주)웅진 씽크빅에서 맡아 추진하기로 결정을 보았다.

이천으로서는 가만히 앉아 이천의 명소를 하나 만들어내는 셈이어서 적극 협조할 계획이었다. 공사가 진행되는 동안은 이천 시민의 고용 창출이 이루어질 것이며 개관을 하고 난 후에는 학습관을 찾는 학생과 동반한 부모들로 유동 인구가 늘어날 전망이었다. 환경 친화적인 명소를 하나 탄생시킨다는 기대감에 이천은 한껏 부풀어 있었다.

좀 편안한 행정을 이끌어 나가는가 싶을 때 터진 또 하나의 사건을 나는 뼈아프게 생생히 기억한다.

두 번째 시련 — 군부대 이전 결정

호사다마라고 했던가. 좋은 일에는 마가 끼는 법이라더니 우리 일이 그랬다.

'웅진 어린이마을'의 사업 협약을 맺고 가슴 부풀어 있던 우리 이천에 날벼락 같은 군부대 이전 발표가 보도되었다. 기가막힌 것은 내가 이천 시청 회의실에서 웅진 관계자들을 만나 설명회를 듣는 그 시간에 국방부 발표가 이루어졌다는 사실이었다.

국방부는 2007년 4월 11일 정부의 8·31 부동산 대책의 일환으로 추진되는 '송파 신도시 건설'을 위해 송파지역에 위치한 7개 군부대의 지방 이전을 확정 발표하면서 특수전 사령부, 기무부대, 정보학교 어학 분교를 이천으로 이전하겠다고 발표한 것이다. 이 무슨 운명의 장난인가 싶어 갑자기 머릿속이 하얘지면서 아무 생각도 떠오르지 않았다.

"침착해야 한다. 정신 차려야 한다."

나 자신에게 자꾸 타이르며 정신을 가다듬었다. 아직 하이닉스 공장 증설 문제도 해결되지 않아 11번 째 촛불 집회를 열고 있는 마당에 군부대가 들어온다니 청천벽력 같은 소리였다. 더구나 '웅진 어린이마을'을 조성하는 곳이 신둔면인데 군부대가 들어오겠다는 곳도 신둔면과 백사면이었다.

나에게 두 번째 시련이 닥친 것을 직감했다.

부시장, 시의회의장 등을 불러 회의를 가졌다.

하이닉스 때와 마찬가지로 참석자의 만장일치로 '절대 반대' 입장을 결의하고 대책에 들어갔다. 이번에는 환경부가 아닌 국방부를 상대로 투쟁을 벌여야 하는 입장에 처했다. 이천시가 정부를 상대로 싸우는 쌈닭도 아닌데 또 싸움을 시작해야하는 현실에 마주쳤다.

나와 김태일 시의회의장은 4월 13일 오전11시 이천시청 3층 회의실에서 기자 회견을 열고 11일 국방부가 시와 사전 협의 없이 일방적으로 발표한 특전사, 기무부대 등 이전 계획에 대해 '즉각 철회'를 요구하는 반대 입장을 분명히 했다.

아무리 나라의 안보를 지키는 국방부라 할지라도 사전에 해당 시와 형식적인 협의라도 거치는 것이 순서가 아닌가. 이천이 동네북이냐는 말들이 오갔다. 약이 오를 대로 올라 있는 이천 시민에게는 또 한 번의 분통 터지는 일이 아닐 수 없었다.

 "연초 하이닉스 이천 공장 증설 무산으로 이천 시민의 분노가 채 가시지 않고 있는 가운데 또다시 시민의 뜻에 반하는 국방부의 일방적인 군부대 이전 발표는 우리 시의 문화·경제·사회 그리고 민심 등 유·무형의 가치를 송두리째 흔들어 놓는 중차대한 문제였다. 이에 우리 20만 이천 시민은 더할 수 없는 분노를 느끼며 민의를 저버린 국방부의 행태에 통탄을 금치 못한다"는 내용의 성명서를 발표했다.

 우리 이천은 예로부터 충·효의 고장으로 알려져 왔으며, 최근에는 문화·관광·교육의 도시로 각광 받고 있다. 또한 성공적으로 개최된 2001 세계 도자기 엑스포와 비엔날레는 이천을 세계 도자 문화를 짊어지고 갈 대한민국 도자문화의 메카로 자리매김하는 계기가 되어 지난 2005년 수도권 유일의 도자 특구로 지정된 바 있다. 이러한 국제적 위상과 관광 명소인 이천에 대규모 군부대가 이전된다는 것은 감당 못 할 막중한 피해를 감수해야만 하는 일이었다.

 더구나 정부가 자연 보전권역 보호와 팔당 상수원 수질 보호라는 명분으로 하이닉스 이천공장 증설을 불허한 상황에서 하루 오수 발생량이 800톤에 이르고, 폐기물이 연 1,000톤이나 발생하는 대규모 군부대를 우리 지역에 이전하는 것은 이율배반적인 행위였다. 부대가 이전해 온 후 사격훈련으로 인한 소음 피해, 납 등의 중금속 오염, 하천오염, 토양오염, 산림훼손으로 인한 자연 생태계 파괴는 불 보듯 자명한 일이었다.

이천시는 그동안 「수도권정비계획법」, 「산업집적활성화 및 공장설립에 관한 법률」, 「환경정책기본법」, 「수질환경보전법」, 「한강수계상수원수질개선 및 주민지원 등에 관한 법률」 등 수도권 주민의 식수원 보호를 위하여 2중 3중의 규제를 지난 20여 년간 받아왔으며, 현재 7기동군단과 항공작전사령부 등 15개 부대가 주둔하고 있었다. 여의도 3배 면적에 해당하는 20.84㎢(시 면적의4.5%)의 토지가 군사시설 보호구역으로 묶여 있는 실정이었다. 이미 주민들의 재산권 행사와 지역경제 활성화에 막대한 지장을 초래하고 있는데 또다시 120만평의 부대 이전 발표는 이천 시민의 분노를 촉발시키기에 충분했다. 더구나 웅진 어린이마을 조성 사업을 포기해야 할 위기에 처했으니 시민들이 순순히 받아들일 리가 없었다.

"우리 이천시는 20만 이천 시민의 생존권과 권익을 보호하고자 다음과 같이 강력히 대응할 것임을 천명한다."

이러한 내용을 담은 성명서는 상세하고 설득력 있게 만들어졌다.

일부 시민들은 적어도 시장인 나와 정부 사이에 사전 협의가 있었던 게 아니냐고 의심의 눈빛을 보냈다. '내가 사전에 알고 있었다면 웅진 어린이마을 사업을 추진했겠는가?'라고 묻고 싶었다. 그런 의심을 받을 만큼 철저한 보안 속에서 불시에 이루어진 발표였다.

또다시 이천시는 투쟁에 나섰다.

군부대가 신둔면에 들어온다면 당연히 '웅진 어린이마을'은 전면 취소될 수밖에 없고 그 피해는 직접적으로 해당 지역 주민 몫이었다. 하이닉스 문제와는 또 다른 차원이었다. 하이닉스 문제는 시민의 간접적 피해였다면 군부대 이전 문제는 해당 주민의 직접적 피해였다. 1,440가구 4천여 명에 이르는 마을 주민들이 당장 실향민이 되느냐 마느냐 하는 생존의 문제였던 것이다.

"시장님! 우리 좀 살려 주세요. 여기를 떠나라는 것은 우리더러 죽으라는 소립니다. 차라리 이 땅에서 죽을랍니다."

나를 보자 몇 몇 노인들이 달려와 손을 잡으며 울음을 터뜨렸다. 노인들을 보는 순간 부모님 얼굴이 떠올랐다. 우리 부모님들도 고향 떠나면 죽는 줄 아는 분들이었는데 저분들도 똑같구나 싶었다.

"극단적인 생각 마시고 기다려 주세요. 지금 열심히 타협하는 중입니다."

그들을 안심시키고 돌아서면서도 발걸음이 무거웠다. 앞으로 농사도 못 짓게 되면 뭘 먹고 사느냐고 생계 걱정을 하는 노인들을 보며 나는 어떤 조건과도 맞바꿀 수 없는 일임을 알았다.

나는 2007년 4월 16일 김장수 국방부 장관을 만나 이천시와 협의하지 않고 일방적으로 발표한데 대해 사과를 받았다. 그러나 이천이 최적지라는 말만 되풀이 할 뿐 물러설 기미는 보이지 않았다.

"부대 이전지로 예정된 신둔면 지석리, 도암리 등은 자연생태학습장인 웅진 어린이마을 9만평과 장애인체육시설 5만5천평이 계획된 지역으로 조만간 착공을 앞두고 있습니다. 이미 사업 협약도 맺은 상태입니다. 큰 차질을 빚게 됐으니 다시 한번 고려해 주십시오."

김 장관도 난감한 표정을 지었다. 나는 어떠한 달콤한 조건에도 응할 수 없다는 의지를 전달하고 장관실을 나왔다. 국방부가 제시한 군부대 이전에 따른 1조원 이상의 금전적 혜택이 이천에 미치는 지역 경제 파급 효과에 대해서도 이천시가 추구하는 유·무형의 가치와는 바꿀 수 없는 것들이라고 못 박았다.

한명숙 국무총리를 만나고, 토지공사 사장을 만나고, 국방부 관계자를 만나러 발바닥이 닳도록 서울을 들락거렸다. 매스컴을 통해 여론을 조성하는 한편 그들을 설득하기 위한 노력도 게을리 하지 않았다.

국방부 김광호 군사시설 기획관이 케이블 방송인 MBN 전화

인터뷰에 출연해 '이천시에 미리 계약된 개발계획이 있다면 국방부가 융통성을 발휘해서 부지를 조금 옮기거나 경계선을 조정해서 시 개발 계획에 지장이 없는 범위 내에서 이전하겠다'고 한발 물러서는 듯 했지만 이천으로 들어오겠다는 기본 원칙은 철회하지 않았다.

"다른 지역을 고려해 본 적은 없으신지요?"

진행자가 그에게 물었다.

"이미 확정 발표한 이천 외에 다른 지역은 생각하고 있지 않습니다. 특전부대는 최정예 부대이고 최고의 엘리트 부대이며 소음도 없고 민원이 없는 부대입니다. 이런 점을 이천 시민들에게 소상히 알려나갈 생각입니다."

요지부동이었다. 이천 시민들이 목숨 걸고 반대해도 국방부는 밀어붙이겠다는 뜻으로 해석되었다. 쉽게 물러설 국방부가 아님을 확인하자 이천 시민들도 각오를 단단히 해야겠다며 투쟁 의지를 다졌다.

이천 거리마다 국방부의 일방적인 결정을 비난하는 원색적인 표현의 현수막이 100여개 넘게 걸려 펄럭이고 있었다.

'군부대 이전 목숨 걸고 반대한다.'

'대규모 군부대 이전 차라리 죽음을 달라.'

하이닉스 이천공장 증설 불허로 정부결정을 비난하는 현수막으로 홍수를 이뤘던 이천시 전체가 이젠 다시 군부대 이전 문제로 대규모 시위장을 방불케 하고 있었다. 특히 특전사, 기무부대 등의 이전지로 거론된 신둔면, 백사면 일대에는 현수막에 가려 마을이 보이지 않을 정도였다. 바람에 펄럭거리는 현수막만큼이나 내 마음도 서글펐다. 일 시작하려니까 하이닉스 문제가 터지고, 일손 잡힐만하니까 또 군부대 문제가 터지고. 바람 잘 날 없는 이천이 나에게는 사랑인 동시에 고통이었다.

"일 복이 많아서 그런가? 왜 이렇게 잠잠할 날이 없는 건지……"

의논할 일이 있어서 김태일 시의회의장과 마주앉으며 내가 한탄조로 중얼거렸다.

"이천 시민들 단결시키려고 그러는 것 같아요. 이천이 똘똘 뭉쳐 앞으로 잘 되려나 봅니다."

나는 김의장의 얼굴을 다시 보았다. 어떻게 그런 긍정적인 생각을 할 수 있는지 존경스러움이 일었다. 나는 '그래, 맞아. 나는 왜 그런 생각을 하지 못했을까?'하며 스스로 반성하고 나에게 이천 시민의 단결이라는 힘을 실어주시려는 것이라 받아들이고 나니 마음이 편안해졌다.

"힘냅시다!"

내 자신에게 소리쳤다. 가슴을 펴고 어깨에 힘을 주고 허리를 세웠다. 나를 믿고 나를 따라주는 직원들이 있고 20만 시민들이 있지 않은가.

5월 3일에는 이·통장, 새마을 지도자 등 1,478명 전원이 정부에 항의하는 뜻으로 집단 사퇴를 해왔다. 그러나 내 입장에서는 그들의 사퇴가 나를 원망하는 것처럼 느껴졌다. 사퇴할 수 있는 그들이 부럽기도 했다. 나는 모든 것을 바로 잡기 전에는 죽을 수도 사퇴할 수도 없는 사람이었다.

5월 4일에는 이천 시민들이 성남 토지공사로 몰려가 규탄대회를 벌였다.

5월 22일에는 국방부 앞 전쟁기념관 공터에서 규탄대회를 가졌다. 이천 시민 1,200여 명이 '군부대 이전 백지화'를 요구했다.

김태일 비대위공동의장(이천시의회의장)도 대회사를 통해 "이천시는 지난 수십 년간 2중 3중의 규제를 받아왔고, 여의도 3배 면적이 이미 군사시설 보호구역으로 묶여 고통 받고 있는데, 또다시 122만 평의 대규모 군부대를 받아들이라는 국방부 발표는 이천 시민의 분노를 촉발시키기에 충분하다"며 "원천 무효화를 위해 최후의 1인까지 투쟁할 것"이라고 밝혔다.

나 역시 "이번 군부대 이전은 국가 안보논리가 아니라 송파 신도시 건설이라는 개발논리로 이전이 추진되는 것으로 서울에 아파트를 짓는 것 때문에 이천 지역이 엄청난 피해를 보는 것은 너무도 부당하다"고 목소리를 높였다.

규탄대회 의식 행사가 끝난 뒤 비대위측은 김장수 국방부장관과의 면담을 요청했고, 김 장관이 이를 수락함으로써 오후 3

시30분쯤 나를 비롯해 이규택 국회의원, 김태일·신광철 비대위 공동의장, 경찰 고위관계자 및 정보관계자 등이 김 장관과 40분간 면담을 가졌다.

비대위 측은 미리 준비한 '20만 이천 시민이 김장수 국방부 장관께 드리는 글'을 김 장관에게 전달하고 "시작부터 잘못된 부당한 군부대 이전계획을 전면 백지화해 달라"고 요구하자 김 장관은 이에 대해 "이천시와 이천 시민들의 입장을 이해하며 최대한 이를 고려해서 재검토하겠다"고 답변했다. 비대위측은 김 장관의 발언을 일단 긍정적으로 받아들이고 지켜보기로 했으며, 면담이 끝난 후 오후 5시께 시위를 자진 해산했다.

서울서 이천으로 내려오는 길에 5월 6일부터 17일째 단식 농성을 벌여온 이천시의회 성복용(50) 의원이 심한 탈진 증세로 실신해 관내 병원으로 후송됐다는 보고를 받았다. 성 의원은 이천 백사면 도지리 초소에서 홀로 단식 농성을 벌이다가 서울로 올라간 비대위 관계자로부터 김장수 국방부 장관이 이천시의 입장을 고려해 군부대 이전을 재검토하겠다는 면담 발언을 전해 듣고 긴장이 풀린 탓인지 곧바로 실신했다는 것이었다. 성 의원은 단식 보름만인 5월 20일에도 고혈압과 탈진으로 인해 병원에 후송됐으나 더 계속할 수 있다는 본인의 의지에 따라 간단한 의사 진찰만을 받고 3시간 만에 병원을 나와 다시 단식에 돌입했었다.

"모두 목숨 걸고 투쟁하는데 좋은 결과가 있겠지. 성 의원의 건강은 어떤가?"

전화 보고를 한 직원에게 성 의원의 상태를 물었다.

"장기간 단식으로 심한 탈진증세를 보이고 있답니다. 지병인 당뇨와 고혈압으로 쇼크가 우려된다고 절대 안정을 하라고 한답니다."

"이제 시간이 필요한 일이니 우선 건강부터 챙기시도록 말씀 전하게."

"예. 알겠습니다."

15일부터 7일째 단식 농성을 벌여온 이천시의회 이현호(56) 부의장과 오성주(51), 김문자(43) 의원 등 기초의원 3명도 김장수 국방부장관과의 면담이 일단 긍정적이라는 말에 단식을 끝냈다고 전했다.

엄동설한 겨울을 다 보내고 일하기 좋은 5월로 접어들었건만 사건 수습에 많은 시간을 보내고 있으니 딱한 노릇이었다. 그렇지만 이천시가 수도권 주민의 식수원 보호를 위하여 2중 3중의 규제로 당해 온 불이익을 더 이상 묵인할 수 없다는 강한 의지에는 변함이 없었다. 그것은 이천 시민이 한 마음 한 뜻을 모아 타결해 나가야 할 숙제이기도 했다. 의원들이 목숨을 걸고 단식 투쟁을 벌이는 것도 그러한 시민의 뜻을 보여주는 대표적인 예라 할 수 있었다.

"시장님! 어디 계십니까?"

내가 청사를 비울 때는 부시장에게 꼭 청사를 지키도록 했는데 그에게서 급히 전화가 걸려 왔다.

"왜 무슨 일입니까?"

"인터넷에 난리가 났습니다."

금방 시청에 도착하니까 들어가서 이야기하자며 전화를 끊었다. 대강 짐작 가는 일이 있었기 때문이었다. 집무실에 들어가 인터넷 조회를 해보니 내가 짐작했던 바로 그 일이었다.

일명 '돼지 사건'으로 인터넷을 떠들썩하게 했던 그 일이 나는 아직도 기억에 생생하다.

국방부 앞 집회를 하던 그때 집행부와는 사전 의논도 없이 벌어진 강경파 주민들의 퍼포먼스가 있었다. 집회가 막 끝날 무렵 어수선한 분위기였고 나는 먼저 자리를 떠나는 외부 참석자들에게 고맙다는 인사를 건네고 있던 찰나였다. 행사 자동차가 서 있던 단상 쪽이 소란스러워서 나는 인사를 나누다가 돌아섰는데 그때 못 볼 광경을 목격하고 말았다. 그들은 국방부 장관의 이름을 쓴 2개월짜리 어린 돼지를 이천에서부터 몰래 숨겨왔고 단상으로 뛰어 올라온 장정 10여 명은 그 즉석에서 어린 돼지 사지에 밧줄을 묶어 능지처참을 해 버린 것이다. 집회 진행자도 비대위 측도 전혀 손 쓸 틈 없이 순식간에 벌어진 일이었다.

어린 돼지는 그야말로 멱따는 소리로 꽥꽥거리고 그들은 구호를 외치며 돼지에 묶은 밧줄을 사방에서 잡아 당겼다. 돼지를 능지처참하고 칼로 도륙해 피를 보이며 군부대 이전 반대를 외쳤다. 국방부 장관을 타도한다는 의미와 살던 고향을 떠나느니 돼지처럼 죽여 달라는 심정을 전하는 퍼포먼스였다. 그 심정을 모르는 바는 아니지만 그것은 약속했던 평화 집회가 아니었으며 너무도 끔찍스러운 일이었다. 나는 그냥 보고만 있을 수는 없었다. 그들의 행동을 저지하기 위해 단상으로 향하는 나를 우리 직원들이 달려들어 한쪽으로 잡아끌었다.

"위험합니다. 지금 말린다고 고분고분 말을 들을 사람들이 아닙니다. 잘못하다가는 시장님도 다치고 입장만 난처해질 수 있습니다."

직원들은 나를 대회장에서 조금 떨어진 곳으로 피신시켰다.

"저들 손에는 칼이 쥐어져 있고 극도로 흥분해 있어서 무슨 짓을 할지 모르는 상황입니다. 미리 막지 못해 죄송합니다."

위협을 느낀 직원들이 나를 보호하기 위해 그 자리를 피하게 한 것이었다. 경찰과 우리 집행부의 수습으로 돼지 사건은 일단 수습이 되었지만 이미 기자들이 사진을 찍었고 돼지는 능지처참을 당한 후였다. 물론 주동자들은 경찰에 연행되었다. 그날 저녁 인터넷에는 벌써 사진이 오르고 비인간적인 행위에 대해 지탄의 목소리가 터져 나오기 시작했다. 다음날부터 그 일은 일파만파로 퍼져 나가 동물 애호가들이 앞장 서 격분하고 그에 동조하는 사람들도 그들을 따라나섰다. 그들은 매일 우리 시청 앞에 몰려 와서 데모를 벌였다. 우리가 시위하러 나설 때보다 시위 대상자 입장이 되니 그 또한 그렇게 괴로울 수가 없었다.

"이천 시장은 잔혹한 행위에 대해 사과하라."

"사과하지 않으면 이천 상품 불매 운동을 벌이겠다."

"어린 돼지가 무슨 죄가 있나. 이천 시민은 각성하라."

우리 비대위와 이천 시민은 하루 사이에 살아있는 어린 돼지를 능지처참하고 도륙한 잔인한 인간 취급을 당하고 있었다. 사과를 해야 하나 버텨야 하나 우리는 고민했다. 사과를 한다면 우리 시민의 절규에 가까운 군부대 이전 반대 집회를 부정하는 일이 되는 것이고, 사과를 하지 않고 버티자니 우리 이천 시민 전체가 잔혹한 행위도 서슴지 않는 냉혹한 인간들로 남아야 하는 것이었다.

이천 시청 홈페이지는 말할 것도 없고 용산 경찰서, 이규택 의원의 홈페이지, 김태일 비상대책위원장이자 시의회의장, 대회 축사를 한 김황식 하남시장 등의 홈페이지에는 질타하는 글들이 넘치고 그 밑에는 쌍소리 수준의 댓글이 꼬리에 꼬리를 물었다. 이틀을 버티다가 결국 우리는 사과문을 발표했다. 사과문 내용인즉 주최였던 비대위 측과 사전에 의논 없이 부대 이전 예정지로 확정된 주민들이 몰래 계획한 일이며 사전에 예방하지 못한 책임을 통감한다는 내용이었다. 누가 보아도 궁색한 변명에 지나지 않았다. 예상대로 사과문을 발표했지만 사과문에 대한 반박의 글들이 또 쏟아졌다. 곤욕을 치르는 가운데 나는 용산 경찰서에 연행된 우리 시민들을 챙기는 일도 잊지 않았다. 용산 경찰서장에게 딱한 입장에 처한 주민들의 사정을 설명하고 선처를 부탁했다. 어찌되었건 사과문 발표 이후 돼지 사건도 차츰 조용해져 갔다.

나는 국방부와 군부대 이전 문제로 계속적인 회의를 가지며 대안을 찾아 고심했다.

국방부 측에서는 발전 계획을 세운 신둔면, 백사면이 아니더라도 좋다고 한 발 양보하면서도 군이 이천 지역으로 들어오겠다는 뜻은 꺾지 않았다. 이천도 무조건 군부대 이전을 거부하는 것보다는 유리한 조건을 찾아 방법을 제시하는 것이 현명한 일이라 판단되었다. 나는 이천 기관단체장 120명을 불러 모아 회의를 열었다. 면장, 이장들 앞에서 공개적으로 내 뜻을 밝혔다.

"어느 지역이건 군부대 이전을 수용하겠다는 곳이 있으면 그 지역이 발전할 수 있는 최대의 조건으로 국방부와 협상을 벌여보겠습니다. 그러니 이 기회에 우리 마을을 한 번 발전 시켜보겠다는 마음이 있으면 주민과의 대화를 시도해 보십시오. 저도

발 벗고 나서서 거들겠습니다."

나는 내 나름대로 장호원과 율면이 다른 지역에 비해 상대적으로 낙후된 곳이므로 그곳에서 유치하겠다는 말이 나와 주기를 바랐다. 읍·면장들이 주민의 호응도를 가늠해 본 결과 어림도 없는 일이라는 결과가 나왔다. '신둔면, 백사면에서 반대하는 군부대를 왜 우리에게 떠넘기려 하는가?'하며 절대 반대라는 것이었다.

읍장이나 면장, 이장은 주민을 설득시켜야 하는 난제가 있었고 나는 국방부와 협상을 벌여야 하는 숙제가 남아 있었지만 적극적으로 덤벼볼 생각이었다.

부발읍과 마장면에서 주민의 의견을 수렴해 보겠다는 뜻을 비쳤다. 그들은 마을 주민들과 의논해 보겠다며 돌아갔다. 쉽지 않은 일인 줄은 알면서도 낙후된 마을을 발전시키기에는 좋은 기회라는 생각으로 덤벼든 그들의 용기가 가상했다. 국방부에서 받을 인센티브를 잘 활용하면 이천 지역이 부상하는데 큰 도움이 되는 것은 사실이었다. 그러나 해당 주민들의 반발이 시청에까지 여파를 미쳐왔다. 반대하는 내용이 어느 면이나 똑같았다.

"왜 다른 면에서 거부한 군부대를 우리 면이 맡아야 하느냐?"

읍장이나 면장과의 대화가 만족스럽지 못하자 시청에까지 몰려온 것 같았다. 결국 부발읍은 강력한 반대에 부딪쳐 포기했다. 마장면은 나와 면장의 진심 어린 설득과 상세한 설명과 좋은 조건들을 꼼꼼히 따져 가며 의논한 끝에 5개월 만에 주민 85%의 찬성을 이끌어냈다. 군부대 측에서도 마장면이 신둔면보다 위치가 더 좋은 곳임을 확인하고 만족해하는 눈치였다. 주민 85%의 찬성이라고는 하지만 반대 15%에 해당하는 4개 마을에의 반대 입장도 만만치 않았다. 마을 발전을 위해 발벗고 나서서 군부대 유치추진위원장을 맡은 신광철 위원장 집에 계란 세례가 퍼부어졌다.

"잘 살고 있는 주민 쫓아내고 군부대 유치하려는 네 속셈이 무엇이냐? 당장 철회하라."

계란 200판이 지붕, 담벼락, 창문에 날아와 박살이 나면서 터졌다. 그 계란 비린내에 집으로 들어갈 엄두가 나지 않는다고 신위원장은 하소연을 하며 한숨을 쉬었다. (나중에 합의가 다 이루어진 다음에는 주민들이 신광철씨 집에 들러붙은 계란을 함께 닦아냈다고 한다.)

반대 주민들이 요구 사항을 협의하는 과정에서 목매어 자살을 시도하는 주민도 있었는데 다행히 추진위원들이 그를 어깨로 받아내어 무사하게 지켰다.

긴 협상 끝에 반대 주민이 요구하는 이주 보상을 국방부와 LH 공사 측에서는 전면 받아들였고 이주 주민이 희망하는 이주 단지를 조성해 주기로 약속했다. 마을회관, 노인정, 도서관 등의 주민복지시설 건립비로 30억을 지원하는 등 전례 없는 조건을 수용했다.

성남, 여주 간 전철 개통, 고속화도로 조기 완공 등 이천시의 요구 조건도 인센티브 요구 사항 중에 포함되었다. 소규모 뉴타운 조성과 마장 택지 지구 선정도 우선적으로 혜택을 주기로 합의했다. 그 덕에 이천시는 2020 도시계획인 인구 35만 규모의 계획도시도 재조정될 조짐을 보여 희망에 부풀었다. 결국에는 33만 인구 규모로 조정이 되었지만.

국방부도 마장면으로의 이전에 만족하고 주민도 군부대 이전을 기회로 부유한 마을로의 도약을 시도함으로써 군부대 이전 문제는 일단락을 지었다.

시작이 있으면 언젠가는 끝이 있는 법. 끝이 보이지 않던 군부대 이전 문제가 해결되고 나니 모처럼 긴장이 풀리면서 안도의 한숨이 나왔다. 봄에 불거진 문제가 가을에 들어서서야 겨우 해결의 실마리를 찾은 것이었다. 세월이 어떻게 흘러갔는지 무엇을 먹고 무엇을 입고 어떻게 잠을 자며 살았는지 대부분 기억에 없었다. 산수유 꽃 축제를 준비하면 봄인가보다 하고 홍수가 나면 여름인가보다 하는 차원으로 계절을 느꼈다. 쌀을 팔 때가 되었으면 가을이고 온천 홍보에 나서야 하면 겨울임을 깨달았다. 그래도 고단하다는 생각은 들지 않았다. 외면적으로

나 내면적으로 하루하루 달라져가는 이천이 가슴 뿌듯하고 기뻐하는 시민들의 칭찬을 들으면 보람이 느껴졌다.

규탄 대회, 대규모 시민 집회를 열며 투쟁하는 중에도 틈틈이 축제들을 열어 이천을 알리고 전에 없이 성황리에 잘 치러냈다. 복숭아 축제, 도자기 축제, 쌀 축제 어느 것 하나 소홀히 할 수 없는 우리 이천의 자랑이고 수입의 원천이었다. 내 눈에 보이는 것은 다 이천의 수입이고 이천의 명물이었다. 해야 할 일, 하고 싶은 일이 너무 많았고 하루가 24시간이 아니라 3~40시간쯤 되면 좋겠다는 생각을 했다. 또 내 몸뚱이가 최소한 3개만 되면 하고 싶은 일을 마음 놓고 밀어붙일 수 있겠다는 생각도 들었다.

그동안 내가 마냥 편안하고 안일하게만 살아온 사람은 분명 아니었지만 이렇게 어깨가 무겁고 이렇게 고민하면서 살아본 적은 없는 것 같았다. 그저 나 하나만 정직하고 성실하게 책임을 다하면 된다고 생각하며 열심히 살던 공무원 때와는 또 다른 무게가 내 어깨에 실려 있음을 절감해야만 했다. 나는 어린 시절부터 단 한 번도 나태하게 살아본 기억이 없다. 빈둥빈둥 뒹굴면서 살면 큰일 나는 줄 알았다. 밥값을 못하면 당연히 굶어야 되는 줄 알았다. 밥값을 하고 살면서도 굶는 것을 겨우 면하며 살아야 했던 어린 시절, 그 시절은 유난히도 배가 고팠던 기억이 제일 선명하다.

군부대 이전 문제가 타결되고 나니 그제야 신세타령이 흘러
나왔다.

군부대 이전 반대 투쟁

군부대 이전이 가져온 지역 사회의 파급 효과

이주 보상 합의가 이루어짐에 따라 계약이 체결되어 한시름 놓은 것도 잠시였다. 어렵게 군부대 이전을 수용했음에도 불구하고 마장지구, 중리지구의 택지 개발은 수익성이 부족하다는 이유로 자꾸 지연되고 있었다. 주민들은 이러지도 저러지도 못하고 불평불만의 소리는 커져갔다.

정작 속이 타는 사람은 국방부와 주민의 중재 역할을 하고 뒷 책임을 지겠다며 설득했던 이천의 시장 바로 나였다. 나는 우리 주민의 소리를 피할 수도 없었고 그들의 애타는 심정을 아는 터라 어떻게든 해결해 보려고 이리 뛰고 저리 뛰었다. 당시 LH공사 사장이 나를 만나주지 않아 아는 지인의 도움으로 그가 나타나는 자리에 대해 미리 정보를 입수하고 그곳으로 달려가 그를 붙들고 거리 면담을 벌이기도 했다. 그가 어느 장례식장에 문상 올 것이라는 정보를 듣고 장례식장에도 가고, 어느 집 결혼식장에 나타날 것이라는 말에 남의 집 결혼식장에 가서도 그를 만났다. 이사장과 이야기 하다가 화가 치민 내 언성이 높아져 장례식장 손님들이나 결혼식 하객들이 힐끗힐끗 우리를 쳐다보기도 했다. 동냥을 구걸하는 거지도 아니면서 문전박대 당하는 설움도 큰데 우리 시민들이 당하고 있는 고통에 대해서나 몰라라하는 그의 행동에 대해서 더 참을 수가 없었다. '얼마나 애가 타면 한 지역의 시장이 여기까지 나를 만나러 왔을까' 하는 배려는 전혀 엿보이지 않았고 어서 그 자리를 모면하려는 성의 없는 답변과 표정에 화가 치민 것이었다.

"당신네들, 그 따위 식으로 우리 이천을 기만하고도 무사할 줄 압니까? 절대로 그냥 넘기지 않고 책임을 물을 겁니다."

작은 시의 시장이 대한민국의 나라님과 호형호제하는 고관대작 앞에서 겁 없이 고함치는 그 용기가 어디에서 나왔는지 나도 알 수 없었다. 오로지 입술이 바짝 마르도록 속 타는 우리 이천 시민이 눈에 밟히고, 손마디 굵은 거친 손으로 눈물 닦을 우리 시민이 가여워서 소리쳤을 것이다. 멱살이라도 잡고 싶은 심정을 억지로 참은 것만도 다행이었다.

시작이 있으면 언젠가 끝도 있는 법, LH공사 사장이 바뀌고 또 협상은 계속되고 그러면서 하나 둘 타결이 이루어졌다.

그렇게 타결된 군부대 이전과 인센티브는 상상했던 것보다 훨씬 큰 경제 발전과 효과를 가져왔다. 해당 지역뿐 아니라 이천시 전체가 생기를 얻고 자족도시 계획을 앞당기는 발판이 되었다. 이천시 발전이 10년 이상 앞당겨질 '전화위복'의 기회라 해도 과언이 아니었다. 시에서 희망하는 요구 사항을 실무협상단과 협의하여 특전사 부대이전계획을 수립하였는데 이에 따른 국방부의 인센티브 사업은 다음과 같았다.

내용을 살펴보면 낙후되었던 마장면 일대에 혁신적인 미니 신도시 하나가 만들어지는 계획이었다.

① 특전사 부대 이전 계획

소요부지 : 107만평

군인 APT : 867세대 규모

이주예상 직업군인 : 2,500여 명

② 군사시설 보호구역과 군부대 이전 대상지 조건

수용되는 군부대 부지 경계선 안으로만 군사시설 보호구역 설정 (법적 구속력을 갖는 협약 체결)

※ 따라서, 주민들의 재산권 행사에 아무런 제약 받지 않음.

최대한 임야만을 군부대 이전 부지로 설정

③ 특전사 이전 수용시 이천시에 대한 지원

 1) 행정타운 인근 택지개발 추진

   면적 : 61만㎡

   택지개발 지역 내 도시 시설용지 확보

   이천시 2020도시기본계획인구 규모조정과 연계

   오염총량 관리계획 수립 후 토지공사에서 개발추진

 2) 하수처리장 건설 지원 (소요예산 :46억 원)

   2016년까지 815톤 규모 하수처리장 건설 지원

 3) 오염총량 관리계획 수립용역비 지원(2억 원)

   환경부 오염총량관리계획 조기 승인 협조

 4) 2,000억 투자 36홀 규모 골프장 건설 (희망할 경우)

 5) 성남~여주 간 전철 조기 착수 및 신설 국도 3호선 조기완
   공 협조

④ 해당 지역에 대한 지원

 1) 군 아파트를 지역 내 건설 (867세대)

 2) 적정한 이주보상 및 이주 대상자 이주단지 조성(이주 주
   민이 희망하는 지역에 조성)

 3) 마을회관, 노인정, 도서관 등 주민 복지시설 건립(약 30
   억 원)

 4) 주변도로, 상수도 등 확충 (약 550억 원 규모)

※ 해당 지역주변 국도, 고속국도 등과 연결되는 4차선 이상
  의 도로 개설

5) 학교시설 개선 (약 30억 원)

6) 특전사 체육시설, 강당, 병원 등 복지시설을 주민이 공동
  이용

7) 69만㎡의 택지개발 조성

8) 해당 지역의 주민 요구사항 최대한 반영

⑤ 주민숙원사업 포함

2010년 3월 17일, 시에서 희망하는 요구 사항을 실무협상단과 협의 추진한 결과 이천시-한국토지주택공사(이하 'LH공사')간 특전사 이전에 따른 인센티브사업비 지원 협약을 체결했다. 협약을 체결하기까지 걸린 시간은 무려 3년이나 되었다. 이천 내적으로는 수차례 주민설명회를 가지면서 해당 지역 주민들의 요구 사항을 수렴하고 이천 외적으로는 국방부, 국토부, LH 공사, 경기청, 서울청을 드나들며 협의에 또 협의를 계속해 나갔다. 특전사 이전사업 시설공사와 함께 610억 원 규모의 이천시 지원 사업도 함께 착수하기로 하였고 한국토지주택공사, 군부대 이전에 따른 인센티브사업비 610억 원을 협약 당해 연도부터 이천시에 연차별 지원키로 하였다. 2010년 협약에는 지난 2007년 정부의 부동산 정책의 일환으로 서울시 송파구에 소

재한 특전사가 이천시로 이전하기로 결정됨에 따른 국방부와 LH공사에서 약속한 지원금 610억 원의 지원 시기와 범위, 방법 등에 대한 내용이 상세히 담겨 있다. 이 협약체결로 당 해 년도부터 마장면 지역에는 총 610억 원의 지원금이 이천시 집행계획에 따라 연차적으로 집행되는데, 분야별로는 도로확충사업 등에 550억 원, 주민복지사업에 30억 원, 교육지원 사업에 30억 원을 사용토록 하였다. 이천시와 LH공사 간에 지원금의 규모와 사업범위에 대한 이견으로 협약서 합의에 많은 어려움도 있었다.

지난 2007년도부터 2009년까지 이천시-국방부-LH공사-주민대표 간에는 14차례의 실무협의 회의를 가졌고 이천시-LH공사 실무자 간에 수십 차례의 실무자 협의를 통하여 합의점에 도달할 수 있었다. 이러한 장기간의 팽팽한 협의 끝에 이천시는 효과적인 협상을 이뤄내어 당초 지원 예정이었던 610억 원 이외에도, '관리(장암~회억~양촌간)대체 도로 신설'과 '지방도 325호선(관3리~양촌간) 4차로 확장' 사업 등 약 750억 원 규모의 2개 사업을 추가로 확정지었으며 LH공사에서 시행하기로 합의가 되었다. 팽팽하게 밀고 당기는 지루한 협상 결과 이천은 대체적으로 만족한 합의를 이루어냈다는 평가를 내렸다. LH공사 관계자도 '특전사 이전으로 많은 시련을 겪었던 마장지역 주민들에게 큰 선물이 되었으면 좋겠다는 생각으로 고민 끝에 추가 사업을 결정하게 되었다'는 뜻을 전했다. 이외에도 이천시는 국방부와 LH공사가 특전사 이전과 택지개발에 따른 상·하수도 분담금 등 453억 원을 부담하게 됨에 따라 총 지원 금액은 1,200억 원에 달했다. 특전사 이전 사업은 수용지역의 보상률이 협약 체결 무렵 99%에 이른 가운데 2010년 4월 실시설계에 들어가, 하반기부터 공사에 착공하여 연차적으로 준공되고 있다. 이천시 지원사업도 협약체결에 따라 2010년도 추경예산에 편성하고 설계에 들어가 특전사 이전사업과 함께 정상 추진되었다.

만족할만한 협약 체결을 이루고 인센티브 사업 지원금을 약속받았다고 다 끝난 일은 아니었으며 사업들이 연차적으로 추진되는 동안도 마냥 순조롭기만 했던 것은 아니었다. 마장지구, 중리지구 택지개발을 진행하는 동안 경기 침체가 이어졌던 탓에 LH 공사가 사업 승인을 하지 않은 채 중단하는 위기도 있었고, 약속이 이행되지 않자 주민들의 반발과 원망이 나에게 쏟아지기도 했었다. 그때마다 나는 온갖 지혜를 짜내고 방법을 동원해가며 재촉하고 압박하고 설득해가며 고비고비를 넘겼다.

이제 큰 고비는 다 넘겨 택지개발 준공으로 입주자 분양이 시작되었으며 군인 숙소가 완공되어 군부대 이전이 이루어졌다. 군부대 이주민과 인근 지역 주민과의 화합으로 지역 발전을 도모하고 있다. 개발된 택지에 아파트가 완공되어 입주가 시작되면 인구는 기하급수적으로 증가하게 되고 2020년에는 인구 증가 계획을 다시 세워야 하는 33만 자족도시 목표를 달성하게 될 것이다.

과정은 힘들고 아팠지만 그 고비를 슬기롭게 넘기고 얻어진 값진 이천의 발전은 여기에서 끝나지 않을 것임을 나는 확신한다.

물류 창고 대형 화재 - 새해 벽두의 화재 참사

힘들게 취임한지 한 해 반이 흘러가고 2008년이 밝아 왔다.

나는 1월 1일 설봉산 칼바위 해돋이 행사에서 진심을 다해 소원을 빌었다.

"천지에 계시는 모든 신명님이시여! 금년 한 해는 우리 이천 시민이 그저 무해 무탈하게 지낼 수 있도록 도와주십시오. 작년처럼 어려운 일이 닥치지 않도록 해 주시고 제게 우리 시민들을 잘 이끌어 나갈 지혜를 주셔서 모쪼록 이천이 편안하고 시민이 편안하도록 보살펴 주소서."

2007년 내내 20회에 가까운 촛불집회와 대규모 시위와 원정 걸기 대회로 이천을 위해 일할 시간을 많이 뺏겼던 나는 2008년을 맞아 새로운 계획들을 차근차근 진행 시킬 참이었다. 변수만 생기지 않는다면 하고 싶은 일을 순차적으로 완성시킬 수 있을 것 같았다.

　나는 신년을 맞아 새로운 각오로 연두 순시에 나섰다. 농촌을 안고 있는 농업 도시에서는 무엇보다도 직접 보고 느끼는 일이 제일 중요해서 나는 꼭 청사에서 업무를 봐야 되는 일이 아니면 읍면으로 부지런히 발품을 팔았다. 시민들을 만나보고 문제점을 눈으로 확인하고 해결 방안을 찾는 것이 제일 현명하고 빠른 일임을 나는 절실하게 느끼고 있었다.

　2008년 1월 7일. 그날도 나는 아침부터 대월면에 나가 연두 순시 중이었다. 시청에서 연락이 왔다.

　"시장님, 호법 유산리에 있는 물류 창고 코리아에 화재가 났답니다. 나가 보셔야죠?"

물류창고 화재

"내가 여기 순시 중이니까 부시장한테 먼저 나가 보라고 하세요. 현장에 가서 보고해 주고."

나는 얼마나 큰 화재일지 짐작도 하지 못한 채 우선 부시장부터 현장으로 보냈다. 면장들에게서 그 지역에 대한 보고를 받으면서도 자꾸 신경이 쓰였다. 잠시 후 부시장이 다급한 목소리로 전화를 걸어왔다.

"시장님, 나와 보셔야겠습니다. 인명 피해가 큰 것 같습니다. 아직 안에 사람들이……"

나는 뒷말을 더 들을 필요가 없었다. 인명 피해가 크다는데 더 무슨 소리가 들리겠는가. 기사를 독촉해 가며 현장으로 달려갔다. 화재 현장에 도착하니 그야말로 아비규환이었다.

"안에 사람들이 있어요. 사람들이 못 나왔다고요."

사람들은 소리쳤고 구경꾼은 손으로 입을 막고 발을 동동 굴렀다. 소방차와 경찰차와 앰뷸런스가 뒤섞여 대기 중이었고 지켜보는 사람들 중에는 안에 자기 동료들이 있다며 겁에 질려 우는 이도 있었다. 몇 킬로미터 전방에서 보아도 큰 화재임을 짐작할 수 있을 정도로 시꺼먼 연기가 피어오르고 있었고 현장 근처에는 지독한 유독가스 때문에 접근할 수가 없었다. 시와 도에서는 700여 명의 소방관과 경찰을 투입했다. 구급차와 펌프차가 200여대나 출동해 화재를 진압하고 있었으나 유독가스 때문에 접근이 불가능한 지경이었다.

"도대체 언제 화재가 난 거야?"

나는 이 지경이 될 정도면 얼마나 많은 시간이 흘렀는지, 조치는 곧바로 이루어졌는지 알아야 했다.

"아침 작업을 시작하면서 우레탄 발포 작업을 한 모양입니다."

아침 10시 45분쯤 우레탄 발포 작업 준비 중에 시너로 인해 유증기에 착화되면서 불이 번지기 시작한 걸로 추정한다는 것이었다. 곧바로 화재 신고를 했고 소방차도 재빠르게 출동했지만 물류 창고의 내장재 등이 모두 가연성 자재여서 순식간에 불길이 번졌다고 했다.

나는 우선 경찰들에게 구경꾼들부터 돌려보내도록 종용했다. 유독가스 때문에 위험할 뿐 아니라 구경꾼이 너무 많아 화재 진압에 지장을 받을 수 있어서였다. 구경꾼들을 돌려보내고 나니 한결 넓은 공간이 확보되고 정신을 차릴 수가 있었다.

김문수 도지사는 안성 출장 중에 이천 화재 소식을 듣고 곧바로 현장으로 달려왔다. 소방대원들은 불에 탄 시신들을 불더미 속에서 밖으로 모셔왔다. 일그러지고 쭈그러진 시신들은 형태를 알아볼 수 없을 정도였다. 숯검정이가 된 시신들이 대부분이었다. 시신들은 인근 병원으로 이송되었다. 피해 상황은 심각했다. 김 지사도 끔찍한 현장을 보고 할 말을 잃은 듯 했다.

"피해를 최소화하고 희생자들의 명복을 빌 수 있도록 뒤처리를 잘 부탁합니다. 저도 힘껏 돕겠습니다."

지사는 나에게 당부를 하고 심난한 얼굴로 자리를 떠났다. 그는 도道 신관 1층에 재난상황실을 설치하여 화재 사고 수습 상황을 체크하고 피해 복구를 적극 지원하겠다고 약속했다. 나는 지사를 배웅하고 청사로 들어가 급히 대책회의를 소집했다. 재난본부를 설치하고 분향소를 차려야 하는 일이 시급했다.

나는 그날 즉각 시장인 나를 본부장으로 하여 사고수습대책본부를 설치하고 24시간 재난상황실 운영과 함께 전 직원들의 비상근무를 발령했다. 이천시는 이천소방서와 합동으로 총괄 행정을 맡고 우선 인명구조, 의료구호, 장례대책, 예산 등 5개 반으로 구성된 재난대책본부의 운영을 시작했다. 부상자들의 응급치료와 이송 등에 필요한 모든 것을 적극 지원하라 일렀다.

합동분향소를 마련하고 나서 유가족 지원반, 장례 대책반, 외국인 유가족 지원반, 자원봉사반, 성금 지원반 등 11개 반으로 사고수습대책반을 재편성하여 24시간 상황에 대처했다.

장례와 보상절차는 사고 원인이 확인되는 대로 유가족 측과 협의해서 결정하기로 하였다. 다행히도 (주)코리아 2000 측에서는 LIG 보험회사에 화재보험이 가입되어 있었다. 보험금은 152억 9천만 원이었다.

발 빠르게 창전동에 있는 이천 시민회관 전시실에 합동분향소를 마련한 일은 유족들을 위해서도 참으로 잘한 일이었다.

그들은 우왕좌왕하지 않고 한 곳에 모여서 모든 정보와 의논과 요구를 할 수 있는 장소가 있어 큰 위안이 되었다고들 했다.

뉴스를 통해 40명의 참사 소식이 전 국민에게 알려졌다.

물류 창고 화재사고는 그간 재난 재해가 없기로 소문난 이천 지역의 최대 인재라는 점에서 씻을 수 없는 오명으로 남게 된 것이다. 나는 그 점이 마음에 걸렸다. 이천의 이미지가 흐려질 수 있기 때문이었다. 하지만 유사 이래 첫 대형 화재사고를 접한 이천시의 발 빠른 상황 대응과 중재 노력은 두고두고 훌륭한 모범 답안이 되고 있다.

다음 날인 1월 8일 9시 30분에 시민회관에서 관계기관 대책 회의를 열고 국립과학수사연구소가 주관하는 유가족 설명회를 개최하는 등 성심을 다했다. 이천시 부발읍 의용소방대에서는 사고 직후 사고 수습 소방대원들을 위해 사고 현장에서 급식을 제공하는 열성을 보이기도 했다.

이천적십자사를 비롯한 여성의용소방대, 여성단체협의회 등 많은 단체의 회원들은 8일 새벽 3시부터 300여 명분의 식사를 급히 준비하여 추위에 떠는 구조대원들에게 제공함으로써 대원들이 구조에만 전념할 수 있도록 도왔다. 시민회관에서는 유가족들의 숙소와 식사가 불편 없이 제공되고 자원봉사자들의 정성어린 보살핌으로 유족들을 위로했다. 자원봉사자들도 단련이 된 듯 익숙한 행동으로 척척 손발이 잘 맞았다. 시민들이 정성껏 준비한 음식을 일일이 유족들에게 가져다 드리면서 위로의 말을 건넬 때 유족들은 그들의 손을 잡고 슬피 울었다. 몇 번의 시민대규모 집회를 치러 본 시민들은 조직적이고도 체계적인 협조 체제에 돌입하는 데에 긴 시간이 필요하지 않았다. 일손도 빠르고 비상 연락도 조속히 이루어졌다. 나는 이천 시민의 단결력을 한 번 더 확인하는 기회가 되기도 하였다. 이렇게 합심이 잘 되는 시민들과 못 할 것이 없다는 든든한 마음이 들었다.

나는 현장 담당 직원들과 시민회관 담당 직원들에게 몇 번이고 주의를 주었다.

"무조건적으로 최대한 도와드리고 어떤 요구, 어떤 말을 하더라도 섭섭한 말은 단 한 마디도 입 밖으로 내뱉지 않도록 조심들해요. 그분들은 지금 큰 슬픔을 당한 사람들이니 신경이 예민해 있을 거요. 그러니 진심으로 가슴 아파하는 마음을 가지고 도와드리세요."

이명박 대통령 당선자가 합동분향소를 다녀가자 박근혜, 이재오 의원들이 유족을 위로하고 재난 상황에 있는 이천을 격려하러 내려왔다.

"화재 원인을 철저히 규명해서 다시는 이런 사고가 없도록 만반의 예방을 해야 될 겁니다."

그들은 시장인 나에게 형식적인 그 말을 잊지 않았다. 염려하며 방문해준 것은 고마운 일이나 피해 수습에 정신이 없는 나로서는 그들을 맞이하는 일이 오히려 번거로운 일이었다.

피해상황이 속속 집계되어 보고가 들어왔다. 인명피해는 50명(사망 40, 부상 10명)이었고 재산피해 71억 5천만 원으로 추정되었다. 사망자 중 몇 사람을 빼고는 대부분 젊고 가난한 사람들이어서 더욱 안타까웠다. 중국에서 돈 벌어 잘 살아보겠다고 온 조선족 근로자들도 상당수였다. 가족을 중국에 두고 고생하다가 희생당한 그들을 보자 눈시울이 뜨거워져 무슨 말로 위로를 해야 할지 입을 열 수가 없었다. 이천의료원, 효자원 장례식장, 여주 고려병원, 용인 서울병원, 용인 사랑의 병원, 용인 세브란스병원, 장호원 성모병원, 장호원 송산장례식장 등에 시신을 모셔 놓고 장례도 치르지 못하는 유가족의 심정이 오죽할까 싶었다. 이런 가운데 그나마 다행스럽게도 이을순 씨의 장례가 곧 치러질 예정이라는 소식이 들려왔다. 화재 사고로 사망한 이을순(여·55)씨의 시신 인도를 줄곧 요구해 온 유족들은 10일 국과수로부터 시신 인도가 가능하다는 통보를 받고 장례식장(이천효자원)측과 입관 절차를 협의하고 있다는 것이었다. 첫 장례식이 치러지면 나머지 유가족들의 마음에도 변화가 일어날 것이라는 기대감도 없지 않았다.

화재로 인해 시신이 심하게 훼손된 일부 사망자는 국과수에 DNA검사를 의뢰하였기 때문에 신원 확인에 다소 시일이 걸릴 것으로 보였다. 숨진 40명중 10명의 신원은 확인되었으나 나머지 30명은 시신의 손상 정도가 심한 시신이거나 일용직 근로자로 얼굴 등 신상정보 파악이 어려워 유전자 감식을 통해 신원을 확인해야만 하는 상황이었다.

이런 상황에서도 어떤 어머니는 옷도 소지품도 아무 것도 없는 손상된 시신들 중에서 자식의 시신을 찾아내어 주변 사람들을 놀라게 했다.

"이 시신이 제 아들입니다."

"형체도 알아 볼 수 없는데 뭘 보고 장담하십니까?"

관계자가 국과수에 신원을 확인하자고 했지만 어머니는 거절했다.

"어미가 제 자식을 어찌 몰라 볼 수가 있겠어요? 내 자식 맞아요. 맞다니까요."

미심쩍은 나머지 관계자는 기어이 DNA 검사를 실시했다. 그 결과 아주머니가 말한 대로 그 시신은 그녀의 아들이 맞았다. 역시 어머니와 자식 간에는 남들이 모르는 뭔가가 있는 가보다 생각하니 가슴이 찌르르 해 왔다.

경기 지방 경찰청에서는 경찰관 51명으로 구성된 수사 전담반을 편성하여 화재 경위와 사망자 신원확인에 주력했다. 또 시청에서의 인허가 비리는 없었는지 관계자들을 차례로 불러들여 조사를 했지만 단 한 건의 비리도 적발되지 않았다.

전국에 이천 화재 참사 소식이 전해지자 이천 참사 유가족을 돕기 위한 온정의 물결이 각지에서 답지하여 훈훈한 감동과 함께 희생자 유가족들에게 힘이 되었다. 피해 유가족을 돕기 위해 사고 다음날인 8일 안동시에서 5백만 원을 보내준 것을 시작으로 경기도 의회, 대한불교 종단협의회 27개 총무원장단, 경기도 여성단체협의회 등에서 유족을 돕기 위한 성금이 속속 도착하는 등 12일까지 피해자 유족을 돕기 위한 성금이 2천 9백여만 원이나 도착했다.

(주)한미파슨스건축사무소에서는 화재사고를 당한 중국인 피해자를 지정하여 지원금으로 1천만 원을 보내왔다. 이천시 기독교 연합회는 희생자 유가족을 돕기 위해 2천만 원을 지원하기로 약속하고 국과수에 의해 신원이 밝혀진 18명의 유족들에 대해 우선 50만원씩 위로금을 전달했다.

나는 직원들에게만 맡겨두지 않고 매일 아침 시민회관에 들러 유족들의 심신을 살피며 인사를 나누고 그들의 요구 조건을 귀담아 들어 주었다. 그들에게 그것이 위안이 된다면 얼마든지 그렇게 해주고 싶었다. 밤늦게까지 대책본부에 있다가 퇴근하는 것이 내 마지막 일과였다. 시장의 직분으로 맡겨진 일을 안 할 수 없는 노릇이어서 재난상황실에만 매달릴 수도 없었다. 시간은 없고 대외적인 일은 봐야겠기에 유족들의 고통을 십분의 일이나마 같이 나눈다는 마음으로 잠 잘 시간을 줄였다. 유족 대표들도 나와 우리 직원들의 진심을 알아주는 눈치였다.

"바쁘실 텐데 들어가서서 일 보세요. 양쪽이 다 좋은 쪽으로
빨리 해결 볼 생각입니다."

내가 아침저녁으로 유족들을 찾아보고 일이 끝난 밤에도 그
들을 보러 들르면 오히려 그들이 더 미안해하며 내 등을 떠밀었
다.

"어서 돌아가신 분 장례식을 치르고 장지로 편안히 모셔야지
요. 저는 여러분들 편에 서서 중재를 하고 있습니다."

내 말은 사실이었다. 나는 적극적으로 중재에 나섰고 코리아
냉동 측을 설득하고 양보를 권유했다. 사고 7일 만에 조기 타결
을 본 것은 큰 수확이었다. 유가족과 업체 간의 보상 합의가 수
습 국면에 접어들자 나는 중재자로서의 역할에 보람을 느꼈다.
일주일간 3차에 걸쳐 마라톤협상을 벌여온 사망자 유가족 대표
단과 코리아냉동은 사고 일주일 만인 14일 새벽 2시께 최종 서
명을 마쳤다. 12일 3차 협상이 관건이었는데 그날 오전 11시부
터 저녁 8시까지 격렬하고도 진지한 마라톤협상이 벌어졌다.
수차례 결렬 위기가 있을 때마다 내가 나서서 양측을 설득시켰
다.

"이러지 말고 양 쪽이 반반씩 양보하면 어때요? 나가지 말고
여기 앉아 봐요."

일어서서 회의장을 나가려는 양측 대표들을 달래어 의자에

앉혔다. 차 한 잔씩을 마시고 다시 협상이 재개되기를 여러 차
례 거듭하다가 8시 경에 잠정합의의 가능성은 보였지만 최종
결정을 이끌어내지 못했다.

드디어 14일. 그날 저녁 무렵에 시작된 협상은 밤 12시가 넘
은 시간에도 팽팽하게 맞서기만 할 뿐 진전이 없자 내가 최종
적으로 협상안을 제의했다. 내 적극적인 중재 하에 밤을 넘기
면서 양측이 한 발짝씩 물러나는 기미가 보였다. 새벽 1시가 되
어서야 최종 합의에 도달하고 2시에 완전히 합의했다. 합의 후
대표들과 인사를 나누려고 일어서다가 나는 의자에 도로 털썩
주저앉았다. 화재 이후 극도로 피로가 쌓여 있는데다가 신경을
곤두세우면서 양측을 달래느라 혈압이 높아졌던 모양이었다.
안 그래도 원래 혈압이 높아 집에서 혈압 조심하라고 걱정하던
말이 생각났다. 다들 협상이 타결된 것에 정신이 팔려 내 건강
상태는 눈치채지 못한 것 같았다. 잠시 진정한 끝에 나도 그들
과 악수를 나누었다. 또 하루를 넘기는 것 같아 실망하던 차에
극적으로 합의가 이루어지자 직원들도 피로를 잊고 안도의 한
숨을 내쉬었다.

지난 1999년 있었던 화성 씨랜드 화재 사고(23명 사망)는 당
시 보상 합의 기간만 4개월 넘게 걸렸고, 2001년 광주 예지학
원 화재 사고(10명 사망)는 3개월, 2003년 대구지하철 방화사
고(160명 사망) 역시 4개월의 합의 기간이 소요됐던 것과 비교

하면 이천 사건은 놀라울 정도로 보상 합의가 신속히 이루어졌다.

호프만 식으로 보상금을 산정하는데 합의한 양측은 희생자 장례절차 이행 후 한 달 안에 3차에 걸쳐 합의금 지급 이행을 약속했다. 보상금 지급 대상의 확인이 어려운 경우 유가족과 회사 측의 합의하에 이천시가 보관했다가 지급하기로 보상 합의서에 명문화했다.

유족들은 산재보상금까지 합해 최저 1억4300만원에서 최고 2억9000만원까지 받게 되고 평균보상비는 2억1000만 원 정도였다. 유족 측에서도 대체로 만족한다는 뜻을 내비쳤다. 중국에서 온 조선족들은 그동안 정성으로 돌봐 준 이천시에 감사하다는 뜻을 전하기도 했다. 그날부터 유족들은 국과수로부터 신원이 확인된 시신이 인도되는 대로 개별 장례를 치르기로 하였다.

당초 코리아냉동은 사고가 난 물류창고가 회사 대표 공 모씨 개인 명의라며 보상 합의에 미온적이었으나, 이천시의 중재노력과 여론의 압박에 밀려 협상 테이블에 나섰고 12일 밤 대국민 사과에까지 이르게 되었던 것이다. 나는 회사 측과 수차례 만나 태안 기름 유출 사고가 장기간 타결을 보지 못해 입은 양측의 피해를 예로 들면서 조기 타결만이 양측과 이천이 살 길이라고 설득했다. 그리고 내 힘이 닿는 한 복구 지원에 협조하겠다고 약속했다.

이천시 자원봉사센터를 통해 첫날부터 체계적인 자원봉사가 이루어진 것도 수습을 하는데 큰 몫을 했다고 보여진다. 또 경기도로부터 희생자 유가족을 위한 후원금 모금 계좌 허가를 받아낸 것도 전례에 없는 일이었다.

경기도와 출입국관리사무소 등 당국의 지원 요청을 통해 외국인 유가족의 입국 편의를 도왔고, 직원을 직접 파견해 공항에서부터 유족을 인도해 오기도 했다.

또 수원과 성남시에 소재한 화장장을 유족이 무료로, 우선해서 사용할 수 있도록 협조를 얻어냈다. 이천시가 진심을 다해 갖은 노력과 성의를 보임으로써 유족 측과 코리아냉동은 큰 마찰 없이 빠른 해결을 보았다.

나와 우리 직원들의 적극적인 중재로 사고 발생 일주일 만인 14일 유가족과 코리아냉동 간에 보상 합의가 극적 타결된데 이어 국과수에서는 40명의 사망 희생자 신원이 모두 확인되었다는 소식을 전해왔다. 우즈베키스탄 희생자 누알리(남·43) 씨를 제외한 내외국인 39명의 장례가 1월 20일자로 마무리 되도록 하는 데는 시의 행정적 지원이 큰 몫을 했음을 나는 자신 있게 말할 수 있다.

이천 시민과 우리 직원과 내가 할 수 있는 모든 노력은 다 했다고 자랑하고 싶다. 끝까지 자원 봉사를 소홀히 하지 않은 시민들에게도, 밤샘을 마다 않고 대책 본부를 지켜준 우리 직원들에게도, 내가 밖에 나가 일을 보는 동안 청사 안에서 내 몫의 업무까지도 꼼꼼히 챙긴 국·과장과 직원들에게도 감사함을 전하고 싶었다.

나는 1월 22일 이천 냉동창고 화재사고와 관련하여 '그동안 직원들이 사고수습에 최선을 다해주어서 큰 시련이 조기에 수습될 수 있었다'는 내용의 감사 편지를 내부 전산망을 통해 이천시 전 직원들에게 보냈다.

'코리아냉동창고 화재사건 관련 직원 여러분께 드리는 글'이라는 두 페이지짜리 편지를 통해 나의 진심어린 감사의 뜻을 전했다.

"그간 아무런 불평 없이 지친 몸을 이끌며 망자들의 유족과 부상자들의 고통을 함께하며 밤낮없이 사고 수습에 임해준 직원 여러분에게 진심으로 고맙다는 말을 전합니다."

개인적인 마음으로야 휴가라도 주고 싶고 포상금이라도 주고 싶은 심정이었으나 행정이라는 것이 그리 여의치 못해 글로라도 뜻을 전하고자 했다.

"하이닉스 공장 증설, 군부대 이전 문제 등 지난 한 해 겪었던 어려움을 딛고 새해를 힘차게 열었으나, 뜻하지 않은 대형 화재 사건이 발생해 새해 벽두부터 큰 시련을 겪어야만 했습니다. 그러나 직원들이 나의 일처럼 적극 대처해 7일이라는 빠른 시일에 보상 합의가 이루어졌고, 장례 절차까지 무사히 마치는 등 여타 재난 사고의 수습과 대처에 있어 훌륭한 사례가 되고 있다는 평을 받고 있습니다. 이 모두가 여러분들의 덕입니다."

나는 그들 모두가 내 식구라는 더 깊은 애정과 믿음이 내 안에서 용솟음치는 것을 느꼈다. 눈물겹게도 그들이 나를 믿고 따라주고 있다는 실증을 보여준 것 같았다. 나는 그들을 더 잘 살게, 더 신나게 살 수 있도록 해주어야 한다는 사명감에 젖어 다시금 업무를 시작했다.

1월 7일 대월면을 시작으로 2월 1일까지 관내 14개 읍면동을 순회하며 주민 건의사항을 현장 수렴하는 시민과의 대화를 갖고, 주요 사업장과 민생 현장을 둘러볼 계획이었다. 그러나 첫날인 7일 대월면 주민과의 대화를 갖던 도중 냉동창고 화재소식을 접하고 사고 수습과 대책 마련에 비상이 걸리면서 이후 일정이 전면 중단됐었다. 그동안 사고수습대책본부를 설치하고 24시간 재난상황실 운영과 함께 전 공무원 교대 비상근무를 발령하여 대형 화재사고 수습에 전 행정력을 쏟았었다.

시는 1월 19일 오후 비상근무 체제를 해제했고 나는 사고 보름 만에 중단했던 새해 연두 순시 겸 시민과의 대화를 23일부터 재개했다. 불의의 화재 사고로 그동안 차질을 빚어 왔던 주요 일정이 정상화되어 가기 시작했다. 나는 더 큰 애정을 가지고 시민과의 대화에 임했다. 시민과의 대화를 통해 흐트러진

민심을 수습하고 시민들의 다양한 목소리를 시정에 반영할 계획이었다.

나는 화재 사건이 마무리 되자 흐려진 이천의 이미지를 쇄신할 수 있는 방법을 찾아 고심했다. 고민 끝에 두 가지 일을 벌이기로 결심하고 간부들에게 의견을 물었다.

"대대적인 이천 시민 헌혈 운동과 도민체육대회를 유치해서 이천의 이미지를 새롭게 할 생각인데 그걸로 이미지 변신이 가능할까?"

"좋은 생각인 것 같습니다. 헌혈이라는 것이 일종의 희생과 봉사 정신 없이는 행하기 어려운 일이잖습니까? 또 도민체육대회는 이천 시민의 단결과 대외적인 이천 홍보의 두 가지를 다 얻을 수 있는 행사니까 도움이 되겠는데요."

참모들은 적극적으로 헌혈 운동을 펼치고 도민체육대회를 유치해 보자고 결정을 보았다.

「2000 사랑 나눔 헌혈운동」으로 타이틀을 정하고 시민 2천여 명이 참여하는 대규모 범시민 헌혈운동을 전개할 계획을 세웠다. 계획이 서자 망설일 것 없이 곧바로 시행 세부 사항을 만드는 일에 착수했다. 날더러 38년간 토목 건설 일을 하면서 매일 길 닦는 일만 하더니 행정도 길 닦듯이 밀어 붙인다고 '불도저'라는 별명을 붙여준 친구들이 있다.

"불도저라고 해도 좋고 노가다 십장이라고 해도 좋다. 서 있는 불도저만 아니라면 언제든지 오케이다."

나는 허심탄회한 자리에서 친구들이 놀릴 때 즐겁게 그 별명을 인정했다. 어떤 일이든지 심사숙고해서 결정하는 시간은 오래 걸리지만 결정하고 나서 밀어붙일 일은 내가 생각해도 시원시원하고 신속하게 해치웠다.

2007년에는 하이닉스 증설 불허와 군부대 이전 문제로 연일 집회와 시위가 있었고, 2008년 초에는 냉동창고 화재 사건으로 지역 이미지가 실추됨에 따라 「2000 사랑 나눔 헌혈운동」을 전개해 실추된 지역 이미지를 회복하겠다는 의지를 가지고 덤비는 일이었다. 망설일 필요가 없다고 판단되었다.

더불어 범시민 헌혈운동을 통해 현재 부족한 것으로 알려진 국내 혈액 수급 문제에 도움을 주고 헌혈에 대한 시민들의 자율적인 동참과 공감대를 형성하려는 뜻도 포함되어 있었다.

이천(2000)을 상징하는 의미에서 전체 이천 시민의 1%에 해당하는 2천여 명의 헌혈 동참을 목표로 추진하며 이를 위해 관내 학교와 군부대, 사회단체, 읍면동 등에 취지를 알리는 공문을 발송하고 협조와 동참을 당부했다. 사회단체장 연석회의를 열어 지역 사회단체 등의 참여 분위기가 확산되도록 도움도 요청할 생각이었다.

대한적십자사 경기도 혈액원과 경기도지사 동부 봉사관이

헌혈 차량과 봉사자를 지원하기로 했으며, 학교와 읍면동은 일정 별로 해당 지역을 방문해 실시하고 시 공무원과 사회단체 등은 시청 광장에서 헌혈을 하기로 하였다.

시 관계자들을 통해 학교와 사회단체 등에 헌혈 참여자와 일정, 혈액지원이 필요한 수혈자의 실태를 파악하고 이를 토대로 3월 31일부터 열흘간 지역을 순회하며 방문 헌혈을 실시했다. 이천시 여성단체협의회가 주관하고 대한적십자사 경기도 혈액원이 주최하며 이천시가 후원하는 것으로 가닥을 잡았다.

얼마나 많은 참여가 있을지 우려감이 없지 않았다. 막상 헌혈 운동이 전개되면서 나타난 결과는 예상보다 훨씬 반응이 좋았고 참여도가 높았다.

무려 8천여 명이 헌혈에 참여하는 결과를 낳았다. 당초 2천 명을 목표로 했던 참여 인원이 4배로 늘어나자 이천시는 자체 단체로는 처음으로 건강할 때 헌혈을 하고 헌혈자가 필요할 때 수혈을 받을 수 있도록 하는 혈액은행을 만들었다. 불행한 일은 8천여 명의 인원이 헌혈에 동참했지만 사용 가능한 혈액은 4천명에게서 채취한 것 뿐이었다. 당시 뉴스에는 이천시가 시위와 화재 등으로 실추한 이미지를 쇄신하기 위해 범시민운동으로 헌혈 운동을 벌이고 있다고 실시간으로 보도되었다. 전국민이 이천에 대해 다시 생각하는 계기가 됐음은 말할 나위도 없었다. 우리의 예상은 적중했다. 우리는 또 한 번 해냈다는 뿌듯한 느낌으로 결속되어져 갔다.

아픔을 겪은 후 그 아픔을 치유하는 방법도 여러 가지가 있겠지만 이천은 사건사고를 치르고는 언제나 한층 더 성숙된 모습으로 변모하는 특징을 내보였다. 나는 그때마다 이천의 미래 발전 가능성과 명품 도시 시민으로서의 숨어있는 면모를 발견하고는 내심 가슴 벅차한다.

앞에 말한 3가지 대형 사건은 나의 취임 초기에 벌어진 잊을 수 없는 시련이었고 아픔이었다. 그러나 지금 이 시점에서 돌아보면 그 고통들이 이천 발전에 기여하는 밑바탕이 되었고 성장의 동력이 되었음을 인정하지 않을 수 없다. 아무도 모르게 몇 번이나 눈물을 흘렸는지, 몇 번이나 신을 원망했는지, 몇 번이나 두 손 모으고 간절히 기도했는지는 기억하지 않아도 좋지만 그 단결, 그 협동심, 그 감동은 영원히 기억하고 싶다.

아픈 기억 중에 내 안사람의 투병 생활도 그냥 넘길 수 없는 한 부분이다.

아내에게는 무슨 말보다도 미안하다는 말을 가장 먼저 해야 할 것 같다.

이천을 위해서는 몸과 마음 어느 것도 아끼지 않고, 밤낮도 가리지 않으면서 뛰어다녔지만 아내와 아이들을 위해서는 그렇게 물불 안 가리고 헌신해 본 적이 없기 때문이다.

민선 5기 2선 시장으로 취임하여 조금 안정을 찾은 2010년 10월 어느 날 아내가 마루에 누웠다가 가슴에 이상한 멍울이 만져진다며 이상하다고 말했다.

"병원 가 봐."

나는 모처럼 집에서 쉬는 터라 무심히 그렇게 말하고 잊어버렸다. 병원에 조직검사를 의뢰한지 일주일 만에 아내에게 유방암이라는 진단이 내려졌다. 나는 가슴이 철렁 내려앉았었다.

"아, 나는 저 사람 얼굴을 어떻게 봐야 하나?"

제일 먼저 그 생각이 들면서 자책감에 몸이 떨려 왔다. 결혼 초 잠시만 제외하고는 내가 그 사람을 보호자로서 보살펴준 적이 없다는 죄책감으로 차마 아내 얼굴을 못 볼 것만 같았다. 근무하는 틈틈이 공부한답시고 집안 일 나 몰라라 했고, 내가 필요한 자격증 취득하느라 정신없었고, 승진을 계속하고, 공사 감독 맡아 경기도를 누비고, 시장 선거에 뛰어들어 맨발로 뛰고, 시장되어 이천만을 사랑했고…… 나를 위해서 살고 남을 위해서 살면서 아내는 늘 뒷전이었음을 어떻게 사과해야 할까? 그 생각만 내 머릿속을 맴돌았다.

공무원인 남편에게 누가 되고 폐가 될까봐 어느 자리에 가서도 앞에 나서지 못하고 묵묵히 일이나 하며 숨죽이고 살다가 그 스트레스로 병에 걸린 것이 틀림없었다. 모든 게 내 탓이라는 생각에 가슴이 미어지는 것처럼 아팠다.

"잘못 되는 일은 없겠지?"

차마 아내에게 그 말은 못했지만 이미 내 표정이 그렇게 말하고 있었던 모양이다.

"너무 걱정하지 말아요. 죽을 목숨이면 죽을 거고 살 목숨이면 살겠지요. 죽고 사는 거 다 내 마음대로 하는 거 아닌데 뭐."

집안 형제들까지 모두 독실한 가톨릭 신자이고 본인도 믿음이 강한 사람이라 그런지 아내는 오히려 담담하게 자신의 병을 받아들였다.

아내가 수술실에 들어갈 때 처음으로 아내 없이 살아갈 일이 암담했고 그제야 아내의 소중함을 깨달았다. 수술실에 들어갈 때도 아내가 나를 안심 시키고 들어갈 정도로 침착하고 차분했다. 그저 그냥 언제나 내 옆에 당연히 있는 사람으로만 생각하며 무심히 흘려보낸 아내의 역할이 절실하게 고마웠다. 그 사람이 있어서 아무 걱정 없이 내 할 일을 할 수 있었다는 것을 새삼 감사했다. 수술이 진행되는 동안 '이제 아내를 우선으로 살피고 잘 할 테니 제발 저 사람을 제 곁에 있을 수 있도록 살려주십시오' 하는 기도가 나도 모르게 내 입에서 흘러나왔다.

얼마간 아내 병을 걱정하며 마음을 졸였지만 강인한 의지력의 소유자인 아내는 그 병을 이겨냈다. 나는 어느 틈에 슬그머니 예전의 나로 돌아와 고집스럽게 3선 시장으로 취임했고 이제 그 모든 임기를 다 마쳤다.

이제 안심해도 된다는 암 치료 5년이 넘어가고 8년 차에 접어들자 아내의 암 걱정, 건강 걱정은 뒷전이 되었지만 임기를 끝내면서 가족에게 못 다한 가장 노릇을 하겠다는 마음은 변함이 없다. 퇴임하면 제일 먼저 아내와 단 둘이 제주도에서 한 달 살아보기와, 유럽도 못 가본 아내와 유럽 여행 가기를 실천에 옮길 것이다. 가톨릭 신자인 아내는 명소로 알려진 대성당이 있는 도시를 가고 싶어 했는데 퇴임 기념으로 꼭 그녀와 해외여행을 떠날 예정이다.

3장/
내 사랑 이천

시민과의 대화, 감사 콘서트

2018년 2월 20일부터 나는 관고동을 시작으로 14개 읍면동 '시민과의 대화'를 감사콘서트 형식으로 진행했다.

연두 순시라는 명분을 빌려서 시민과의 대화를 가진 이유는 마지막 임기를 끝내면서 일부러 시간을 만들지 않으면 시민들을 직접 만나 감사의 인사를 드릴 기회가 없을 것 같아서였다.

시민과의 대화는 20일 관고동과 중리동을 시작으로 2월 28일까지 14개 읍면동 주민들에게 12년간의 시정 소회와 함께 감사의 마음을 전하고 행정의 최일선에서 근무하는 읍면동 직원들을 격려하기 위해 마련되었다. 20일 진행된 관고동과 중리동 '시민과의 대화'에는 각급 기관·단체장, 이·통장, 새마을지도자 등 주민대표와 시민들 200여 명이 참석했다.

나는 2018년 한 해의 시정운영 방향과 비전을 제시하는 등

유종의 미에 초점을 맞추고 민선 4기에서 6기까지 12년간 함께 호흡해 준 시민들에게 감사의 마음을 전했다. 읍면동으로 다니며 감사 콘서트를 열면서 시민과 대화의 장을 마련하기를 정말 잘했다는 생각이 들었다. 나는 시장 인사에서 나의 진심을 담아 내 마음을 전하며 그분들께 고개를 숙였다.

"한 분 한 분 목소리에 귀기울이고 진정성 있는 소통으로 시민들이 원하는 시정을 펼치도록 남은 기간 동안도 끝까지 노력하겠습니다."

"하이닉스 공장증설, 군부대 유치, 물류 창고 화재사고 등 이천 시민의 응집력으로 못할 것이 없는 만큼 오는 7월 새로운 시장과 함께 더 큰 이천을 만들기를 진심으로 바랍니다."

시민과의 대화

나는 소회를 밝히는 동안 12년의 크고 작은 일들이 주마등같이 머리를 스치고 지나갔다. 하이닉스 증설 불허 규탄대회 이야기를 하다가 울컥 목이 메이기도 했다.

　중앙통 상가를 철시하고 규탄대회에 나서던 일과 대회 기금 마련을 위해 도예인들은 도자기나 미술품을 기부하고 시민들은 돈을 기부하여 자금을 만들던 일도 잊을 수 없었다. 그 기금이 무려 3억 원이나 만들어진 덕분에 규탄대회를 계속할 수 있었다. 그런 추억들을 나누며 손을 맞잡고 인사를 나눌 때 우리의 가슴은 눈물겹도록 훈훈하고 따뜻했다.

　'시민과의 대화' 일정은 21일 증포동·부발읍, 22일 창전동·대월면, 23일 장호원읍·신둔면, 26일 호법면·율면, 27일 모가면·설성면, 28일 마장면·백사면 순으로 진행되었다. 가는 곳마다 느낌도 다르고 분위기도 조금씩 달랐지만 서로 반갑고 정겨운 마음은 똑같았다.

　어느 지역에서는 나의 취임사를 생생히 기억한다는 주민이 '시장님은 취임사에서 공약한 약속을 다 지키셨으니 이제 두 다리 쭉 뻗고 쉬셔도 됩니다' 하고 내 손을 굳게 잡았다. 나에게 그보다 더 큰 칭찬은 없었다. 내가 한 약속을 다 지켰다는 그 말에 잠시 눈시울이 뜨거워짐을 느꼈다. 사실은 시민들로부터 그 한마디가 듣고 싶어서 그렇게 달려왔는지도 모를 일이었다.

　나도 일일이 다 기억하지 못하는 내 4기, 5기, 6기 취임사를 그가 줄줄이 읊으며 나에게 박수를 보냈다. 2014년 민선 6기 취임사를 통해 '시민들의 믿음에 누가 되지 않도록 최선을 다하겠다'며 5대 공약사업을 발표했던 기억은 나 역시도 선명했다. 정말 내 공약을 잘 지켰는지 더듬어 보고 싶은 생각이 들어 6기 취임사를 적어 본다.

① 첫 번째 공약은 대형 현안사업들을 확실히 마무리해 35만 계획도시를 위한 인프라를 완성하고 1,000만 관광객 시대를 여는 새로운 아이템을 만들어 이천의 재도약을 이끌겠다는 것이었다.

마장지구, 중리지구 등 그동안 개발이 미뤄졌던 개발 사업을 내년(2015년) 안에 착수하고, 증포·안흥·아미·모전지구에 대한 주거·근린단지를 확충하는 등 대형 개발 사업들을 조기 마무리한다는 방침이었다.

또한, 이천병원을 300병상 규모의 대학병원급 종합병원으로 새롭게 건립하고, 상수도와 도시가스 미보급 지역 인프라 개선, 복하·청미천 친수공원 완성 등을 통한 35만 계획도시 인프라 완성에 힘쓰겠다는 계획을 발표했었다. (공약① 모두 이행)

② 두 번째 공약은 일자리가 늘어나고 활력이 넘치는 경제도시 건설이었다.

나는 SK하이닉스 증설 지원과 소규모 산업단지 20개 조성 등을 통해 임기 내 1만 명의 안정적인 일자리를 창출하겠다고 밝혔다. 또한, 전담팀을 구성해 중심상권의 활성화를 지원하고 전통시장 경영혁신사업을 추진해 소상공인들의 살맛나는 시장 환경을 조성하겠다고 공약했다.

농촌경제에 활력을 불어넣기 위해 농촌마을 종합정비사업과 축산시설 현대화사업, 인삼유통센터 건립과 로컬 푸드 직매장, 브랜드 농업을 육성할 방침도 제시했다. (공약② 이행)

③ 세 번째는 화합하고 함께하는 시민행복도시 구현이었다.

주요 시정에 민간인의 참여를 확대하고, 민관협력 복지시스템 강화를 통해 나눔 문화 확산과 복지사각지대 해소를 통해 소통과 화합의 이천시를 만들겠다는 계획이었다.

여성과 아동, 노인과 장애인에 대한 맞춤형 복지를 실현해 활력이 넘치는 시민행복도시를 구현할 방침을 선언했다.(공약 ③ 이행 시작 계속 추진 중)

④ 네 번째 공약은 어디서나 편리한 교통 환경 조성이었다.

나는 성남-여주 복선전철과 성남-장호원 자동차전용도로를 조기 완공 개통하고, 영동고속도로 동이천IC 유치, 이천-충주 철도 연결 추진 가속화 등을 통해 광역교통망을 완성하겠다고 밝혔다.

종합콜센터 운영과 '100원 희망택시' 운행을 통해 대중교통 이용의 불편을 획기적으로 개선하고, 대규모 주차장 확충을 통한 주차난 해소, 이천-여주 남한강 자전거 연계 도로망 구축, 이천시 외곽순환도로 완성 등으로 지역발전의 대동맥을 놓겠다는 계획을 밝혔다.(공약④ 모두 이행)

⑤ 다섯 번째 공약은 연간 1,000만 명이 찾는 최고의 관광도시 건설이었다.

특급호텔과 문화시설, 관광레저단지, 온천관광지 등 대규모 민자 사업의 유치로 지역의 관광자원을 적극 개발하고, 설봉공원의 테마공원화, 각 권역별 대표 관광자원 발굴 육성, 지역 관광 인프라의 체계적 개발 등으로 이를 달성하겠다는 계획이었다.

나는 취임사 말미에 '눈에 띄는 성과에만 집착하지 않겠다'면서 '성장에 그늘이 있다면 그늘을 거두고 함께 보듬으며 가겠다'면서 성장과 분배라는 두 마리 토끼를 놓치지 않겠다는 뜻을 피력했었다. 공직자들과 시민들에게 '시민대통합'의 정신이야말로 이천의 새 역사를 창조하는 원동력이 될 것이라며 시민이 행복한 지방자치, 세계가 주목하는 '이천의 성공신화'를 함께 만들어 가자고 당부했었다. 조목조목 따져본 주민의 말대로

4년 전 내 공약은 빠짐없이 실천에 옮겼고 다만 그 성과에 대하여는 미진한 부분도 있고 부족한 부분도 있음을 인정한다.(공약⑤ 이행 시작 계속 추진 중)

5가지 공약 중 내가 행정적으로 지켜야 할 부분은 대부분 이행하였고 시민과 함께 이루어야 할 공약 중 아직 미진한 부분은 계속 추진되어야 할 사항임을 확인하였다. '100점 만점에 90점은 주어도 되지 않을까?'하고 스스로에게 물어본다.

평범한 이천 시민으로서의 나

2018년 6월 말, 나는 만 12년 만에 이천의 평범한 시민이 된다.

설봉 공원으로, 온천공원으로, 예스 파크로 공원마다 산책을 나갈 것이고 삼겹살과 소주를 싸들고 친구와 혹은 가족과 복하교 아래 수변공원에 나가 맛있는 저녁도 먹을 것이다. 아들, 손녀를 집으로 불러 함께 식사도 하고 다 같이 내가 닦은 길을 따라 드라이브도 즐길 것이다.

매일 아침 6시면 일어나 걸어서 시청까지 출근하던 (2013년 6월 25일부터 걸어서 출근을 했는데 시내 이 골목 저 골목을 다니면서 도로가 깨진 곳은 없는지, 청소가 안 된 곳은 없는지, 등 시민이 불편한 점을 찾아 해결하고 하루 만보 걷기를 실천하면서 부족한 운동도 챙겼었다. 이때 함께 해준 친구들이 없었다면 걸어서 출근할 수 있었을까? 5년을 한결같이 함께 해준 세분 CYJ, YYH, YJS에 감사한 마음이다) 그 시간에 나는 이불 속에서 뒹굴거리다가 아내가 차려주는 늦은 아침 밥상을 받고 늙어가는 아내와 마주 앉아 느긋하게 밥도 먹을 것이다.

남에게는 평범한 일상이지만 나는 그렇게 여유로운 일상을 즐겨본 적이 없는 사람이라 그런 한가로움에 젖어보고 싶다. 아들에게, 손녀에게 '저거 내가 얼마나 공들여서 만든 공원인 줄 아니?'라고 지나간 추억도 이야기하고 내 자랑도 해가면서 이천의 곳곳을 누비고 다닐 생각이다. 다만 시청이 있는 길 쪽에는 얼씬도 하지 않고 다른 길로만 다닐 예정이다. 길에서 우연히 마주친 낯익은 시민들이 '시장님!' 하고 부르면 '나 이제 시장 아니고 시민이에요' 하며 인사를 나누고 안부를 묻는 이천의 촌로로 늙어갈 생각을 하면 벌써 행복함을 느낀다. 아내는 그런 내 옆에 서서 미소를 짓고 시장의 부인이 아닌 시민의 한 사람으로 편안히 그들을 대하겠지.

석 달쯤 그렇게 백수건달로 지내다가 그래도 꼭 하고 싶은 일은 있다.

젊고 똑똑하고 유능한 이천의 젊은이를 키워내서 이천을 사랑하고 이천을 아끼는 이천의 정치인으로 배출하는 일이다. 시의원, 도의원, 시장, 국회의원 등 선출직은 내 지역에서 잔뼈가 굵은 사람으로 내 지역에서 자라고 다듬어지고 봉사하던 사람들이 선출되는 이천을 만들고 싶다. 지금까지는 이천에서 태어나 어린 시절을 보내고 서울이나 대도시에서 공부하고 잔뼈가 굵어져 돌아온 반 이천, 반 타 도시화 된 사람들이 대부분 선출직에 나서고 당선되었다. 외지에서 온 사람들은 아무래도 이천 내 지역에서 크고 작은 일을 몸소 겪으며 살아온 사람보다는 뼛속 깊이 이천을 사랑하는 마음이 덜한 것이 인지상정이다. 그런 유능한 젊은이를, 이천을 이끌어갈 준비된 젊은이를 육성하는 일을 해보고 싶다. 정치인이 아닌 자유인의 자격으로.

내 경험상 이천을 사랑하는 마음 없이 공식적인 업무 추진 능력만으로는 속과 겉이 똑같이 아름다운 이천을 만들 수 없다는 결론을 얻었기 때문이다.

민선 4기에는 갓 시장으로 당선되어 의욕만 앞선 데다 이미 전임자가 추진해 온 사업을 이어 받은 상태여서 내 뜻을 펼칠 수가 없었다. 민선 5기는 소신대로 내 행정을 펼치기 위해 활발하게 정책을 발의하기 시작했으나 결실을 볼 수 없는 시기였다. 민선 6기에 들어와서야 4기, 5기에 시작한 사업들이 하나둘 결과를 낳기 시작했고 성과를 만들어냈다. 이 모든 시기에도 나는 이천에 대한 사랑과 내 고향 발전의 집념으로 업무에 집중할 수 있었다. 대형사고가 터질 때마다 내 가족과 똑같은 마음으로 시민을 살피고 시민의 입장에서 대처했기 때문에 무리 없이 기반을 닦을 수 있었음을 확신한다.

내가 퇴임하더라도 꼭 계속되기를 바라는 사업이 몇 가지 있어 여기에 밝힌다.

참 시민 행복나눔 운동과 시민 소통의 날, 원탁회의 등은 어느 지자체에도 없는 이천만의 특색 있는 운동이다. 시민과 마주앉아 그들의 고충을 들어주고 함께 해결책을 찾으며 서로 대화한다는 일은 시민을 위한 행정의 시작이기 때문이다. 책상에 앉아 아무리 민원실을 통해 시민의 고충을 듣는다 해도 그것은 왜곡되고 걸러지고 미화되어 제대로 된 시민의 소리를 적나라하게 들을 수는 없는 한계가 있다.

원탁회의는 2015년에 미팅을 처음 개최하였다.

목적은 선진시민으로서의 의식을 개혁하고 시민들이 참여하여 아이디어를 제안하고 실천하는 방안을 토론하기 위해서였다. 2015년 10월 1일 목요일 오후 2시에서 4시까지 열린 첫 원탁회의에서 큰 소득이 있었다. 서희청소년 문화센터 체육관에는 시민, 시의회, 사회단체, 공무원 등 300여 명이 참석해 성황을 이루었고 한 개의 원탁 테이블에는 분과별로 조를 이루어 토론을 벌였다. 이천 시민운동을 발족하자는 안건으로 명칭을 정하는 일부터 결정하기로 했다.

토론결과 44개의 명칭이 제안, 2차에 걸친 투표를 통해 31.5%의 공감을 얻은 '참시민 이천행복나눔운동'을 운동 명칭으로 정하고 30.4% 공감을 얻은 '웃어라 이천'을 구호로 선정하는 성과를 얻었다.

2015년 10월 8일 시민의 날 행사에 '참시민 이천행복나눔운동' 선포식을 갖게 되었다.

2016년에는 '시민이 참 행복한 도시 이천'을 위한 시책 발굴을 안건으로 시민 원탁회의가 개최되었다.

6월 17일 금요일 오후 2시부터 5시 30분까지 장장 3시간 30분 동안이나 토론을 벌여 시민행복을 위해 시민 스스로가 제안한 행복정책을 분야별로 6개로 압축하여 1위) 천만관광객 유치를 위한 관광자원 개발(29.8%), 2위) 공설운동장 주차장 조성 등 주차난 해소(29.7%)를 선정하였다. 여기에서 선정된 시민 제안은 시책으로 받아들여 추진하였다.

원탁회의는 연령과 계층을 아우른 시민소통의 장이 되고 시민들이 직접 제안하는 다양한 행복정책의 산실이 되고 있다. 시민 원탁회의는 이천시 고유의 소통과 실천운동 모델로서 타 지역으로 확산될 수 있는 모범적인 사례라는 점에 지속되어야 하는 운동이다.

민선6기를 맞아 시민의 눈높이에서 시민의 다양한 목소리를 청취하기 위하여 2014. 8월부터 매주 2회(화·목) '시장과 시민 소통의 날'을 운영해 왔다. '시민 소통의 날'은 화요일, 목요일

두 차례 오후 2시부터 4시까지 시청 1층 민원실에서 시장과 시민이 만나 고충 민원을 들어주는 날이다. 처음에는 잠깐 하다가 그만두겠지 생각했던 시민들이 많았다. 시행해 본 결과 그들의 고충 중 92%는 해결 가능한 민원으로 곧바로 관련부서를 통해 해결 방안을 제시할 수 있었다.

그동안 시장과 만나고 싶어도 시장실 문턱이 너무 높아 시장을 만나기 어렵다는 여론을 반영한 것으로 시장과 상담을 원하는 시민 누구나 내용에 제약 없이 사전방문, 전화, 우편, 팩스 또는 현장에서 직접 상담접수를 하면 시장과 1:1 면담을 할 수가 있다. 이 자리엔 시장뿐만 아니라 민원내용과 관련된 담당부서장과 팀장이 배석하여 원인, 문제점을 함께 고민하고 해결

시장과 시민 소통의 날 운영

방안을 모색함으로써 신속한 민원해결과 행정에 대한 신뢰도가 높아지는 효과도 볼 수 있었다.

시장은 상담뿐만 아니라 현장을 직접 확인·점검하고 해결방안을 제시함은 물론 추진상황을 점검하여 소통민원에 대한 피드백을 실시하는 것을 원칙으로 하였다. 민원 해결 후 재 민원이 발생하지 않도록 사후관리 또한 철저히 하고 있으며, 2018년 4월 현재 195회에 걸쳐 483분이 제기하신 547건의 소통상담 중 501건의 고충민원을 해결한 바 있다.

고민스러운 표정으로 왔다가 시장인 나를 만나고 담당 공무원을 만나 해결 방안을 찾고는 환한 얼굴로 돌아가는 시민들을 보면 내 마음까지도 밝고 환해졌다. 그날 상담으로 끝나지 않고 며칠 뒤 내가 현장을 방문하는 경우 그들은 달려 나와 고마운 마음을 전했다.

이 운동이 지속적로 이루어지자 중앙부처에서도 알게 되었고 행정안전부에서는 이천시청 민원실을 '최고의 민원실'로 뽑아 격려해 주었다.

이 운동은 시장이나 담당 공무원이 귀찮고 번거롭더라도 지속되기를 바라는 마음 간절하다.

정부와 이천시에 드리는 당부

이천에서 놓쳐버린 기업들처럼 또 다른 기업들을 이천에서 떠나보내지 않기 위해서는 이천시만의 노력으로는 한계가 있음을 나는 절감하였다.

세상이 많이 변해서 산업 발전에 저해요인이 되는 어지간한 규제는 완화하고 풀어서 발전할 수 있도록 해준다는 정부 발표가 있었는데 실상은 그 약속이 이행되지 않거나 규제 완화가 턱없이 미흡한 실정이다.

세상은 짧은 시간에 너무 많이 변했고 오폐수, 중금속 거름 장치 기술도 과학적으로 발전하였다. 그럼에도 불구하고 몇 십 년 전의 케케묵은 규제로 발전 저해요소가 되고 있음을 일선 현장에서는 온몸으로 느낀다. 정부 규제를 포괄적으로 한 번 점검할 시점이라 여겨진다. 내가 시장으로 취임하면서 시에서 자체적으로 완화할 수 있는 규제는 되도록 완화하였으나 모법母法에 해당하는 정부 규제가 풀리지 않아서 시에서는 당연히 완화시킬 수 없는 규제들이 상당수 있는 어려움을 실감하였다. 대한민국의 발전을 도모할 수 있는 사업도 오래된 규제 때문에 발목을 잡히는 경우가 허다하다. 어느 선진국에도 없는 오래된 규제는 풀고 환경을 해치는 규제는 더욱 강화하는 등 정부 규제에 대해 심각하게 고민해주기를 당부 드린다.

이천시도 고리타분한 행정에 묶인 규제를 고집하지 말고 시민의 입장에 서서 생각하면서 불필요한 규제는 순발력 있게 완화하여 시민의 편의와 발전을 도모하는 역할을 해주기를 부탁드린다.

내 사랑 이천

2020년에 이천은 인구 30만이 넘는 자족도시, 명품 도시로 전국 어디에서도 볼 수 없는 자랑스러운 도시가 될 것이다.

매해 늘어나는 도서관 증설로 책 읽는 품격 높은 시민의 면모를 갖출 것이며, 교육발전 종합 계획으로 인재 양성에 힘쓰는 바 인성이 갖춰진 품격있는 인재를 양성하는 명품 교육도시로 변모하게 될 것이다. 임금님표 이천 농산물이 중국으로 미얀마로 수출되면서 이천 특산물의 가치를 인정받고 각종 국제 심포지엄이 이천에서 개최되어 이천은 수도권에서 가장 아름답고 열려 있는 도시라는 평가를 받을 것이다. 물 좋고 경기 좋은 풍족한 이천은 살기 좋은 도시로 손꼽힐 날이 멀지 않았다.

'천혜의 땅'이라는 제주도를 한동안 사람들이 살고 싶은 도시로 꼽았으나 위치적으로 멀고 교통편이 까다로워 점점 기피

하고 있는 현실에서, 이천은 제주도의 모든 불편함을 해소한 도시로 탈 서울에의 주목을 받고 있다.

나는 이천 시민임이 자랑스럽고 이천 시민으로 살 수 있어서 행복하다.

다리 밑에 흐르는 맑은 개천물 하나도 그냥 얻어진 것이 아님을 너무도 잘 아는 나로서는 어느 것 하나 소중하지 않은 것이 없다. 나는 앞으로도 이천을 아끼고 가꾸고 다듬는 데 한몫을 하는 시민이 될 것임을 전 이천 시민 앞에 약속드린다.

"내 사랑 이천, 웃어라 이천."

2018년 퇴임에 임하며 조병돈

조병돈의 오직 한 길

　－말단 공무원에서 이천시장이 되기까지－

초판 1쇄인쇄　2018년 6월 23일
초판 1쇄발행　2018년 6월 25일
저　　자　조병돈
발행인　박지연
발행처　도서출판 도화
등　　록　2013년 11월 19일 제2013－000124호
주　　소　서울시 송파구 중대로34길 9－3
전　　화　02) 3012－1030
팩　　스　02) 3012－1031
전자우편　dohwa1030@daum.net
인　　쇄　(주)상현디앤피
ISBN｜979－11－86644－58－4*03810
정가　15,000원

도화道化, fool는
고정적인 질서에 대한 익살맞은 비판자,
고정화된 사고의 틀을 해체한다는 뜻입니다.